# TRES GOLPES DE TACÓN

# TRES GOLPES DE TACÓN

*Rebeca Orozco*

mr·ediciones

Diseño de portada: Vivian Cecilia González
Fotografía de portada: FoodCollection / Latinstock


Bajo el sello editorial MARTÍNEZ ROCA.M.R.
Avenida Presidente Masarik núm. 111, 2o. piso
Colonia Chapultepec Morales
C.P. 11570 México, D.F.
www.editorialplaneta.com.mx

Primera edición: agosto de 2009
Primera reimpresión: febrero de 2010
ISBN: 978-607-07-0199-3



Impreso en los talleres de Litográfica Cozuga, S.A. de C.V.
Av. Tlatilco núm. 78, colonia Tlatilco, México, D.F.
Impreso y hecho en México – *Printed and made in Mexico*

*a Martín*

*Agradezco profundamente al Programa de Estímulos a la Creación y Desarrollo Artístico del Fondo Especial para la Cultura y las Artes del Estado de México por haber financiado y patrocinado la creación de esta obra. Quiero también dar las gracias a quienes sin su presencia, ánimo y cariño no hubiera sido posible realizar esta novela: a mi querido maestro Miguel Cossío Woodward; a las maravillosas mujeres que me abrieron el camino hacia Doña Josefa: Claudia Burr y Cristina Urrutia; a mis amigos de letras, batallas y alegrías: Adriana Abdo, Maries Ayala, Bertha Balestra, Sandra Frid, Erma Cárdenas, Ana Díaz, María Teresa Gerard, Vicky Jerade, María Eugenia Leefmans, Eduardo Osorio, Beatriz Rivas, Inés Robles, May Samra y Javier Sutherland; a mis compañeras de vida: Marina Escobar, Antonieta Vizcaíno y Marta Watts; a mi amorosa y siempre indispensable familia: Martín, mi esposo; Pablo y Valeria, mis hijos; Rebeca Mora y José Orozco, mis padres; Lorena, Claudia, Pedro y Regina Orozco, mis hermanos; Viva Mora, mi tía; y Elena Santos y Rodolfo Ritter, mis cuñados. Y por supuesto a Enna, Eva, David, Sol, Diego, María Antonia, Manola, María José, Lorenza, Emilio y María del Mar, mis sobrinos.*

# 1.

Porque así lo manda la naturaleza humana, el primer lugar que habitó Josefa Ortiz fue el vientre de Manuela Téllez, espacio líquido y confortable que la ayudó a crecer durante meses, para después expulsarla, entre pujos y repujos, hacia las manos expertas de una partera. Su madre había pasado un embarazo penoso. Además de la hinchazón de piernas, las náuseas y los vómitos, las vecinas le habían llenado los oídos de recomendaciones alarmantes: "evita el olor a carbones encendidos y el humo de las velas, porque vas a parir un monstruo"; "reprime las pasiones graves, como la ira o el terror, o el inocente va a nacer con epilepsia"; "aliméntate por dos, para que no nazca famélico".

Las horas anteriores al parto, con dolores que aparecían y desaparecían como un mal augurio, Manuela había temido tanto por su vida y por la de la criatura, que ordenó a la partera iluminar la habitación con los cincuenta cirios que, según sus creencias, la alejarían de las tinieblas de la muerte. Con absoluta veneración recitó: "Dios me salve, María. Dios me salve, piedad, piedad. Dios me salve a mí y al hijo que viene en camino". Al llegar la hora del alumbramiento sintió que se partía en dos y que sus huesos nunca volverían a acomodarse: tembló y retembló en sus centros la tierra y sintió que el vientre se le apretaba como un puño se cierra antes de dar un golpe. Al fin, a fuerza de gritos y espasmos, el rostro exhausto de Manuela se llenó de alegría.

"¡Es niña! ¡Una niña!", anunció la partera.

La presencia de aquel cuerpecito llenó de gratitud a la madre quien, cerrando los ojos, murmuró: "Dios, gracias por el tiempo que dedicaste a modelar esta nariz de pipisca, gracias por tomarte, oh Dios, la molestia de dibujarle estos labios delgados y también estos dedos finísimos a mi pequeña, mi escuincla, mi chamaca. ¡Gracias por traerla viva a este mundo!"

Manuela había parido a una niña dentro de un mundo iluminado por las luces del siglo: se creía que la razón iba a acabar con la abominable negrura de la ignorancia y la pobreza, que los reyes no tendrían derechos divinos y que todos los hombres, independientemente de su origen, color o posición social, serían iguales y libres.

La criatura nació sana gracias a la benevolencia de la Virgen del Buen Parto y a la imperturbable decisión de la madre de no dejarse morir. Un chorro de agua tibia lavó la piel nueva y el par de ojos que empezaban a distinguir las luces y las sombras que suelen poblar una casa no llamada rica, pero tampoco pobre. La niña lloró y sintió frío. Le cortaron el cordón, la fajaron, la vistieron y la envolvieron en un breve lienzo de lana para presentarla a sus parientes. ¿Había llegado a un mundo hostil? Añoró el paraíso perdido, aquel donde se sentía flotar en una nube y nada ni nadie la perturbaban. El alivio llegó cuando su madre la atrajo y la envolvió en sus brazos, protegiéndola de la corriente de aire.

En la pieza contigua, José, el padre de la recién nacida, esperaba impaciente. Había visto salir a la partera con paños llenos de sangre y, después, regresar con una bandeja repleta de caldos y atoles. La india le había dado la noticia del venturoso nacimiento. José se alegró de que estuvieran vivas su esposa e hija, pero no se animó a entrar de inmediato en la habitación.

No deseaba involucrarse, prefería vivir el episodio de lejos, mirar desde la barrera lo que él llamaba "cosas de mujeres". Treinta y cinco años antes había tenido una hija de otro matrimonio: María Sotero. Aquella vez, como ahora, se había negado a presenciar el parto porque lo consideraba un espectáculo que exponía sin recato las partes vergonzantes de las féminas.

Cuando llegó el momento de conocer a esta nueva criatura, José no tuvo más remedio que entrar a la recámara y mirar a esa nena grande, con ojos grises, aperlados, como los suyos. No se atrevió a tocarla, sus brazos no estaban hechos para cargar criaturas. Miró a su mujer. Suspiró. De las tres esposas que había tenido, todas de nombre Manuela, esta era la que más amaba, no con un amor intempestivo sino pausado. De esos que se plantan ahí, enfrente, pase lo que pase, sin que exista poder humano que los desbarate. Intentó expresarle a la actual Manuela su alegría por el desenlace del parto, pero se retrajo. Llevaba tantos años cultivando el silencio que al hablar las palabras lo traicionaban.

—Mañana mismo es el bautizo; cuanto antes mejor. Mi prima Ana María será la madrina —dijo Manuela, con una sonrisa que no acababa de dibujarse a causa de los entuertos.

—No vaya a ser que se nos muera y se vaya al limbo —completó la partera, persignándose.

—Te encargo, José, que todo salga bien... —rogó la madre sin aliento.

—No te preocupes, estaré al pendiente; ahora descansa.

José se asomó a la ventana: a diferencia del amanecer que la pequeña había traído a la habitación, la ciudad de México iba perdiendo su luz. Allá, en el Palacio de los Virreyes, un sevillano de apellido Bucareli, gobernaba el vastísimo territorio de la Nueva España. Quizá vigilaba con ahínco la distribución de una nueva moneda circulante, con la efigie de Carlos III. Quizá daba órdenes para continuar la persecución de indios apaches en el norte y mandar a los prisioneros deportados a Cuba. Quizá buscaba estrategias para reconciliar a los franciscanos y dominicos que se peleaban por la conquista evangelizadora de California. Mientras el virrey se esforzaba por gobernar una gran extensión de tierra indomable, él, de nombre José y de oficio comerciante, hubiera dado las perlas de la Virgen por gobernarse a sí mismo. Mientras Bucareli trataba de imponer el orden correspondiente a cada clase social, él, de nombre José, y de ocupación vendedor de paños, se hubiera contentado con disminuir los gastos familiares.

Al día siguiente, y porque así lo mandan los sacramentos, la partera vistió a la recién nacida en almidonado ropón y la entregó a la madrina. Con el mayor cuidado, Ana María Anaya caminó, acompañada de José Ortiz, María Sotero y otros parientes hasta el bautisterio de la parroquia de San Miguel Arcángel. Ahí, el cura Manuel de Michelena, después de ungir a la pequeña con aceite y bálsamo, le impuso los nombres de María Josefa Crescencia. Al sentir el agua sobre la frente, la niña gritó y lloró sin mesura. José tuvo entonces un presentimiento: "Esta escuincla se me va a salir del huacal". Entre olores de incienso y alcatraces, el cura bendijo a la nueva cristiana y, con la misma mano con que había hecho la señal de la cruz, cobró un peso de plata por el servicio.

De regreso a casa, la pequeña despedía un olor místico: una mezcla de incienso y alcatraces. Ahora, además de ser hija de José Ortiz, la criatura era hija de Dios. En suma, tendría dos papás que le mostrarían los caminos de la vida.

## 2.

Josefa no nació en cuna aristocrática. No tuvo una casa amplia, ni un patio central con arcadas, ni un salón del dosel con los retratos del rey y la reina de España mirando con gallardía los territorios conquistados. Tampoco tuvo sala de estrado para recibir a las visitas, ni antesala, tocador o cámaras amuebladas con lechos doblemente mullidos.

La niña vivía en una vecindad con cuartos, lavaderos y patios ubicada en la calle de San Felipe de Jesús, entre Puente de San Dimas y Puente de la Aduana Vieja. No contó con un oratorio, aunque rezaba; ni comedor, aunque comía; ni cuarto de repostería, aunque soñaba siempre con los buñuelos de viento, la jericaya, el bien me sabe, la torta del cielo, los huevos reales o los recados de chocolate.

La vecindad era propiedad del convento de San Cayetano y su padre debía pagar renta a las monjas. En nombre de Dios, cada fin de mes, vaciaba hasta el último peso del cofrecito de los ahorros. Una sala, dos recámaras, cocina y azotehuela conformaban el territorio que exploraba la pequeña Josefa. Ahí aprendió a nombrar las cosas, a tocarlas, a conocer las cazuelas, el molcajete, el chile morita, la escoba, el candelero, la pileta de agua bendita, la silla poltrona, las chinches malditas, las moscas, el santo de cera, la bacinica. La sala, convertida en almacén, estaba invadida por cajas y fardos de telas que su padre llevaba a vender a la Plaza Mayor, en el centro de la ciudad. Las mercancías, almacenadas descuidadamente, traspasaban la puerta, invadían el pasillo y se mezclaban con los tiliches de los vecinos. En aquel laberinto de la infancia, las paredes estaban acolchadas y el aire olía a algodón. Intrépida, la pequeña gateaba hacia el mar de retazos acumulados sobre un tapete y nadaba complacida entre sus olas.

El único adorno de la inhóspita vivienda era un retablo del ángel guardián salvando a un niño de precipitarse hacia un peñasco. ¡Cuántas veces se atrevió Josefa a llegar al límite de las situaciones, a jugar con fuego, porque tenía la plena seguridad de que la iba a salvar su ángel casero!

En una de las dos habitaciones estaba la cama donde Manuela pasaba los días. Después del parto había quedado tan débil de los pulmones que le costaba trabajo respirar. Los continuos ataques de tos minaban su fuerza y voluntad, y la convertían en una eterna convaleciente. Su único consuelo era la niña. Le gustaba ponerla en su regazo y cantarle quedo. Sufría intensamente cuando la indefensa lloraba de hambre y se veía obligada a entregarla a Gregoria: la nodriza mil veces recomendada por una tía de su esposo. Una extraña.

La enfermedad de la madre y la ausencia constante del padre dieron rienda suelta a la desfachatez de la criada. Entraba y salía de la casa como si fuera dueña y señora, preparaba la comida que a ella se le antojaba y había invadido la azotehuela con sus objetos personales: enaguas, bisutería y un colchón viejo sobre el que solía amamantar a Josefa.

Desde la cama, Manuela imaginaba que, junto con la leche de la mulata, entrarían inevitablemente, al cuerpo de su nena, infecciones y vicios extraños. Gregoria le había puesto a la pequeña una faja de dijes adornada con un colmillo de caimán, manitas de azabache, huesos y ojos de venado para ahuyentar el mal de ojo y la rabia. Impaciente ante los berrinches continuos de la niña, la nodriza se vengaba cantando con una serie de gestos horribles:

*El coco, mamá, me quiere comer,*
*el coco, mamá, me quiere comer.*
*¡Cuidado que ahí viene el coco,*
*se lleva a los niños que duermen poco!*

Josefa lloraba desconsoladamente hasta quedarse dormida. No duraban mucho las siestas de la pequeña. Cuando despertaba corría por toda la casa abriendo y cerrando cajones, desenrollando las telas de su padre, golpeando las ollas de la cocina. O escapaba hasta el patio para esconderse tras los barriles de madera.

Después de un año de criarla, Gregoria pasó de ser nodriza a pilmama. Incapaz de controlar los ímpetus de la niña, la amarraba de la cintura con una cuerda y la llevaba a los lavaderos a fregar ropa, al mercado a comprar víveres o a la panadería a comprar conchas y semitas para la merienda. Jalándola como a una mula e ignorando su llanto, la mujer se paseaba por la calle de San Felipe de Jesús y se detenía en algunas de las accesorias para hacer trueque con las tenderas; hechicería a cambio de azúcar, vino o jabón.

—Te digo que le des gotas de tu sangre a tu marido, no seas necia —decía Gregoria.

—Y con eso… ¿ya?

—Dale a beber diez gotas en la noche, dentro del chocolate, y el muy bestia amanecerá sin ganas de golpearte —declaraba con desprecio.

Los pechos de la nana, antes ocupados en el amamantamiento, se presentaban ahora, bajo la tela transparente, como un llamado a la provocación. El contoneo de las caderas provocaba que más de uno fisgoneara a través de las ventanas siempre abiertas de la vecindad.

El señor Pioquinto González, honorable escribano del cuarto número once, fue quien primero se dejó envolver en las redes de la mulata. A cambio de unos reales, Gregoria lo visitaba cada jueves en su habitación para fornicar mientras la señora de la casa, Petra Olguín de González, salía a hacer obras de caridad.

Para que Josefa no presenciara el acto, la encerraban en la cocina, frente a una mesa donde Pioquinto colocaba, invariablemente, un plato de yemitas acarameladas que eran la especialidad de Petra, la cornuda. La niña las mordía lentamente y luego las detenía entre el paladar y la lengua, hasta deshacerlas. Tragaba las golosinas con deleite mientras escuchaba las exclamaciones del placer que duele, sufre y goza, provenientes de la habitación contigua. Quizá por eso, en sus relaciones adultas, la inocente estaría predestinada a asociar los placeres de la cama con una irrefrenable necesidad de comer algo dulzón.

3.

Cuando Josefa tenía apenas cuatro años de edad, Manuela murió. De su madre guardó sólo fragmentos, nunca el retrato completo: un rostro pálido, la sonrisa ligeramente esbozada, la cabellera hasta la cintura, los brazos extendiéndose para recibirla y, como extensión de aquel cuerpo, el ineludible tálamo repleto de sábanas sudorosas. Tantas veces la vio postrada, que solía imaginar a la autora de sus días con colchas en lugar de enaguas y cuatro patas de madera en lugar de pies.

Jamás olvidó Josefa ese par de manos que con movimientos tenues capturaban los suspiros. Los dedos de Manuela se deslizaban sobre el cabello de la niña, acariciándolo para tejer un par de trenzas y adornarlo con cintas de colores. Cual par indisoluble, madre e hija se recargaban en la cabecera de latón de la cama y se dejaban sorprender por una portada de las *Fábulas* de La Fontaine donde tres elefantes y una variedad infinita de búhos, pajarracos y leones se asomaban entre las palmeras exuberantes de la selva. Tomaban chocolate caliente y miraban con devoción la serie de estampas religiosas que mostraban la vida de Santo Tomás o de San Francisco de Asís.

—¿Qué es esclavo, madre? ¿Un clavo?

—En cierta forma, sí, un esclavo está clavado a otro.

—¿Cómo? No entiendo nada, mamaíta.

—Un esclavo no es libre, pertenece a su dueño.

—Entonces mi gato Pelambre es mi esclavo.

—¡No! Bueno, sí, ¿cómo te explico?

—A ver… ¿Gregoria es nuestra esclava?

—¡Calla boca! —se alteró Manuela—. ¿De dónde sacaste esa idea? Óyelo bien: no hay nada en el Evangelio que justifique la esclavitud.

—No entiendo, no entiendo lo que usted dice —gritó afligida.

—Sólo recuerda esto: nadie pertenece a nadie. Las personas deben ser libres. Mi bisabuelo fue esclavo y murió creyendo que su amo tenía derecho a disponer de su alma.

—Pobrecito.

Una mañana, al despertar, el color radiante de la vida se deslavó. El trinar matinal de los pájaros fue acallado por tristes responsos. Josefa se levantó temerosa, incierta, ¿qué estaba pasando? En la habitación de sus padres, una escena transcurría entre el humo de cirios y los primeros rayos que entraban por los postigos. La cama de Manuela amaneció rodeada de flores, de oraciones, de parientes y vecinos metiches, encorvados y moquientos por la pena. Josefa se acercó para tomar la mano de Manuela, pero su madre no se movió. Entonces sacudió el brazo frío y tuvo ganas de lanzarse a un abismo. Buscó a su padre para que la salvara de ese sentimiento, el más terrible, y lo encontró sentado, impotente, tapándose el rostro.

—Mamá no despierta.

—Mi niña, querida niña… —alcanzó a decir con una voz delgadísima, pronta a quebrarse.

—¿Qué pasa? —preguntó la pequeña, esperando lo peor.

—Se nos fue al cielo —dijo e irrumpió en sollozos.

—¿Hasta allá? ¡No! ¡No! ¡Quiero a mi mamá!

José abrazó a su hija con fuerza, pero ella se desprendió, corrió desesperada, atropellando a los presentes y se aproximó al cuerpo inerte para sacudirlo.

"¡Mamaaaá! ¡Despierta! ¡No te vayas!"

"Mamá, mamá, mamá", exclamó una, dos, cinco, mil veces, pero Manuela, rígida, no le extendió ese par de brazos que solían defenderla de lo incierto. Estuvo a su lado mucho tiempo, esperando que su madre regresara a la vida, pero los ojos permanecieron cerrados, mirando quién sabe qué cosa hacia adentro. Josefa era demasiado pequeña para entender la muerte. Ese día su corazón se agujeró y ya nadie fue capaz de remendarlo.

"Algún día, cuando sea grande", se dijo muy quedo, "me embarcaré y viajaré hasta el mar del cielo, para encontrarte, mamá, y que me cuentes una fábula donde nadie nunca se muere".

## 4.

La pequeña Josefa pasó largos meses sin querer hacer nada, tomando apenas medio vaso de leche, un poco de pan, trocitos de fruta y rondando el lugar donde antes encontraba el calor de su madre. Se dormía en la cama de latón con la esperanza de que Manuela despertara junto a ella, enterita, sonrosada, con las manos dispuestas a trenzarle el cabello. Sacudía las sábanas, desesperada, como si el febril movimiento pudiera regresar el tiempo.

"¿Dónde estás, mamá?", repetía a manera de oración.

No encontraba respuesta.

Entonces se aferró a su padre.

Se despertaba en la madrugada para mirarlo empacar la carga que llevaría sobre la espalda hasta el centro de la ciudad. Al momento de la despedida, Josefa temía perderlo por siempre y le suplicaba que la llevara a la Plaza Mayor.

—Qué le cuesta llevarme, señor padre. No es justo. La vecina sí lleva al sonso de su hijo a vender chucherías. Ya crecí, tengo seis años y su merced me dijo que cuando fuera grande me llevaba al Centro; yo le ayudo a vender. ¡No me gusta quedarme encerrada! Gregoria no juega conmigo ni me saca a pasear.

—Te he dicho que no puedo.

—Pero… ¿por qué?

—Porque eres muy inquieta, una matraca, porque tocas todo, te me pierdes.

—Llévame, padre, se lo ruego

—Basta… ¡a callar y a obedecer! —gritaba José, fastidiado de lidiar con los ruegos de su pequeña. Sin embargo, segundos después, conmovido por las lágrimas, se animaba a llevarla al puesto, aunque tuviera que vigilarla a sol y sombra.

Josefa disfrutaba el paseo en la carretilla, entre los bultos de la mercancía. Al descender en medio de la plaza, sus ojos se atestaban de imágenes: hombres ataviados con sombreros y capas oscuras, niños harapientos, mujeres ofreciendo fruta en canastas. Los cajones ofrecían una cantidad infinita de productos: leña, madera, granos, legumbres, hortalizas, aves, peces, flores, joyas, cacao, azúcar, velas, mecates, carbón, muebles, ropa. Se le llenaban los oídos con los gritos de los mercaderes y la nariz con los penetrantes, casi nauseabundos olores que flotaban en el ambiente. Tan intensas e insólitas eran las escenas que tenían lugar en aquel sitio, que la niña pensó que aquel enredijo era lo que su padre llamaba "mundo".

El cajón, construido con paredes de madera y techo de tejamanil a dos aguas, vendía también gran variedad de telas, ropa y menaje de casa. Para tener ocupada a su hija, José Ortiz se daba tiempo, entre cliente y cliente, para enseñarle, con una paciencia admirable, a escribir los nombres de las mercancías y sus respectivos precios. El padre tenía un ayudante llamado Catarino, un viejo nahua que se encargaba de acomodar los productos y limpiar el local. El indio no tenía casa ni familia y José, a cambio de trabajo, le permitía dormir en el local.

Una mañana, un alguacil español irrumpió en el puesto y le exigió a Catarino un dinero que le debía. Indefenso, asustado, el viejo sólo atinó a pronunciar unas palabras en su dialecto.

—¿Te atreves a insultarme, indio mugroso? —amenazó el alguacil y, con violencia, cogió los largos cabellos de Catarino y curvó su cuello hacia abajo.

—¡Déjelo, alguacil, es un anciano! —reclamó el comerciante.

—Cállate, criollo mala sangre —respondió el español.

—Cállate tú, gachupín deslavado.

Enfurecido, el alguacil aventó lejos de sí al anciano, desenvainó un sable y, con temible precisión, marcó una línea en el cachete de José. La niña, quien se había escondido detrás de unos huacales, vio cómo el agresor se llevaba preso al indio, empujándolo a patadas.

—¡Ay, padre! ¿Por qué le sacó sangre ese señor? ¡Diosito, Diosito mío!

—Vámonos a casa.

—¿Y Catarino? —preguntó asustada.

—Ya no va a regresar.

—¿Le duele la cara, padre mío? —dijo la niña tratando de consolar a su progenitor.

—Más me duele la vergüenza —respondió José mientras abrazaba a su hija, protegiéndola de las miserias de la vida—. Mira, aunque seas apenas una criatura, graba esto en tu memoria: Nunca, ¿me oyes?, nunca te dejes humillar por nadie.

—¿Humillar? ¿Qué es eso? —preguntó Josefa, todavía impresionada por el suceso.

El padre no pudo decir más, se limitó a tapar con un lienzo la herida que le atravesaba el cachete, y por muchos años la pequeña creyó que significaban lo mismo las palabras "humillar" y "cicatriz".

Los días que la pequeña no acompañaba a su papá a la Plaza Mayor, se quedaba en casa a jugar con los fardos de cambayas, raso, lustrina y seda, que invadían la vivienda. La mulata no le prestaba atención. Se dedicaba a los quehaceres de la casa, entre rezongos y malas palabras y, al terminar, tomaba una larga siesta.

A la hora de la merienda, la pequeña, asomada a la ventana, esperaba a que llegara su padre en la carretilla, pero la mayoría de las veces se iba a la cama sin verlo. La mulata le decía entonces que seguro se había ido a la taberna a beber aguardiente como todos los hombres que habitan la tierra. Josefa no entendía las palabras "taberna", "vicioso" o "empedernido", pero se daba cuenta, por el tono mal intencionado, que estaba echando pestes contra su padre y le jalaba el cabello crespo.

"Niña malcriada, te voy a acusar con tu papá para que te dé unos buenos azotes. Si no fuera porque necesito el trabajo, ¡ya me hubiera ido de aquí hace mucho tiempo!", gritaba la mulata, furiosa, y salía a los corredores para chismear con las criadas de la vecindad sobre la miseria que le pagaban y el infortunio de no poder ir a Veracruz a cuidar a su hermana enferma de viruela.

## 5.

A José le costó mucho trabajo ocupar el lugar de Manuela. La educación de los hijos era una tarea destinada exclusivamente a las mujeres y con frecuencia se veía en la necesidad de consultar a su hija mayor, ya cuarentona, para que le explicara detalles tan simples como el atuendo que debía llevar Josefa, el peinado, las buenas maneras. María Sotero era buena consejera pues, a pesar de ser viuda, había conseguido criar y sacar adelante a cuatro hijos.

El dinero escaseaba tanto en el hogar de los Ortiz que sólo en el cumpleaños número siete de su hija pudo regalarle una jaula llena de pájaros que consiguió gracias a un trueque: un fardo de tela de algodón por cinco pájaros. Mirar las aves fue para la niña una delicia: su canto, sus saltitos, las plumas de colores, la llenaban de alegría. Los alimentaba y los limpiaba con dedicación. Les colocaba una manta sobre la jaula al caer la noche y la retiraba cuando saludaban el amanecer con sus trinos. Los días de descanso, mientras su padre se sentaba en el corredor de la vecindad para tomar el sol, Josefa se entretenía limpiando la jaula y colocando con delicadeza unos pequeños pocillos con agua y semillas para sus aves.

Era audaz e impulsiva. No medía el peligro. Formulaba preguntas sin parar y realizaba todo tipo de trazos sobre papel y cartón. Solía escapar de la vivienda, al menor descuido de Gregoria, para visitar a los vecinos o hacer alguna travesura. Odiaba estar encerrada porque se le acababa el aire.

Un domingo que María Sotero, quien vivía a unas cuantas cuadras, llegó de visita y vio que su progenitor se esforzaba inútilmente por domesticar a la pequeña, le aconsejó que la llevara a la escuela, pues ya estaba grandecita. José accedió y al día siguiente muy temprano inscribió a su querida hija en la Amiga que se encontraba más cerca de su hogar.

—Que no me entere que desatiendes tus lecciones. Pocas niñas tienen el privilegio de aprender a leer y escribir —le decía José Ortiz con seriedad mientras le entregaba un silabario, un catecismo y una golosina. Estaba convencido de que su hija debía adquirir los conocimientos para que, en un futuro lejano, se desempeñara como buena esposa y madre.

En la escuela Amiga conoció a Antonia Japano. Una niña morena, delgada, casi quebradiza, cuya curiosidad insaciable provocó la admiración de Josefa.

—¿Cómo respiran las plantas? ¿Por qué las personas arrojan los orines hacia la calle? ¿Es cierto que la sangre corre por las venas? ¿Un virrey es un rey incompleto? ¿Por qué el Espíritu Santo es una paloma? —cuestionaba Antonia, provocando en Josefa una gran inquietud.

Por desgracia a cada pregunta, la maestra respondía siempre con dos únicas palabras:

—¡Cállate, Antonia!

Juntas aprendieron a escribir sobre lienzos de tul, lino y algodón. En un principio, bordaron el abecedario, en bastardilla o en redondilla, y al final, frases completas como: "Viva el rey Carlos III", "Aleluya, aleluya" o "El Señor es mi pastor".

La educación era básicamente religiosa, así que las alumnas debían declamar, de memoria, fragmentos del *Catecismo* del padre Ripalda:

> Te has de acostumbrar a signar y santiguar, haciendo tres cruces: la primera en la frente, para que nos libre Dios de los malos pensamientos; la segunda en la boca, para que nos libre Dios de malas palabras; y la tercera en el pecho, para que nos libre Dios de las malas obras y deseos.

Contra el aburrimiento, Josefa y Antonia invitaban a sus compañeras a lanzar estampitas de los santos por la ventana para probar "si sabían volar".

Entonces llegaban los golpes.

—¡Jesús! ¡Piedad! —gritaba desconsolada Josefa mientras la maestra le pegaba con la palmeta cinco, seis, siete veces en las manos.

—¡Dios la va a mandar al infierno!—protestaba furiosa.

Encolerizó cuando la profesora humilló a Antonia colocando sobre su cabeza un par de orejas de burro sólo por no saber diferenciar entre la Ascensión y la Asunción. Era un martirio ver a su amiga llorar de vergüenza. ¿Qué sabía la maestra de nuestros sentimientos? ¡Que se encargara de las sílabas y de los acentos! La burla de las compañeras se le clavó a Josefa en el pecho y en un arrebato le quitó las orejas de burro a su amiga y las arrojó contra la pared. Esta vez sufrió un nuevo castigo: la negrura y el olor a humedad del sótano.

A las cinco de la tarde, su padre solía pasar por ella y llevarla a casa. La maestra, con los labios apretados, exponía diariamente la serie de desobediencias cometidas por su alumna. José, cabizbajo, escuchaba con paciencia y luego se disculpaba. De camino a casa daba la mano a su hija y no la reprendía en absoluto. Bastante difícil era ya la vida de Josefa sin su madre… ¿para qué añadirle tristezas?

Josefa tenía once años cuando terminó sus estudios de primeras letras y rudimentos del saber.

## 6.

Amaba a su padre, ese rostro que Josefa exploraba deslizando su mano como una barca sobre aguas dulces. Amaba a ese comerciante noble y trabajador que le daba sentido a su existencia. Pero ese hombre tan amado dejó de respirar antes de que Josefa cumpliera ocho años de edad. El cuerpo no le respondió a la hora de luchar contra el sarampión. Con profunda tristeza María Sotero y algunos familiares acudieron a velarlo. A Josefa se le cerró la garganta y enmudeció. Cuando se llevaron los restos dentro de un ataúd, buscó a Dios en el cielo para interrogarlo: "¿Adónde se lo llevaron? ¿Quién vivirá conmigo? ¿Quién me dará la mano? ¿Quién me consolará?" El Creador no le contestó y lloró a mares.

Durante meses María Sotero acompañó su angustia. Compartió el duelo. Ofreciéndole promesas y caricias diarias, la salvó de morir de pena. ¿Era la fuerza del lazo familiar? Juntas pidieron fervientemente al Niño Jesús por el alma del progenitor. Juntas se encargaron de vender la mercancía que les había heredado y de atesorar en un baúl las pertenencias personales del difunto. Josefa las miró desconsolada: ahí estaban el pañuelo con el que José Ortiz le había secado el llanto, la cuchara de peltre con la que le dio la medicina para la tos, el cuadro del ángel que salvaba a un niño de caer a un peñasco.

En vez de mandarla a un hospicio, María acogió a su hermana en su hogar. Desde hacía algunos años vivía, junto con su hija Eustaquia, en una accesoria ubicada en la esquina sur de la tercera calle de los Mesones. La planta baja estaba destinada a la cigarrería La Promesa; la planta alta, a la sala, la cocina y las habitaciones.

La llegada de Josefa a la vivienda iluminó el ambiente. Dentro de la rutina gris de la viuda, la niña significó una bocanada de aire fresco. Con entusiasmo, le enseñó la cigarrería: el mostrador, el pebetero, la trastienda, los estantes llenos de tabaco, rapé, cigarros, puros, cajetillas y papel para acanalar. También le mostró, en la planta alta, la pequeña vivienda que compartirían. Los muebles lucían tristes y viejos. "Papá, mamá, ¿dónde están? ¿Qué hago aquí?", se preguntó una y otra vez la chiquilla. María Sotero la ayudó a acomodar sus pertenencias y le prometió llevarla a pasear.

—¿Por qué hay dos camas, María?

—Una para ti, la otra para mi hija Eustaquia; ya la conocerás.

—¿Una niña de mi edad? —preguntó animada Josefa.

—No, mi hija ya tiene veinticinco años.

—¿Tantos? ¿No se ha casado?

—¡Chsss…!, no seas indiscreta —dijo María sonriendo dulcemente.

No quiso decirle a Josefa que Eustaquia era una solterona, tonta y viciosa, pues en lugar de atender el estanquillo se pasaba las tardes jugando a las cartas sobre el mostrador, ya fuera al biribís o al albur, al chaquete o al tute. Estaba convencida de que el juego era una lacra moral que había corrompido a su hija. Soñaba con el día en que un noble caballero o un oficial del ejército le ofrecieran matrimonio. Eustaquia no había perdido su virginidad, era doncella; sin embargo, por ser tan adulta y carecer de un pretendiente con intenciones formales, la gente empezaba a burlarse de ella.

A la hora de la merienda, María Sotero preparó buñuelos con azúcar y canela, acompañados con una taza de chocolate.

—Está delicioso.

—Es la bebida de los dioses. ¿Sabes cómo se hace? A la semilla del cacao se le mezclan maíz, azúcar, vainilla, canela y chile.

—¿Chile? Pues no pica nada.

—Claro, boba —rió María—, sólo se le pone una pizquita.

—Y los buñuelos… ¿cómo se hacen?

—¡Existen veinte recetas diferentes! Yo tengo la mía. Un día te enseño. Por lo pronto ve a la cama, que te caes de sueño.

—¿Me va a acompañar Eustaquia?

—No, no, ella siempre se desvela.

Josefa se afligió, la idea de dormir en una habitación nueva, extraña, la atemorizó. Nunca había podido domesticar su imaginación y la oscuridad era un caldo de cultivo para los más horrendos monstruos y fantasmas.

—Señora María, ¿podemos rezar juntas? ¿Puede quedarse a mi lado mientras me duermo? ¡Se lo suplico!

—Bueno, está bien, velaré tu sueño —dijo complaciente.

Mientras tanto, Eustaquia jugaba un partido de tute con unas amigas y fumaba tabaco envuelto en hoja de maíz. A las tres de la mañana había perdido siete pesos en apuestas.

## 7.

Poco a poco Josefa recuperó la alegría, las ganas de vivir. Su hermana le había brindado un ambiente familiar, un sentido de pertenencia.

No fue difícil encariñarse con esa señora que procuraba su bienestar. María Sotero tenía las facciones finas y la tez muy blanca. Su cabello era rojizo y gustaba vestirse con telas de colores vivos y rebozos. Era alegre y a la vez estricta. A diferencia de la mayoría de las mujeres, no envidiaba a las españolas; estaba orgullosa de ser criolla.

Pronto conoció Josefa la historia de María: su esposo Buenaventura Escobar Blanco había muerto años antes, dejando como descendencia cuatro hijos: Miguelón, el mayor, era abogado pero de proceder tan torpe que lo llamaban Tinterillo; en cambio, Joselo se entregó de tal manera al estudio y práctica de la medicina, que de sangrador había pasado a médico militar. Una de las hijas, Garita, se había casado con un comerciante y se ocupaba de las labores del hogar, y la otra era la hija solterona que le tocaba de compañera de habitación y quien, desde el primer día, la recibió de muy mala gana.

Eustaquia solía sufrir frecuentes sofocos y desvanecimientos, pues usaba una faja muy apretada. Sudaba tanto que en el rostro se le borraba el maquillaje. Tenía un humor de los mil demonios y trataba a Josefa con displicencia.

—Arrimada. Eres una arrimada.

—¿Por qué no me quieres, Eustaquia?

—No me gusta que estés en mi habitación. ¡Me estorbas! —decía, mientras le ponía veladoras a cada uno de los San Antonio que miraban de cabeza, los frascos llenos de hierbas machacadas e inciensos colocados frente a sí.

María sentía la responsabilidad de guiar por el buen camino a su pequeña hermana. Si se había equivocado con Eustaquia, no podía permitir que Josefa cayera en la holganza y la disipación. Así, se impuso la tarea de educar a esa niña que se mostraba cada vez más inquieta. De gran importancia era enseñarle los principios básicos de la urbanidad: "no eructes, niña..., no te suenes la nariz con las mangas..., no bosteces con descaro..., no sorbas el puchero..., no te despidas sin hacer una reverencia..., no juegues al merolico..., no te rías a carcajadas..., no llores en público, pues no estamos para mendigar consuelo..., no te eches flatulencias, ya que es el olor preferido del demonio".

María estaba al tanto de proveer a Josefa de comida, velas, jabones y medicinas. La vestía con enagua, pollera y chalina, misma que usaba como mantilla a la hora de ir a misa. Le había comprado un par de zapatos y sus respectivos chapines, para cubrirlos en tiempos de lluvia, cuando las calles se llenaban de lodo. Además la peinaba cada mañana con un moño, lleno de listones, sobre la nuca.

Gracias al trabajo arduo en La Promesa, María lograba mantener su hogar. Cuando quedó viuda y desamparada, solicitó al gobierno de la ciudad que le concediera un estanquillo. Eran tantas las mujeres de edad que necesitaban trabajar, que formó parte de una larga lista de espera. Después de unos meses, el gobierno le otorgó la concesión y, al igual que todas las estanquilleras de la Nueva España, debía sufrir una supervisión periódica por parte de los funcionarios de la Renta del Tabaco. Vender cigarros caseros en vez de aquellos fabricados por el Monopolio Real, era motivo suficiente para cancelar la concesión.

Josefa ayudaba a María en La Promesa. De gran utilidad resultaban ahora los conocimientos que había adquirido en la Amiga: leer, sumar y restar. Debía levantarse en la madrugada y acomodar, en los estantes de la trastienda, la mercancía proveniente de la Real Fábrica de Tabaco. A veces se distraía mirando los dibujos estampados en las cajetillas de cigarros: palomas, manos, clarines, sirenas.

Un muchacho apodado el Mulatico, traía las cajas cada tercer día y, con cierta arrogancia, hablaba sin parar sobre el tabaco que fumaba la gente de alcurnia. Con el mayor cuidado, separaba los pliegos de papel sellado en cinco categorías y le enseñaba a Josefa a distinguir una de otra. Terminada su tarea, se despedía con algún piropo: "adiós, niña linda... primor... capullito...", pero a ella le parecía de lo más ridículo. Los cigarros, los puros y el rapé debían quedar perfectamente alineados y clasificados para que María le diera el visto bueno y le permitiera ayudarla en el mostrador, donde los clientes llegaban con sus pláticas e inquietudes a hacer el día llevadero.

—A ver, jovencita —exclamaba María—, vamos a dar un repaso a tus obligaciones: primera...

—No fiar a nadie nada.

—Segunda...

—¡No descuidar el cajón de las monedas!

—Tercera... mirar detenidamente, por ambos lados, cada moneda para comprobar que no sea...

—¡Falsa! Pero, señora María, a mí me parecen todas iguales.

—Ya te dije que les hinques el diente. Si se marca sobre la moneda...

—Es buena, pues el oro es blando —dijo la niña segura, satisfecha de sus conocimientos.

—Y mucho cuidado, Josefa. No vayas a confundir la calidad de los papeles, ni entregar cigarros de más o... ¡perder dinero! Sabes bien que vivimos al día.

Para no equivocarse, Josefa había memorizado los precios de la mercancía: el manojo de diez cigarros costaba ocho reales; la caja de rapé, cinco reales; la caja de puros de la Habana, dos pesos; la de Orizaba, un peso con cuatro reales.

## 8.

La cigarrería La Promesa abría a las ocho de la mañana y cerraba a las diez de la noche, cuando María Sotero apagaba la luz del candil. La mayoría de los clientes no iban solamente a comprar tabaco; se quedaban exhalando humo cerca del mostrador y platicando sobre los pormenores cotidianos.

Las mujeres acostumbraban fumar pitillos o inhalar polvos de rapé; los caballeros, cigarros o puros; los niños uno que otro cigarrillo que les dejaba los dedos medio tostados. La gente fumaba a todas horas y Josefa no dejaba de vender tabaco, ni de respirar el humo que invadía el estanquillo. El trabajo era intenso pero aprendió a manejarlo a la perfección y a tratar a los clientes con buena cara. Todavía conservaba esa curiosidad infantil que la llevaba a escuchar con atención las pláticas de la amplia gama de personajes que visitaban el estanquillo: "Ay, doña María, roguémosle a Dios que no se repita la carestía de maíz que sufrimos hace dos años... escuche bien, señora: el pan duro se puede aprovechar para guisos y sopas riquísimos... no aguanto más, señora Sotero: se van los hedores y miasmas de la ciudad o me voy yo... me cuenta mi marido que ya no se pueden realizar caminatas nocturnas, pues una serie de rufianes asaltan, puñal en mano, a los paseantes; yo le digo que cargue siempre una imagen de San Luciano para que lo proteja... pues claro, chiquita, si se murió el rey Carlos de España que era rey, con mayor razón nos vamos a morir todos nosotros que somos una bola de plebeyos... ya no hay moral, Eustaquia, en los oratorios domésticos los jovenzuelos, en lugar de rezar devotamente y en silencio, se atreven a llevar guitarra y bailar de pareja frente a San Nicolás y Santa Rosa... pues sí, mujer, es cierto, por la noche los corredores y rincones de afuera del Palacio Real funcionan como dormitorios de borrachos y menesterosos... ¿no te digo?, que te digo y no me crees, María, que los techados de tejamanil de los puestos de la plaza están llenos de pedazos de petate, sombreros, huaraches y todo tipo de harapos que la gente avienta… pues sí, mi Josefa, medio vaso de pulque cae bien con el desayuno, pero también en la comida y en la cena; en una palabra, a todas horas…, qué, ¿a ti no te gusta?, pos serás gachupina, ¿que no?, ¿que te gusta comer chile y tortillas?, pos entonces serás criollita, de esta misma y canija tierra".

Josefa sabía distinguir las diferentes clases sociales por los detalles de la ropa. Las capas que vestían los peninsulares eran de paño azul grana y bordadas de plata o con galón de oro. Las que usaban los criollos eran de paño negro o encarnado, sin adorno. Algunos criollos se ponían la capa para ocultar sus casacas y calzones gastados, si eran hombres, y sus enaguas viejas, si eran mujeres; en resumidas cuentas, para esconder sus vergüenzas.

—¿Por qué los indios no traen capa, María?—preguntó un día Josefa.

—Por su alto costo. No pueden comprar siquiera las más sencillas, que van de dos a ocho pesos —le informó su media hermana mientras hacía un inventario.

—¿Y el frío… les duele?

—Les duele todo, el hambre, la miseria, las epidemias. El gobierno los ignora, los manda a los suburbios; entre más lejos, mejor. Los indios de los barrios de la Candelaria y de Jamaica viven escondidos en las chinampas, islas o mogotes.

Josefa miraba inquisitivamente a los clientes. Los que llegaban en la noche eran maestros, estudiantes, abogados, médicos, libreros. Hablaban de política y de ideas subversivas. Los libros entraban a México de contrabando, escondidos entre fardos de telas o churlas de canela. Luego pasaban de mano en mano. De boca en boca iban las palabras de los enciclopedistas franceses: Voltaire, Diderot, Rousseau, Volney. Josefa aprovechaba las tertulias para acariciar las portadas de las ediciones, abrir alguna página al azar y leer alguna frase.

La injusticia social era un tema que se trataba a diario. Los criollos se quejaban del maltrato que les daban los peninsulares y de los puestos que les arrebataban. Era imperdonable que los más ricos, frente a la miseria de las castas, se atrevieran a hacer caminos con lingotes de plata, realizar banquetes con dieciséis platillos diferentes y acumular sus riquezas en un número interminable de arcones, cofrecillos, cajas y baúles.

A causa del frío de aquella noche, un buen número de personas se dieron cita en la cigarrería.

—Mi hijo es un muchacho estudioso, casi un erudito, desafortunadamente no pasó la prueba de pureza de sangre y no puede recibirse de médico —dijo un artesano.

—¡Qué barbaridad! ¿Adónde irá a parar el inocente?

—Que me perdone Dios, pero mi odio hacia los gachupines crece cada vez más —confesó, lleno de rencor—. Se creen dueños y señores de un territorio que no les pertenece.

—Es hora de tirar el té por la borda —aseveró un periodista.

—¿A qué se refiere?—preguntó Josefa, mientras empaquetaba unos cigarrillos. Todas aquellas conversaciones la inquietaban, le movían el corazón de un lado a otro. Era inevitable que sintiera responsabilidad por lo que pasaba a su alrededor.

—¿Nunca oyeron hablar de los Hijos de la Libertad?

Los asistentes formaron un círculo alrededor de ese joven que prometía una anécdota interesante.

—Era una sociedad secreta de las colonias americanas —dijo, señalando hacia el norte—. Bueno, pues estos colonos se reunieron en un lugar llamado Boston, se disfrazaron de indios y con gran valentía nadaron hasta las naves cargadas de cajas que contenían té.

—¿Ninguno se ahogó? —inquirió Eustaquia.

—No se sabe. De lo que sí estoy seguro es que los colonos llegaron a las cubiertas, capturaron a sus tripulantes ¡y tiraron toda la mercancía por la borda!

—¡Dios mío! ¡Qué desperdicio! ¿Para qué? —preguntó un estudiante.

—Para manifestarse contra la gran cantidad de impuestos con que los ingleses habían gravado el té… ¡pero no sólo el té, sino también la pintura, el plomo, el vidrio y el papel!

—Impuestos altísimos, seguramente —opinó un comerciante.

—¿Y sirvió de algo la rebeldía? —indagó un médico.

—Desde luego que sí. Pocos meses después, se reunió por primera vez un congreso de colonos americanos en contra del dominio británico y en favor de una patria independiente.

—Justo lo que nos hace falta a nosotros —aseveró María Sotero, al tiempo que se imaginaba a sí misma lanzando diez, cien, mil cajas de té sobre un mar americano—. Para mí, los gachupines serán siempre unos aprovechados… ¡que se regresen a su tierra!

## 9.

Josefa era desenvuelta por naturaleza. A los trece años lucía, fuera de toda costumbre, el cabello suelto. De repente, sin que lo dispusiera, su cuerpo empezó a transformarse y hacer su santa voluntad. Las caderas se ensancharon y la cintura se redujo. Bajo los pequeños pezones sintió crecer dos montañas que le dio vergüenza mostrar. Era una serpiente que cambiaba de humores por el mero designio de la naturaleza. Su rostro se transformaba. El autor de la Creación había dibujado sus cejas como arcadas de convento y acentuado su mirada. Su nariz era tan recta como sus principios. Nadie nunca la iba a doblegar. "Serás tan filosa como el borde de un cuchillo", le había dicho su padre, después de haber sido atacado por el alguacil. "Nunca te dejes humillar".

Abandonar el cuerpo de niña significó un duelo. Esa gotita roja que chorreaba en la entrepierna la empujaba hacia la pubertad, pero ella no estaba enterada. En vez de ignorancia hubiera preferido un golpe de crudeza.

Al fin se atrevió a confesarle a María Sotero su pesadumbre:

—Estoy sangrando.

—Lávate, niña, y ponte esto —dijo con frialdad, evitando hablar más del tema.

Su hermana le entregó un paño de hilo y un silencio que no pertenecía sólo a ella, sino a todas las mujeres que, desde mil años atrás, temían pronunciar la palabra "cuerpo". La viuda no sabía manejar los ímpetus desbordantes de Josefa, no tenía la fuerza necesaria para responder a sus múltiples demandas.

La joven lamentó profundamente no tener a su madre cerca y sentir su abrazo. Ella la hubiera curado. "¿Mamá, dónde estás?", preguntó sin hallar respuesta. Quería ser salvada de los peligros y desconsuelos con que se tejían las desgracias de la vida. En el lavadero fregó su ropa y miró absorta la sangre que corría; eran los restos de una batalla que se libraba en su vientre.

Eustaquia la descubrió.

—¿Qué haces, niña?

—¿No ves?

—Lo peor es la vergüenza.

—¿También te pasó a ti? Creí que era la única persona en el mundo que sufría esta tragedia. ¿Qué hago? Dime, Eustaquia, ¿qué hago?

—No hagas corajes ni te asustes. Que no te dé frío, ni calor. Evita correr, pero tampoco estés sentada. Deja que te salga del cuerpo la impureza. Porque si queda adentro te puede fluir por la nariz o las encías. Lo peor es que se te vaya al cerebro: te vuelves loca.

—¿Me voy a desangrar?

—Falso. Todo esto sucede para que puedas tener hijos.

—¿En este momento? ¡Dios mío!

—Para eso viniste al mundo, si no ¿para qué? ¡Mírame! —confesó afligida— Sin chiquillos, soy como un árbol seco, me desprecio.

—No te aflijas, Eustaquia, si llego a tener algunos, te los presto —dijo Josefa provocando la risa de ambas.

—¡Ah! Se me olvidó decirte, estos días evita a toda costa hacer repostería. Los pasteles se desinflan —le aconsejó la solterona.

—¿Por qué?

—Las mujeres con menstruo están en estado impuro. Tampoco debes batir el atole.

—¡Qué extraño!

—Bueno, sí puedes, pero siempre hacia el mismo lado; si no, se corta. Recuerda: esto es entre nosotras. Nunca debes hablar de las cosas que nos pasan a las mujeres.

—¿Por qué no? ¡Las inventó Dios! ¿O no?

—Ay, Josefa, mejor vete. Por si no lo sabes, preguntar es pecar.

Muchas sensaciones la conmovieron: el menstruo, la sangre, la posibilidad de tener hijos, la confesión de la solterona. Era la primera vez que Eustaquia compartía con ella el hondo pesar que habitaba en su alma.

## 10.

Cuando Josefa cumplió dieciséis años, empezó a mirar al Mulatico de diferente manera, como si necesitara que estuviera pegado a ella. Se fijó en su color tostado, en los falsetes de su voz, oscilando entre el niño desmarañado y el hombre conquistador. Siempre, al llegar con la mercancía, el jovenzuelo se lucía exhalando una nube espesa de humo, capaz de moldear figuras en el aire. A Josefa le decía Criollita y una tarde la retó a escapar del estanquillo a la hora en que María Sotero dormía la siesta. Eustaquia atendía a los clientes y nadie lo iba a notar. La muchacha se había negado a acompañar al muchacho por recato, pero el deseo le prometía nuevas vivencias. Salieron a la calle. La luz de la tarde se estrellaba contra las fachadas: de piedra roja los muros, de piedra blanca las portadas, las ventanas y los balcones.

—¡Qué hermosas son estas casas!

—Son de muy buena fábrica —opinó el Mulatico con orgullo.

—¿Cómo sabes?

—Mi abuelo, junto con otros esclavos, traía tezontle del cerro de Santa Marta.

—¿Tezontle?

—Es una piedra tan liviana que una losa grande flota en el agua sin hundirse, pero el trabajo era muy pesado. Mi abuelo murió de cansancio.

—Qué terrible.

—Por eso yo voy a trabajar en algo distinto: seré cochero y me vestiré de librea.

Atardecía. Caminaron hacia el Palacio de los Virreyes. Ya no era la niña que solía acompañar a su padre al Centro. Se había convertido en una mujer y miraba el "mundo" de forma diferente. Ahora se daba cuenta de otras cosas: que, en contraste con los almacenes construidos con ventanas y rejas de hierro, existía una serie de toldillos oscuros, rodeados de basura, letrinas comunes y pestilencia. Que en los tendajones merodeaban ladrones y prostitutas, viejos y niños abandonados, muchachos viciosos del alcohol o del juego; desgreñadas a punto de convertirse en locas o en brujas y todo tipo de vagabundos dejados de la mano de Dios. Que una piara de cerdos devoraba las inmundicias que encontraba a su paso. Que, sobre la misma plaza donde se erigió la majestuosa catedral, el Palacio de los Virreyes y el mercado del Parián, dormía la miseria. Que debajo de la fina seda que cubría a la Nueva España, proliferaban los andrajos.

Fueron a comer a los agachados, puestos indígenas donde no había mesas ni sillas. La gente comía de pie, frente al puesto, tacos de nenepile, de pata, de quijada, de panza y demás menudencias del carnero y del toro, sazonados con cebolla, chile y cilantro. Bastaba que los comensales extendieran la mano con una tortilla abierta para que las vendedoras colocaran sobre ésta trocitos de carne cocida y una cucharada de chile.

—Criollita, ¿te pido un plato?

—No, no. Con la tortilla me basta.

—¿Quieres cubiertos?

—¿No entiendes? Quiero comer al igual que los demás: si esta gente no los necesita, pues yo tampoco.

El Mulatico la llevó a la orilla del canal para mostrarle las flores, la leña, las hortalizas que se vendían sobre las barcazas y ella se dejó impresionar por el bello espectáculo. Le mostró también los puestos callejeros que se instalaban bajo la horca, donde pagaban sus penas los ajusticiados. Josefa trató de abarcar todas esas imágenes no sólo con los ojos sino con las cejas y las pestañas. La ciudad aceleraba su pulso: iba de la miseria a la belleza, de lo terrible a lo sublime. La escena de aquellos miserables vagando o durmiendo bajo las arcadas de la plaza, le pareció una pesadilla.

—Son los léperos —dijo el Mulatico.

Andaban semidesnudos, envueltos en una sábana sucia que les servía de traje y de cama. Desperdicios de comida rodeaban sus cuerpos tendidos en un suelo de tierra. Algunos de ellos se escondían bajo las hojas de diarios donde aparecían noticias de los banquetes y despilfarros de los virreyes.

Regresaron a la cigarrería corriendo. En el camino, la mirada de la joven no se dio abasto: se atosigó de vendedores ambulantes, de chinampas deslizándose sobre los canales. En su pecho resonaron los campanazos. La ciudad era temperamental y endemoniada, un enorme muestrario de grandezas y miserias. Él se atrevió a tomar su mano, pero ella lo evitó de inmediato. Esa mano oscura, apresando sus dedos, había invadido su intimidad y sintió vergüenza.

En la puerta de la cigarrería Josefa no se despidió del muchacho, simplemente le pidió que se fuera. No quería arriesgarse a que los vieran juntos. La aventura había terminado de manera extraña, así que entró nerviosa a la accesoria y se mezcló con las personas que rezaban el rosario. "Llena eres de gracia, el Señor es contigo, bendita entre todas las mujeres". María no la vio; acostumbraba cerrar los ojos cuando rezaba, buscaba la devoción adentro. Josefa se sintió a salvo. "Llena eres de gracia". Sin embargo, no se fijó que Eustaquia la miraba con severidad. Dios te salve, Josefa. Esa misma noche, la solterona la delató.

—¿Para esto te eduqué? ¿No te dije mil veces que los hombres son para lo público y las mujeres para el encerramiento? —exclamó María, indignada—. ¡Desagradecida! ¡Bien haría en lanzarte a la calle!

A consecuencia de esta acción imperdonable, María la inscribió como interna en el Colegio de las Vizcaínas, una institución de gran prestigio, erigida como casa refugio de doncellas y viudas con el fin de asegurar su honestidad, buena educación y costumbres. En vano fueron las protestas airadas de Josefa.

—¿Me va a enviar a un convento? —exclamaba llorando.

—¡Ya te dije mil veces que no es un convento! Es una casa fundada por los vascos para educar a la mujer y prepararla para el matrimonio. Deberías agradecer a Dios esta oportunidad. Sólo en las Vizcaínas obtendrás los conocimientos y las habilidades necesarias para ser una mujer de honor y te alejarás de las tentaciones que rondan la cigarrería. Si nuestro padre viviera, aceptaría de buen talante mi decisión.

## II.

María Sotero se quedó atrás, en la sala de visitas, con una despedida a medio decir, a medio abrazar, dejando la expresión de su sentimiento en un esbozo. Josefa no quiso alargar el momento y se alejó como un pájaro que huye del invierno. Cargando el hatillo triste de sus pertenencias, se encaminó a la oficina. Una construcción majestuosa de dos pisos, con arcos de piedra y barandales de metal, rodeaba el amplio patio del colegio. La rectora la recibió con seriedad absoluta y le dio a leer las constituciones del establecimiento. Luego leyó en voz alta la carta que la nueva colegiala, obligada por su hermana, había escrito de su puño y letra:

> Con el mayor rendimiento suplico a Vuestras Usías me hagan la caridad de admitirme en ese su Colegio para servir a Dios Nuestro Señor y quitarme de los muchos peligros del mundo, lo que el Señor pagará a Vuestras Usías y en mí tendrán una perpetua capellana.
>
> Somos 16 de Mayo de 1789 años.
> Besa la mano de Usías,
> María Josefa Crescencia y Ortiz

La tuvo que firmar, días atrás, cuando María Sotero le anunció que el señor Rafael Fuertes, pariente lejano de la familia, se había ofrecido a dar los diez pesos mensuales que solicitaba la escuela para mantener a las pensionistas. Por culpa del citado señor, pensó Josefa, ingresaría al Colegio de las Vizcaínas.

La rectora, una anciana encorvada, cuya autoridad moral no bastaba para enderezar su averiada columna, se desentendió de la recién llegada en cuanto vio entrar a la primera de vivienda. La mujer, regordeta, de unos treinta años, se presentó: "Soy Ignacia Blanco, ven conmigo". Con firmeza tomó del brazo a Josefa y la llevó a conocer las diferentes viviendas que conformaban el edificio. El temor de la recién llegada se multiplicaba al infinito, igual que las arcadas del patio. No eligió habitar en esa escuela, así como nunca le pidió a Dios que sus padres murieran. ¿Conjuraba la vida contra ella? Mientras se formaba en su interior un revoltijo de sentimientos, Ignacia le mostró la capilla, la sala de labor y la enfermería. La recién llegada deseaba rebelarse contra su destino, pero se sometía. Quería exigir que la dejaran salir, pero continuó el recorrido sin chistar. Le hizo falta su madre, sus manos peinando su cabello, la colcha donde se hundía; su padre regalándole una jaula para los pájaros. ¿Dónde estaban ellos ahora?

Al fin llegaron a la vivienda que Josefa compartiría con un grupo de colegialas. De primera impresión el lugar le pareció limpio, arreglado, cálido. Alrededor del fogón un grupo de muchachas preparaban un guisado prieto, molían jitomate, pimienta, clavo. Olía delicioso. La primera de vivienda le presentó a sus futuras compañeras: cinco jovencitas y dos niñas. Algunas se acercaron a platicar con ella, otras la examinaron con recelo.

Por orden de Ignacia, Josefa lavó y picó el perejil para el guisado. La frescura y el olor de las hojas le parecieron un consuelo. De pronto, Antonia Japano apareció en la puerta de la vivienda.

—¡Antonia! ¿Qué haces aquí? ¡Qué alegría!

El encuentro fue grato, lleno de preguntas y respuestas. Se pusieron al tanto de sus vidas, se abrazaron una y otra vez.

—¡Me siento tan extraña, tan ajena a todo esto! ¡No me dejes, amiga! —rogó Josefa.

—Ven, te voy a contar algo mágico, pero no quiero que se enteren las demás. ¡Son unas ilusas! Mira... antes de ingresar aquí, mi padre me llevó a la feria y ¿sabes lo que vi? ¡Una maravilla! ¡La Venus Electrificada! Es grandiosa porque está llena de electricidad.

—¿Cuál Venus? ¿De quién me hablas?

—De una de las mayores atracciones de la feria, se exhibe sobre un taburete hecho con material aislante, que la protege de cualquier toque eléctrico.

—¿Para qué? ¿Por qué? No entiendo nada.

—Venus reta a los varones a que le den un beso.

—¡Jesús! ¿Y luego?

—Los que se acercan a ella sufren tal descarga que tienen que retroceder... ¡imposible besarla!

Josefa sintió de inmediato que no estaba sola. Aquella jovencita, su gran amiga de la infancia, estaría a su lado.

La combinación de carne, azafrán, canela, jitomate y cebolla hacían del guisado prieto una delicia; sin embargo, fue la compañía de Antonia lo que había sazonado realmente su primer día en las Vizcaínas.

## 12.

A las cinco y media de la madrugada las despertaba una campana, tañidos fríos que irrumpían dentro de las sábanas cálidas como intrusos. Aún no amanecía y la luz de las veladoras de San Nicolás Tolentino, el santo que asusta los temblores, iluminaban la habitación. Era la hora gris, Josefa se levantaba de mal humor y maldecía la fetidez de las bacinicas, la humedad y el aire viciado de la habitación. Lanzaba una flema a la escupidera. Ignacia Blanco la reprendía: es deber de las colegialas amanecer agradeciendo a Dios.

En camisón, descalza sobre las losetas frías del piso, la joven se mojaba cara y manos en el aguamanil. El espejo le devolvía una cabellera negra, esponjada e indomable, y un ceño fruncido, imposible de deshilvanar.

La mayoría de las alumnas vestían sencillamente; en cambio, Margarita Santoyo, desde su ingreso, lucía con presunción tocados de raso y seda. Además llegó a usar rebozos con guarniciones de oro y plata, así como encajes, prohibidos por la institución. Margarita trataba a todas con superioridad; se sentía con el derecho a decir lo que debían hacer sus compañeras, cómo tenían que comportarse y hasta los rumbos que tomarían sus vidas.

Sobre el fogón de la cocina, Ignacia Blanco calentaba leche de cabra en una olla que ofrecía a las colegialas junto con una hogaza de pan. Trataba de ser rigurosa, pero la vida le había enseñado a ablandarse, a llevar la fiesta en paz. Nueve años antes había estado a punto de contraer matrimonio con un médico de Calimaya; sin embargo, su prometido había muerto en uno de los tantos incendios que acaecían en la ciudad. La tragedia obligó a la mujer a ingresar en el colegio y entregarse a su ilustre obra de por vida.

Poco antes de las seis de la mañana, las colegialas salían de sus viviendas y se escurrían por los pasillos para acudir al rezo matinal. En el altar de la capilla las esperaba un capellán para recitar la misa en medio de los collarines, las basas, los zoclos, las coronas y los santos de las portadas. Las colegialas, apretujadas en el coro bajo, oraban y cantaban en latín como ángeles que ocupasen sus tronos en la corte celestial:

*Oramus te, Domine,*
*Per merita sanctorum tuorum,*
*Quorum reliquiae hic sunt,*
*Et omnium sanctorum:*
*Ut indulgere digneris*
*Omnia peccata mea. Amen.*

Josefa se escapaba del dogma para entrar en la fantasía. Volaba hacia la Virgen del Coro para tocar sus riquezas, contarlas: la sostenían cinco serafines de plata maciza y sus adornos tenían ciento noventa y dos diamantes, trescientos cuarenta y dos esmeraldas, veintiséis rubíes y cuatro jacintos. Contando y cantando pasaba la misa, sin sentirla. Un día, después del rito, descubrió el letrero colgado en uno de los pasillos: "En esta noble institución no se aceptan indias, negras, mulatas o mestizas".

—¿Por qué no las aceptan, maestra Ignacia Blanco?

—¿A quiénes?

—A las indias, mulatas...

—Son diferentes... de otra clase, otra educación.

—Pero son mujeres como nosotras.

—No debemos mezclarnos con ellas, son oscuras, hechas de sombra.

—¿Y las blancas?

—Somos como la luz.

—Pues yo creo en los matices.

—¿A qué te refieres?

—Todos somos luz y sombra, una mezcla, un revoltijo.

—Estás equivocada, la sociedad debe estar perfectamente dividida y clasificada, si no... ¿adónde vamos a parar?

En la vivienda iniciaron, como cada mañana, las labores encaminadas a la gloria de Dios y al florecimiento de las virtudes cristianas que consistían en preparar la comida, tallar y tender la ropa, barrer y fregar los pisos con jabón y cepillo y desprender las telarañas con los plumeros de mango.

13.

Las constituciones del colegio ordenaban que las niñas pequeñas se dedicaran al estudio. Junto al fogón de la cocina, entre jarros y cazuelas, Ignacia Blanco les enseñaba a leer con el silabario, un pequeño cuadernillo gracias al cual aprendían a deletrear. La maestra realizaba su labor sin remilgos, mientras las muchachas más grandes hacían labores de limpieza y cocinaban.

A poco de haber llegado, Josefa se acostumbró a las rutinas del colegio. A mediodía, luego de cocinar y de terminar las labores de limpieza de la vivienda, una campana ordenaba suspender todo trabajo para rezar el ángelus. Sentada a la mesa, junto con sus compañeras, las alumnas recitaban con devoción:

*El Ángel del Señor, lo anunció a María.*
*Y concibió por obra del Espíritu Santo.*
*Dios te salve, María, llena eres de gracia…*
*Santa María, madre de Dios…*
*He aquí la esclava del Señor…*

Josefa terminaba el rezo con un apetito voraz y saboreaba los alimentos que había preparado con tanto esmero: tortillas con chile y manteca, frijoles, guisos variados con carne de res, ternera o pollo; papas y ejotes cocidos; arroz y garbanzos.

De la una a las tres de la tarde era la siesta y, después, debía acudir a la sala de labor. Esta actividad era obligatoria pues, según el patronato del colegio, "siendo el ocio el mayor mal de las mujeres, deben trabajar por el honor de sí mismas". En esta sala estaba prohibido leer, escribir o platicar. Las jovencitas debían dedicarse exclusivamente a coser, bordar y compartir lecturas sobre moral cristiana, cultura general y preparación para el matrimonio o el estado religioso. Así, mientras escuchaban algún fragmento de los *Ejercicios Espirituales* de San Ignacio de Loyola, hacían bordados en blanco, en color y con hilos de algodón, seda, oro y plata, piedras preciosas y perlas. La estancia en la sala de labor terminaba a las cinco de la tarde, después se dirigían a la capilla para rezar el rosario en el coro alto.

Había una hora de recreo en los patios y azoteas, mismas que se usaban como terrazas, pues estaban llenas de bancas y macetas con flores. Una tarde, Josefa aprovechó para compartir con Antonia Japano una caja de polvos de rapé que le había regalado María Sotero, el Día de Reyes. Se divertían aspirando los picantes del tabaco, estornudando una y otra vez, y limpiándose las fosas nasales con paños bordados.

—En el Parián —le dijo Antonia en voz baja— vendían unas cajitas de rapé donde aparece una pareja en una postura comprometedora.

—¿A qué te refieres?

—Al acto carnal.

—¿De qué hablas, amiga? —dijo perpleja.

—De un hombre y una mujer desnudos, uno arriba del otro.

—¿Crees tú que las personas les guste hacer eso?

—Yo creo que no, Josefa. Dicen que sirve únicamente para tener hijos y que disfrutarlo es un pecado muy grave. Te llena toda de culpa y remordimientos.

—Me gustaría ver una de esas imágenes, por curiosidad. Nadie habla de esas cosas, al menos así me voy a enterar cómo se acomodan los esposos para tener hijos.

—Ya no puedes. Las cajas fueron confiscadas por la Inquisición.

A las siete de la noche en punto sonó la campana que indicaba el regreso a la vivienda.

—¡Guarda el rapé, que se acerca Ignacia!— pidió Antonia alarmada.

Por la prisa, Josefa derramó el rapé en el piso y fue castigada durante una semana sin recreo. Antonia, solidaria, se impuso la misma privación.

## 14.

Llevaba dos meses en el colegio cuando Josefa conoció a Miguel Domínguez Trujillo. Era día de visita de los miembros del cabildo de la muy noble e imperial ciudad de México. A través del gran portón había entrado un grupo de condes, marqueses, prelados, abades y maestros, quienes desfilaban sobre tapetes encarnados con el deseo vehemente de visitar la insigne obra que los vascos habían realizado. Acicaladas y peinadas, las colegialas peleaban por colocarse hasta adelante y lucirse ante los distinguidos señores. Habían sacado de los baúles listones y coloretes, y se desvivían por mostrar su mejor cara. Deseaban encontrar marido y perdían la compostura con facilidad. Movían el abanico, se pavoneaban provocativamente y pestañeaban lánguidas. Los nobles, aunque deslumbrados por el ramillete de señoritas, fingían indiferencia o miraban de soslayo, con altanería, a la manera de jueces. Entraban y salían de las oficinas para cumplir con sus encargos burocráticos: revisar los libros de actas y los estados de cuenta, las listas de las alumnas, los papeles y documentos recibidos y enviados. Por su relación estrecha con el colegio, Miguel debía testificar la visita a la casa de enseñanza y dejarla asentada en un papel sellado.

La mayoría de las colegialas depositaban en los distinguidos varones la esperanza de salir del encierro y casarse por los siglos de los siglos, amén. Sin embargo, Josefa se sintió intimidada. Había gozado la entrada esplendorosa de los señores nobles y hasta el repiqueteo de las campanas de la capilla; sin embargo, no le gustaba que la miraran como objeto curioso, que la manosearan con la vista. En el ambiente flotaba algo que le causaba mareo. ¿Los linajes? ¿Los desplantes? El sol le daba de lleno y luego de casi una hora de estar de pie, se le nubló la vista y desfalleció.

Al recuperar el conocimiento, se encontró en brazos de un hombre que usaba la capa tan larga como un río y que la envolvió en sus cauces. Un rostro que se parecía a un paisaje árido, llano, profundo, con los ojos de fuego y la boca a punto de cantar un himno.

—¿Se siente mejor? —se atrevió a decir el hombre.

—No sé que me pasó —respondió Josefa, perturbada. Entre las colegialas que se habían acercado, estaba Antonia.

—Se desvaneció —comentó amable el hombre—. Afortunadamente pude evitar que se golpeara.

—Mil gracias, señor —dijo ella nerviosa, mientras se ponía de pie con torpeza.

—Dígame, señorita, ¿cuál es su nombre? —rogó el desconocido sin importarle el corrillo que se había formado alrededor de la pareja.

—Josefa.

—¿Apellidos? —preguntó todavía impresionado por esa piel coloreada por la luz de la tarde, por la gravedad de su mirada, por la forma deliciosa de sus senos.

—¿Importan realmente?

—¡Por supuesto! —dijo desconcertado ante la pregunta de la joven—. Yo soy Miguel Domínguez Trujillo, oficial mayor del gobierno del virreinato.

—Que puesto tan... tan sobresaliente —comentó, sorprendida de que un hombre de elevado rango se fijara en su humilde figura. Entre todas las muchachas que lo miraban con coquetería, la había elegido a ella.

—¿Me permitirá visitarla alguna vez? —dijo sin esconder la emoción que embargaba su voz.

Josefa lo miró fijamente con sus ojos gris perla. Era un hombre muy distinguido, aunque le sobraban años. ¿Qué responder? De pronto, descubrió entre las alumnas el rostro envidioso de Margarita. Era la ocasión perfecta para hacerla sentir mal.

—Me sentiré muy complacida —le dijo al abogado con una mezcla de gozo y altanería, segundos antes de que la campana del colegio anunciara la hora de rezar el rosario.

Esa tarde, Miguel había quedado gratamente impresionado con la belleza y el temperamento de Josefa. El hombre no tardaría mucho en descubrir que la joven era un ave que deseaba ensanchar sus alas y volar muy alto.

## 15.

El cuerpo de Josefa hablaba, gritaba, fluía entre mil humores. ¿Cómo apartar los deseos de su piel si vivía dentro de ella? ¿Cómo desterrar los líquidos que vagaban en el universo de su persona? Deseaba aventurarse en los lugares más recónditos y conquistarlos. Por las noches, al momento de quitarse la ropa, se escondía tras un biombo. Detrás de la placidez de un paisaje chino, miraba su figura, la tocaba, acariciaba sus pechos. Sentía una mezcla de placer y vergüenza. Era víctima constante de la confusión. En tanto su boca reía a carcajadas, el corazón caía al vacío. Mientras los pies querían correr, la cabeza asentía servilmente a las indicaciones de las maestras y de la rectora. Amanecía cantando y maldiciendo. ¿Cuál era su destino? ¿Habitar por siempre en aquella institución de colegialas? ¿Casarse? La preparaban para ser esposa, no había más.

La madeja de su vida se enredaba; en cambio, la de Margarita Santoyo se desenredaba hasta convertirse en un hilo que, sin el menor cuestionamiento, terminaría en matrimonio. El mayor deseo de su compañera de cuarto era casarse, encontrar al hombre que la llevaría a un palacio para vivir a la usanza extranjera, vestirse a la última moda y tomar fiambres y vinos exquisitos. Deseaba preparase en las labores del hogar y contraer nupcias con un peninsular pues, a ellos, decía, les toca la mejor parte del gran pastel que es la Nueva España: los mejores puestos, títulos honorables; en pocas palabras, la crema y los adornos. Margarita había nacido del matrimonio del capitán Pedro Santoyo, de noventa y dos años de edad, con doña Marina Sierra, de dieciocho. Al morir la madre, víctima de la peste, el capitán se esmeró en educar a su hija como una princesa bella y caprichosa. Cuando el noble, de origen vasco, enfermó gravemente del corazón, manifestó su deseo de que Margarita ingresara al Colegio de las Vizcaínas. Para tales fines donó a la escuela una cuantiosa suma y dejó a un albacea para administrar la herencia de la joven.

Una mañana, mientras Josefa y Antonia platicaban en la vivienda de las innumerables cualidades que tenía Miguel Domínguez, Margarita retó a su compañera:

—¿Tienes dote?

Josefa guardó silencio y se sintió la mujer más desheredada sobre la Tierra. Repasó las posibilidades: sus padres habían muerto sin dejar herencia; María Sotero tenía el dinero justo para vivir; y su benefactor, Rafael Fuertes, tenía seis hijas casaderas a quienes dejaría su fortuna.

—Una mujer sin dote carece de condición y sobre todo de riqueza. Imposible que alguien de la categoría de Miguel Domínguez acepte a una muchacha como tú —dijo Margarita con malicia.

—Mira, el tal señor Domingo, Domínguez o como se llame, no me importa —replicó herida—. Es tan viejo y nebuloso como un Viernes Santo.

—¡Mientes! Lo que más deseas en esta vida es casarte con él y asegurar tu posición. ¿Me equivoco? —expresó irónica y sin esperar respuesta, salió de la vivienda para asistir al ensayo de coro.

Josefa odió a Margarita porque tenía razón. Carecía de dote y fortuna. Su padre había soñado siempre con ser funcionario del gobierno virreinal. No sucedió, así que tuvo que conformarse con poseer un modesto comercio. En suma, ocupaba en la sociedad novohispana el lugar destinado a los criollos: ni muy arriba ni muy abajo. Pensó en la mirada de Miguel Domínguez, en su rostro. ¿Debía aceptar sus galanteos? Era rico y noble, de treinta y tres años de edad. No sabía cómo tratarlo. ¿La visitaría el domingo? Imaginó entonces una escena que la ruborizó: ella y el abogado aparecían desnudos en la tapa de una cajita de rapé haciendo el acto carnal.

## 16.

Los domingos eran días de misa y de descanso, de recibir en el locutorio a las visitas y de añorar, con mayor intensidad, aquella vida que estaba afuera del colegio, palpitando a un ritmo más acelerado, pintándose con los colores de una paleta infinita.

Ignacia Blanco fue la encargada de avisar:

—Josefa, tienes visita en el locutorio —anunció sonriente.

El corazón le dio un vuelco. ¿Era Miguel Domínguez? Con premura se amarró el cabello con una cinta de color azul y se puso sobre el vestido de algodón una chalina.

En el locutorio, las internas compartían con sus familiares almuerzos y chocolate, tocaban la flauta y cantaban. Además, encendían cigarros en algunos de los bracerillos. De pronto, un hombre se le acercó. Era Miguel. Vestía una casaca roja y una capa oscura y se había quitado el sombrero para saludarla.

—Si no se acuerda de mí, soy capaz de suicidarme —declaró sonriente, iluminado por el encuentro.

—No lo haga, por favor, sería para mí un gravísimo cargo de conciencia.

—He pensado mucho en usted, a tal grado que me distraje de mis deberes con la justicia —confesó mientras la invitaba a sentarse al fondo del locutorio.

Lentamente, Josefa fue acomodando sus enaguas, no sabía qué hacer, qué decir. Aquel hombre era en exceso galante. La tela del vestido colegial deslucía junto a la camisa fina del visitante.

—¿A qué debo su visita? —se animó a preguntar.

La escucha, curiosa, se ubicó en una banca cercana, quizá demasiado, para vigilar la conversación.

—A la necesidad de verla, de saber de usted.

—No se anda con rodeos, ¿verdad?

—Dígame, ¿cómo llegó a este colegio?... Cuénteme de su familia.

—Soy huérfana. Mi hermana me trajo aquí... en fin... me trajo.

—Dígame más —rogó el visitante.

Josefa guardó silencio, no le agradaba contar sus cosas, pero el hombre mostraba una seguridad que la atraía.

—Aquí dentro, entiéndame señor, soy una entre quinientas. Todas rezamos, cocinamos, bordamos.

—Pero usted es especial.

—¿Por qué muestra tanto interés en mí? Me dobla la edad, podría ser su hija —dijo intrigada. La escucha se acercó tanto que podía olerse su fétido aliento.

—De ninguna manera, la atracción que siento hacia usted no es filial —aclaró de inmediato—. Tengo dos hijas y le aseguro que mi sentimiento hacia ellas es muy diferente. Mire, Josefa, soy viudo y estoy solo.

—Entiendo... ¿hace cuánto murió su mujer?

—Cinco años. El tiempo suficiente para olvidarla.

—Eso es cruel. Se aprovecha de la difunta porque ya no puede reclamarle—. La escucha devoraba las palabras ajenas, las medía, las sopesaba.

—Mire, le traigo un regalo —anunció al tiempo que sacaba un collar de un pequeño cofre y luego se acercó a ella para colocar la joya alrededor de su cuello. Sintió descender un par de manos cálidas hacia sus hombros y sus brazos. Se inquietó, el placer era tan intenso que ni siquiera la mirada morbosa de la escucha la intimidó.

Sonó una campanita. El tiempo de visita había terminado y un lamento general se oyó en el locutorio.

—¿Me dejará visitarla el próximo domingo?

La joven asintió. Se sentía halagada. Además, el hombre le había llenado los pulmones con un aire que la renovaba. Miguel Domínguez representaba esa vida exterior que tenían vedada las colegialas, la posibilidad de las aventuras y las tentaciones. Para colmo, la había tocado.

## 17.

Además de ser calificadas como inconstantes, frívolas y prontas a la ira, las mujeres eran consideradas flojas y viciosas, especialmente aquellas damas de la nobleza que pasaban el tiempo jugando a las cartas, fumando y conversando en los salones del estrado. Según los reformadores de las costumbres, el ocio era uno de sus mayores males y por eso era importantísimo que las alumnas de las Vizcaínas dieran la apariencia de laboriosas y estuvieran ocupadas en la sala de costura.

Debido a que muchas de las jovencitas no contaban con los medios para adquirir los enseres que utilizarían en sus labores, las autoridades del colegio organizaron un montecillo de piedad: las jóvenes pidieron tijeras, lienzo, seda y otros utensilios, a la rectora, y se pusieron a trabajar intensamente. Una vez realizados los bordados y las costuras, los venderían y restituirían al montecillo lo gastado. El dinero sobrante sería para beneficio de las alumnas.

Las ventas se organizaban varias veces al año. Sobre largas mesas colocaban la mercancía y la exhibían ante las personas interesadas en engalanar su casa con pantallas para lámparas o vestir con primorosos trajes a sus santos.

Esa mañana Josefa amaneció de muy buen talante. Las ventas del montecillo significaban un cambio en la rutina. Además, la posibilidad de ver a su pretendiente le ponía chinita la piel.

Poco antes de levantar los enseres… Miguel Domínguez apareció. Estaba vestido con una casaca sobria y elegante. Un tricornio con plumas airosas adornaba su cabeza; una sonrisa grave, su rostro. ¿Era posible que a un señor de tan altos mandos en la justicia de la ciudad le interesaran los finísimos bordados sobre lino? Encontró a Josefa entre los pañuelos, las costuras y los vestidos para vírgenes y niños Jesús. La saludó cortésmente y luego preguntó el precio de las bolsas de chaquira. Compró tres adornadas con paisajes, flores y pájaros. Dos para sus hijas, la tercera para la vendedora, es decir, para la misma Josefa. Hablaron poco. Miguel le explicó, con discreción, que había pedido permiso a María Sotero y después a las autoridades del colegio de visitarla todos los domingos. De ambos había recibido respuesta favorable. Josefa se alegró. El hombre tenía relaciones de amistad y negocios con la Mesa de la Cofradía de Aránzazu, fundadora del colegio, así que, para las mujeres de la época, era indudablemente un buen partido.

## 18.

La tarde de la fiesta de San Ignacio de Loyola, las puertas de la capilla del colegio se abrieron a la verbena popular, como si el aniversario del jesuita permitiera la mezcla de clases. El santo de Loyola tenía la virtud de derribar las afrentas entre las razas y añadir tintes morenos a los blancos. Por extraño que pareciera, el marqués de las Amarillas y el mariscal de Peñafiel se veían obligados a codearse con herreros y boticarios, sastres y panaderos.

Josefa había esperado con ansia ese día. Deseaba encontrarse con Miguel Domínguez, quien, a la manera de un cometa, aparecía fulgurante en su memoria.

Para la misa, las autoridades del colegio habían solicitado acólitos especiales. Las alumnas, ataviadas sencillamente, con saya y manto, se habían reunido en el coro bajo para cantar los himnos ensayados durante varias semanas.

*Domine Jesu Christe, Fili Dei vivi,*
*qui ex voluntate Patris,*
*cooperante Spiritu Sancto,*
*per mortem tuam mundum vivificasti...*

La hija de la rectora tocó el armonio y Josefa, más humilde, se encargó de abrir y cerrar los fuelles, soplando una y otra vez el aire que le daba vida al instrumento y que después de cincuenta pedaleadas, le robaba la respiración.

En el patio principal se instaló un comedor para los miembros de la cofradía de Aránzazu y para los invitados distinguidos; escenografía teatral de cortinas de seda y repisas con utensilios de oro y plata. Sobre el mantel bordado de la mesa, algunas alumnas colocaron la merienda: jícaras llenas de espumoso chocolate y bandejas con melindres, rosquillas de miel y dulces de almendra.

Entre los majestuosos arcos del colegio apareció Miguel Domínguez: sobrio, como escarabajo de caparazón resplandeciente. Solemne, saludó a unas señoras y a un obispo. Luego miró a su alrededor. En cuanto descubrió a su predilecta, se acercó con paso seguro, hizo una reverencia y besó su mano con delicadeza.

Al momento de las luces de artificio, las colegialas, las maestras y los invitados salieron del colegio para disfrutar del espectáculo. Se habían colocado tres arcos de tule y un grupo de coheteros encendió docenas de cámaras y ruedas. Los fuegos del barrio de San Pablo iluminaron los rostros.

De pronto, el cielo mandó veinte rayos, no de artificio sino naturales, junto con una tormenta que empapó a los asistentes provocando que se desperdigaran por todas partes.

—Santa Bárbara Doncella, líbranos de esta centella —exclamó Josefa cubriéndose la cabeza con las manos.

—Venga conmigo —invitó Miguel—, conozco un sitio donde podemos guarecernos de este chubasco.

Disfrutando palmo a palmo la libertad otorgada providencialmente, Josefa y Miguel corrieron lejos del colegio y se refugiaron de la lluvia en una licorería. Sobre los estantes, una serie de botellas de cristal verde invitaban a saciar la sed. Miguel Domínguez le pidió a su acompañante que eligiera entre anís dulce, licor macerado de ciruela o algún jerez importado de España.

Bebieron de pie, ante el mostrador, mirándose uno al otro, acercando sus cuerpos. La cercanía del hombre le confirió a Josefa un claro sentimiento de seguridad, un sentido de pertenencia que hacía mucho tiempo no experimentaba.

—Brindo por usted, la joven más hermosa que he conocido.

—Gracias, señor Domínguez.

Por efecto del licor, la joven sintió una alegría liviana, volátil, como una nube juguetona que vuela sin rumbo. Caminaron por las calles como dos almas: sin nombre, sin posición, sin preocupaciones, olvidando las reglas rígidas e implacables que regían sus mundos personales.

Antes del atardecer, Miguel llevó a Josefa de regreso al colegio. Afortunadamente la fiesta aún no había terminado y el portón del colegio estaba abierto. En medio de un grupo de alumnas y maestras, el abogado se despidió de la joven haciendo una reverencia. Un sentimiento de admiración y envidia surgió entre las colegialas. ¿Por qué cortejaba el abogado a una joven proveniente de una vecindad? Al sentir las miradas escrutadoras, Miguel tuvo que comportarse con la mayor seriedad posible y contener su deseo de abrazar a la joven, de besarla. Josefa se despidió haciendo un leve movimiento con la mano y caminó victoriosa por los pasillos. Sus compañeras de vivienda la llenaron de preguntas. Querían conocer a detalle su escapada con el abogado. Emocionada, Josefa las complació. Margarita guardó silencio, un silencio amargo. No soportaba que su compañera fuera centro de atención y peor aún, que tuviera un pretendiente tan importante. En la vivienda, Josefa le confió a Antonia sus sentimientos: se sentía atraída a ese hombre que la trataba como una reina.

—Te lo mereces, amiga mía.

—A su lado me siento protegida. ¿Por qué me habrá elegido entre todas? No soy virtuosa ni tengo dote.

—Se siente fuertemente atraído hacia ti. Tu belleza y tu juventud lo vuelven loco. ¿Lo amas?

—No sé. Me siento halagada. Insistió en visitarme los domingos y yo accedí.

—Tal parece que tiene intenciones serias. En cambio, yo, con Julián, no voy a ninguna parte.

—¿Julián? —preguntó Josefa desconcertada.

—Sí. Julián del Campo…

—¿Nuestro maestro de música? Ay, Antonia, no me digas…

—¡Estoy enamorada! —interrumpió.

—¿Desde cuándo? No me habías contado nada.

—Se fijó en mí desde que estaba en el coro. ¡Ay, Josefa! No dejo de pensar en él. ¿Sabes lo que hacemos para comunicarnos? Nos escribimos cartas de amor y las dejamos dentro del armonio.

—Ay, amiga, debes ser muy discreta. Si las maestras se llegan a enterar, seguramente te expulsan.

## 19.

La rutina del colegio fastidiaba a Josefa. No hallaba motivación alguna ni en el bordado, el rezo o la convivencia con sus compañeras. Odiaba la rutina y añoraba la intensidad, caminar en la cuerda floja. Aquellos días la inquietud la agobió. Habían pasado ya tres semanas sin tener noticia de Miguel. Ignacia Blanco lo disculpó:

—Está muy ocupado, niña. Ha sido oficial mayor de gobierno desde hace unos seis o siete años. Es todo un magistrado.

—Pues que me haga justicia y me saque de este aburrimiento.

—¡Josefa! ¿No entiendes que trabaja en el Palacio de los Virreyes?

La colegiala odiaba la solemnidad, los nombres rimbombantes. ¿Qué estaría haciendo el hombre en ese mismo momento? Seguramente estaba consultando libros sobre leyes, tan parecidos uno a otro.

Al fin, una mañana, Ignacia Blanco le entregó la carta:

Querida Josefa:

El ilustre señor don Pedro de Levante, oidor de la Audiencia, me ha invitado a un sarao en su casa de San Agustín de las Cuevas, en las afueras de la ciudad. Me sentiré muy honrado si usted acepta acompañarme. Por tratarse de un viaje largo saldremos el próximo sábado en la madrugada y regresaremos en la noche. Pedí permiso al patronato y no se negaron. Tengo entendido que ven con buenos ojos que caballeros de probada honorabilidad pretendan a las alumnas. El único requisito de la autoridad del colegio es que nos acompañe una de las decanas, como chaperona. Este mensaje llegará a través de su maestra Ignacia Blanco. Deje su respuesta con la portera del zaguán de capellanes. Si su respuesta es sí, será el principio de mi gloria.

Besando mil veces las manos,
Miguel Domínguez

—Ignacia, ¡qué alegría!

—Te acompañará la decana Matilde Cruz, una de las maestras fundadoras del colegio. Sabes bien que una muchachita no puede salir sin una acompañante de respeto.

—Está bien, Ignacia, lo sé.

—Ahora sólo te pido que prepares tus cosas. No te olvides de llevar un rosario.

Gracias a la invitación, el ánimo de Josefa se levantó de inmediato. Era una propuesta a dejar el encierro. Ya era hora de cambiar de aires.

El viaje a San Agustín de las Cuevas fue memorable. Viajaron en un lujoso carruaje tirado por dos caballos y, desde el primer momento, Miguel la llenó de atenciones. Alejarse de sus labores de escritorio lo convertía en un hombre jovial. Además, su locuacidad era incomparable: iba comentando los diferentes paisajes de la ciudad: los templos, palacios y fuentes; los cerros y lagos; las calles atestadas de una población variopinta. Escenas tan coloridas que parecían listas para plasmarse en un lienzo. Con la mirada fija en la ventanilla, la anciana Matilde, quien llevaba varios meses sin salir del colegio, contemplaba con beneplácito el paisaje.

—Por aquí viví de niña, mi madre se dedicaba a bordar manteles para los virreyes —dijo emocionada, sonriendo con los pocos dientes que le quedaban.

—Con toda seguridad, sus bordados eran muy hermosos—comentó Josefa complaciente.

—Los mejores de la Nueva España —exclamó con nostalgia.

La ciudad había sido construida con las manos de los hombres y reflejaba sus virtudes y defectos: desde la suntuosidad de sus palacios hasta la acumulación de inmundicias en las acequias. Nobles y eclesiásticos portaban lujosos trajes, a diferencia de indios y mestizos que se cubrían con manta.

El coche fue bordeando el Canal de la Viga, rumbo al sur, y luego se encaminó a través de bosques y tierras de cultivo hacia San Agustín de las Cuevas. Poco antes de llegar a la finca, una de las ruedas del coche se averió y tuvieron que ir una legua a pie.

Al llegar a la hacienda, Josefa se sorprendió. Había imaginado que sería una casa de campo sencilla, pero se encontró frente a una edificación inmensa de cantera y herrería vistosa. Junto con ellos arribaron damas y señores de la nobleza que Miguel saludó con propiedad, para después presentar a su acompañante como alumna insigne del Colegio de San Ignacio de Loyola.

Josefa saludó cortésmente, pero sintió que los invitados la examinaban de arriba abajo. ¿Quién era esta muchachita que acompañaba al abogado? ¿Por qué se conformaba con una colegiala? No podían explicarse la elección hecha por uno de los viudos más asediados del virreinato.

La finca contaba con varias habitaciones, una gran terraza adornada con hermosos pedestales para macetones y, al fondo, una huerta de árboles frutales en donde el anfitrión mandó instalar una larga mesa con exquisitos manjares. Los invitados se atiborraron de pollo, perdices y pescado, además de cajeta de Celaya, pastelones, frutas del tiempo y nevados.

La modesta comida que Josefa preparaba en el colegio no tenía comparación con estas deliciosas viandas y comió en demasía. Una vez que se sintió colmada llegó a su mente la imagen de un ejército de hambrientos acusándola de gula. ¿Debía responsabilizarse del hambre de todo el género humano?

La plática de sobremesa se aderezó con los más variados vinos.

—¡Qué noticia! ¡Terrible! Esto de la rebelión de los franceses es obra del mismísimo Satanás —exclamó el oidor Levante.

—Sólo el diablo puede incitar a un pueblo a cortarle la cabeza a su propio rey, ¡Dios tenga en su gloria al rey Luis Capeto! —profirió el conde de Villafuerte.

—Se levantaron en armas porque se morían de hambre —exclamó Miguel Domínguez mientras Josefa escuchaba atenta los comentarios.

—¿Está justificando a esos depravados? —protestó el conde.

—Analizar, antes de juzgar, es lo único que pido —sentenció ecuánime el abogado.

—Cuidado, don Miguel, el razonar demasiado le puede costar caro —amenazó el oidor.

—Soy un ser que piensa y si por eso hay que pagar… ¡pago! —retó de frente el abogado.

—Esperemos que a nuestra gente no se le ocurra pensar demasiado. ¡Sería desastroso! —rabió Pedro Levante, levantándose de la mesa.

Una campana sonó y se invitó a los asistentes a pasar a una galería adornada con ramos de flores: estaba formada por un estrado con taburetes de damasco y seda. Los invitados tomaron asiento y, sorpresivamente, acompañados de música, enérgicos chorros de agua emergieron de las fuentes. Era impresionante la ligereza del agua, su baile transparente y efímero.

Los huéspedes se dividieron: unos acudieron a las peleas de gallos, otros a los naipes. Miguel prefirió el juego de azar. Josefa y la chaperona se sentaron a su lado para contemplarlo. El abogado era reservado, pero astuto. Buen observador, adivinaba las cartas de sus contrincantes escudriñando sus gestos y posturas. Hacía calor. Entre partida y partida de tute, un criado llenaba los vasos de los invitados con agua fresca y les obsequiaba con dulces variados.

Al anochecer, una sirvienta ofreció a damas y doncellas pedacitos de barro en pequeños búcaros.

—¿Para qué sirven? —preguntó Josefa, curiosa.

—¿No lo sabes, muchachita? —comentó con desdén la condesa Villafuerte —. En España está de moda masticar barro para mantener en el rostro esa palidez que hace a las mujeres tan atractivas.

—Pero, ¿no le parece extraño…?

—Las costumbres se siguen, ¡no se cuestionan!

La dama dio media vuelta y se retiró. Divertido, Miguel le aconsejó a su acompañante que ignorara los desplantes de la cuturraca. A modo de respuesta, Josefa no pudo evitar soltar una carcajada.

Los sonidos de un violín, un travesero, un contrabajo de tres cuerdas y una guitarra se adueñaron de la terraza. Había llegado el momento del baile. Embelesada, la chaperona Matilde Cruz se sentó en una silla adornada con flores para escuchar la música y tomar su segunda copita de jerez. Mientras Miguel y Josefa intentaban integrarse al grupo de baile, se acercó el cochero del abogado para avisarles que el carruaje seguía averiado y no estaría listo sino hasta el día de mañana.

—Me van a echar del colegio —dijo la joven, angustiada.

—Calma, Josefa, enviaré un recado a la rectora explicando el contratiempo —dijo confiado.

Ella lo miró, escéptica. La rectora no aceptaría por ningún motivo una situación tan indecorosa. Miró a su alrededor con angustia. ¿Podría integrarse alguna vez a la vida cortesana? El vino corría a mares. El galanteo era el tema principal de la velada. A medida que el sol desaparecía en el horizonte, las parejas acercaban sus cuerpos, se miraban y se besaban.

—Disfrutemos la fiesta —expresó el abogado, animado.

—Mire, Miguel, no estoy contenta. Esta gente me ve con desprecio o simplemente ¡me ignora!

—No sé por qué. ¡Usted es una joven encantadora! —dijo tratando de ignorar las miradas escrutadoras de los asistentes. Venga, le voy a mostrar los jardines.

—¿Y doña Matilde?

—La vi unirse al grupo de invitados que deseaban conocer la capilla de la casona.

Miguel y Josefa dieron un largo paseo por el jardín, bebiendo los rayos anaranjados del atardecer. Sobre una banca se contaron fragmentos de sus vidas. De pronto, Miguel tomó la mano de Josefa y le confesó que se había enamorado. Que a partir del día en que la conoció, ya no podía imaginar su vida sin ella. Los abrazos, los besos, la cercanía de los cuerpos los llevó, irremediablemente a atravesar la puerta de un pequeño salón. Bajo un mantón de Manila, una cama los esperaba.

Una sensación extraña invadió la Josefa. Tenía miedo a la intimidad. A su cuerpo, al de él. Ignacia le había advertido las consecuencias desastrosas de la pérdida de la virginidad. Sin embargo, no se atrevió a decir que no. Imaginó que si accedía a la petición amorosa de Miguel, lo tendría siempre cerca, velando por ella. Crearía un lazo indestructible, desterraría, al fin, su sentimiento eterno de orfandad.

Fue la luna quien los vio desvestirse en la penumbra, la que escuchó su agitación. A lo lejos todavía se escuchaban voces y música festiva. El acto fue suave y cuidadoso. Miguel fue rasgando, con tiento y sabiduría, las diferentes capas de pudor femenino. Con la persona continente, con la tierra extensa de aquel hombre, llenó los huecos de su alma.

## 20.

Los días posteriores a su encuentro, Josefa se dejó abrumar por la incertidumbre. "Mujer deshonrada, no vale para nada". Todo había pasado muy rápido, sin pensar. "Un embarazo fuera del matrimonio me condenará a la pobreza de por vida". Estaba arrepentida. "Me llamarán prostituta, arrimada, mujer pública". Lo que la afligía en extremo era la reacción de Miguel, ¿la rechazaría?

—Te entregaste, eso muy bien lo sé. ¿Cómo pudiste caer tan bajo? —masculló Margarita.

—Deja de meterte en mis asuntos.

—Se lo diré a todo el colegio.

—¡A que no te atreves!

—¿No me crees capaz? —retó con malicia—. Si delaté a la estúpida de Antonia, con mayor razón...

—¿Qué? —interrumpió aturdida, Josefa, temiendo lo peor— ¿Acusaste a Antonia? ¿De qué?

—Yo misma le entregué a la rectora las cartas que le escribió al maestro de música. Pobrecilla. Confesar su amor a un maestro no es cualquier cosa.

—¡Por Dios, Margarita! ¿Por qué lo hiciste? —gritó con desesperación.

—Antes de entregarlas... las leí todas, letra por letra... ¡eran tan melosas! —dijo cínica.

—¡Maldita! —vociferó sacudiéndola con fuerza—. ¿Dónde está Antonia? ¡Dime!

—La expulsaron —dijo satisfecha de su acción.

—¿Cuándo sucedió? —preguntó, al borde de las lágrimas.

—El sábado, el día que te fuiste a pasear con el abogado.

—¡Basta! — gritó iracunda mientras la sacudía.

—¡Prostituta!

—¡Quedada! Nadie te hace caso. Morirás sola —exclamó fuera de sí, antes de salir furiosa de la vivienda.

Fueron días aciagos. Además de la profunda tristeza por la ausencia de Antonia, temía que Miguel Domínguez no volviera a visitarla. La virginidad era la mejor carta de presentación para una joven de la época. Fue él quien se lanzó a la conquista de su cuerpo. ¿Por qué accedió?

Semanas después, el menstruo ya no la visitó y las náuseas se repitieron cada mañana. Le costaba levantarse y el desgano acompañaba sus movimientos. Sus senos se habían hinchado y una línea café descendía desde el ombligo hasta sus partes íntimas. El antojo de rábanos era inevitable, corría a la cocina y se los acababa a mordidas. Su rostro, sin embargo, no se veía desmejorado; por el contrario, el espejo le devolvía una mirada brillante, unas pupilas resplandecientes de sorpresa. Ya no cabía la menor duda: estaba embarazada.

Josefa salió al corredor. Se recargó en el barandal y miró hacia el patio. Era la hora del descanso: las mayores platicaban en corrillos y las pequeñas jugaban a la matraca o se hacían acompañar de sus muñecas de trapo y de zacate como una primera práctica maternal. Se estremeció. Iba a tener una criatura de verdad, de carne y hueso, una boca y una mente que alimentar.

Su vida se complicaba. Repasó los acontecimientos: Miguel había sido como un ángel protector, pero también un demonio que la había embaucado. ¿La querría igual al enterarse de su embarazo? Estaba confundida, no distinguía claramente sus sentimientos hacia el futuro padre. ¿Casarse con él? Era la única alternativa. Estaba encinta. En cinta que se expande en la cintura. Cintilla. Se palpó el vientre y sintió un miedo indescriptible. De un día para otro su condición había cambiado radicalmente, ya no era una doncella ingenua y virginal. La situación se agravaba cuando pensaba en la futura manutención de la criatura. Si Miguel Domínguez la rechazaba, se vería obligada a buscar un lugar donde vivir, ¿la aceptaría de vuelta María Sotero? De no ser así, tendría que trabajar de obrera en la Real Fábrica de Tabaco, de aprendiz en un taller artesanal, de cajera en una tienda de ultramarinos...

Parir, ser madre. Difícil hazaña. La redondez de su vientre cambiaría su vida de la misma forma en que la curvatura del mundo había cambiado el destino de los navegantes. Nada importaba más que la geografía de su ombligo y esa fertilidad inoportuna que la llenaba de angustia. En el interior de su cuerpo un ser extraño respiraba, el vientre construía una casa para que se fuera formando esa criatura que traería sólo incertidumbre. Sintió vergüenza. Había cometido la peor de las acciones: deshonrarse. Con razón María Sotero le había advertido, alguna vez, sobre las graves consecuencias del sexo. ¿Cómo se lo haría saber a su hermana? Le mandó un recado urgente rogándole que la visitara.

## 21.

Josefa le dio la noticia a su hermana en el locutorio, en voz baja, bajísima, para que no se enterara la escucha. María Sotero se contuvo. No podía gritar. Josefa estaba embarazada y no podría permanecer en el colegio. "Qué irresponsable", pensó, "qué liviana". Deseó vengarse de ella, castigarla, mandarla al Recogimiento para Pecadoras Públicas y Arrepentidas, pero el lazo fraternal que las unía, se lo impidió.

—Por Dios, Josefa, tanto sermón, tanta escuela, tanto cobijo para nada. ¿Qué diría nuestro padre si viviera? ¡Me reclamaría a mí, que soy la hermana mayor! ¿Qué hice, Dios mío, para merecer esto? —expresó llena de enojo y desilusión esa tarde en el locutorio— ¡Desvergonzada!

—Perdona, no te merezco. Perdí la razón —decía Josefa, llorando, una y otra vez con la esperanza de que María no la abandonara.

—Me has defraudado. Ya no confío en ti. Si te recibo en mi casa es porque tengo piedad.

Al día siguiente, María solicitó a las autoridades del colegio un permiso de salida sin regreso, ocultando la verdadera causa de su petición:

México y Marzo 30 de 1791

Muy Ilustre Mesa de Nuestra Señora de Aránzazu

Señores Rector y diputados:

Doña María Sotero Ortiz, hermana mayor de doña Josefa Ortiz, colegiala actual del Real Colegio de San Ignacio de esta Corte ante V.V. con el mayor respeto de mi veneración parezco y digo: que por haberse enfermado mi hermana y no querer ya estar en el Colegio me ha visto para que la saque; y respecto a que su salida es a mi gusto y que a mí me tiene en lugar de madre; como tal suplico a la bondad de V.V. SS me la despachen sin regreso, dando como doy las gracias correspondientes por el tiempo que ha estado en dicho Colegio.

María Sotero Ortiz

Al salir del Colegio de las Vizcaínas, Josefa deseaba fervientemente continuar su historia con Miguel: casarse, tener un hijo, vivir feliz para siempre. Su realidad era distinta. María la acogió en su hogar, pero no ocultó su frustración: lamentaba profundamente el embarazo de la joven y la culpaba de no asimilar los sólidos principios morales que con tanto esfuerzo le había inculcado.

—La felicidad de la mujer sólo se entiende en función de la consecución de un esposo; si no lo logra, ha fracasado.

El futuro de Josefa se venía abajo: era una mujer despreciada después de poseída y debía acatar con rigor cada una de las obligaciones que le imponía su hermana. A pesar del reposo recomendado por el médico, la joven trabajaba en la cigarrería algunas horas y otras practicaba el arte culinario aprendido en el Colegio de las Vizcaínas.

La solterona Eustaquia estaba entusiasmada con el embarazo. Presentía que la llegada de un infante a La Promesa, endulzaría su amargura. Gracias a la posibilidad de tener un pequeño en casa, su relación con Josefa mejoró notablemente: la cuidaba, le concedía sus antojos, hacía planes.

—La ira enrarece los líquidos y es causa de aborto.

—Ay, Eustaquia, ¿de qué clase de ira me hablas? —preguntaba Josefa, con inquietud.

—La que te sale al hablar del tal Miguel Domínguez. Mi madre dice que ese señor es un notable abogado, pero yo pienso que resultó ser un vil traidor al igual que todos los hombres.

"Apenas había cumplido dieciséis años, me hallaba en la flor de mi hermosura, cuando un pérfido vino a galantearme, y me dejó sin cintura", recitó Josefa con risa amarga.

—Al nacer mi chiquito —exclamó Eustaquia—, lo llevaremos a pasear a San Ángel.

—Está bien, Eustaquia, te lo prometo, cuando nazca iremos en un coche alquilado.

—Y si llora mi chiquito le daremos leche con miel... y en cuanto empiece a caminar le compramos una pelota de trapo.

Al enterarse el Mulatico de que Josefa había regresado a vivir con su hermana, acudió a La Promesa, ya no como repartidor de la Real Venta de Tabaco, sino como orgulloso cochero de la condesa de Salamanca. Vestía de manera formal, con librea costosa, medias de seda, rosas en los zapatos y un espadín en el costado. Contento de volver a ver a la hermosa joven, se recargó en el mostrador y cantó una alegre canción, acompañado de una vihuela. Aunque Josefa y Eustaquia lo escucharon con agrado, María le pidió retirarse.

—María, no lo corras. Me hace olvidar mi desconsuelo —rogó Josefa.

—¿Ah, sí? Pues a mí me hace recordar el disgusto que me causó.

—Ay, madre, ¡deje que se quede! Un poco de alegría a nadie le hace mal —dijo Eustaquia animosa.

El Mulatico interpretó melodías rítmicas y divertidas; sin embargo, Josefa no pudo olvidarse de su pesar: la ausencia de Miguel. Todavía su alma guardaba la esperanza de unirse en matrimonio con el padre de la criatura.

## 22.

En las Vizcaínas, Miguel se encontró con la noticia de que Josefa había regresado a vivir con su hermana. Desconcertado, exigió le informaran el domicilio de María Sotero Ortiz.

En la cigarrería, Josefa y Eustaquia atendían a los clientes detrás del mostrador cuando Miguel entró. El desconcierto de las mujeres fue notorio. Desmejorada y nerviosa, Josefa invitó al visitante a subir a la pequeña sala de la accesoria. Se sentaron sobre un canapé. Miguel acarició las mejillas pálidas de la joven.

—¿Qué le sucedió, Josefa? ¿Por qué no está en el colegio? Creí que le había pasado algo grave.

—Estoy embarazada—dijo de pronto, sin preámbulos, zafándose de los brazos del visitante. El hombre se levantó confundido y caminó hacia la ventana. El interés mostrado segundos antes, había desaparecido. Un silencio incómodo flotó en la habitación. ¿Por qué no decía nada? Un mal presentimiento invadió a la joven, se resistió a aceptar que el rumbo de su vida dependiera de él.

—¿Desde cuándo...? —Miguel clavó su mirada incierta en el vientre de la joven.

—No sé, unas semanas.

Otra vez silencio. Lo odió. ¿Por qué callaba? Josefa respiró profundo y trató de poner en orden la maraña de pensamientos. Al fin, se animó a decir:

—Por favor, dígame... ¿qué piensa? —rogó y luego caminó, intranquila, de un lado al otro de la habitación. ¿Era la única acusada? ¿No era también el hombre que tenía frente a sí culpable de su embarazo? Si la rechazaba, quedaría deshonrada.

—No espere una respuesta muy lúcida de mi parte. Lo único que quiero dejar bien claro es que no voy a abandonarla —dijo él, pausadamente, todavía asombrado por la noticia. Miguel tenía un lugar en la sociedad. Era un criollo que, a diferencia de otros, podía jactarse de tener un alto puesto. ¿Cómo quedaría su honra y buen nombre si se conocía públicamente que había preñado a una colegiala huérfana?—. Le suplico me dé tiempo para manejar este asunto de manera óptima.

—¿Cuánto? El niño necesita un padre —protestó.

—¿Cómo le explico, querida Josefa? Nuestra situación es delicada.

—¿A qué se refiere? —preguntó confundida.

—Mire, como bien sabe, tengo un cargo magnífico y he sido objeto de la confianza de los últimos virreyes. Por mi calidad de criollo, he tenido que esforzarme en demasía para ganarme el respeto de los altos funcionarios de palacio. Me debo a ellos. Desafortunadamente, me han hecho saber la conveniencia de que me una en matrimonio con alguna mujer de la nobleza —explicó el hombre recordando que el origen modesto de Josefa y su falta de distinción habían sido ampliamente criticados por sus conocidos.

—Ahora entiendo el rechazo que sentí en casa del oidor Levante —comentó totalmente desalentada.

—¿Lo ve? No es fácil luchar contra lo establecido. Deme tiempo. Tengo que buscar la manera de que la acepten. Quizá…

—¿No basta con que me acepte usted? —interrumpió, enojada.

—Siento decirle que no. Para poder casarnos tendría que adaptarse a las recias exigencias de la sociedad cortesana.

—¿Insinúa usted que no soy una dama? No diga más y retírese.

—Tenga paciencia, se lo ruego. Estaré al pendiente de usted. Vendré a visitarla a menudo y le mandaré una cantidad mensual para su manutención —manifestó para tranquilizar a la joven.

—Tenía la esperanza de que quisiera casarse conmigo. Fui una estúpida. Me equivoqué.

—Mi interés en usted crece día a día. No deseo más que estar a su lado —dijo el abogado con unas ganas inmensas de poseer no sólo el cuerpo espigado y bien formado de la mujer, sino los misterios de su alma.

—¡No quiero verlo más! —espetó la joven de diecisiete años mientras se levantaba profundamente contrariada de su asiento. Maldijo el día que lo conoció. Lamentó el encuentro furtivo, ese amorío que la empujó a perder la cordura.

—Pero, Josefa, no me castigue así. La necesito. No quiero que piense que me aproveché de usted.

—Pues así parece —exclamó iracunda y se encerró en su habitación.

Afuera, la luz triste del crepúsculo iluminó apenas el rostro desencajado de Miguel.

## 23.

Josefa había empezado con los dolores en la noche. De inmediato, María colocó en la cabecera las figuras del Niño Dios y de San Luis Gonzaga, y oró por la vida de la parturienta. Cuando la comadrona llegó, Eustaquia procuró proveerla de lo necesario: tijeras, aceites, lavadera, vendajes. A las tres de la mañana, después de terribles momentos de angustia "...parirás con dolor, espasmos, con sufrimiento, y gritos, para lavar el pecado original...", Josefa dio a luz a una niña. Los chillidos fueron la prueba contundente de que la criatura estaba viva.

—¡Está sana!— anunció la partera.

—¡Gracias a Dios!... —expresó Josefa aliviada y, dentro del ancho mundo de la habitación, la niña buscó su voz. Encontrarse con la mirada nueva de la pequeña fue para ella un bocado de felicidad.

"Te llamaré María, por mi hermana; e Ignacia, por San Ignacio de Loyola", le anunció.

La partera lavó a la recién nacida, la fajó y le amarró las manitas.

—Para evitar que se rasguñe —explicó.

—Y para que no sea propensa a dar de golpes —añadió María Sotero.

—¿Querrá decir "manilarga", su merced?—preguntó Eustaquia, entusiasmada por la presencia de aquella criatura quien, por parentesco, resultaba ser su prima.

Josefa durmió largas horas. Entre sueños tuvo una imagen terrible: se vio a sí misma muriendo de parto y junto a ella, un cura abriéndole el vientre con un cuchillo para sacar a la criatura y bautizarla. Despertó con la respiración agitada. A su lado apareció Miguel Domínguez. Su corazón se aceleró aún más.

—Calma, Josefa, tuvo una pesadilla.

—¿Se puede saber qué hace usted aquí? —preguntó y miró a su alrededor; estaban solos.

—Vengo a verla... acaba de parir una hija mía, ¿no es razón suficiente?

—¿Cómo se enteró?

—Anoche la señora María Sotero envió un mensajero a mi casa. Recé por usted fervientemente. Pasé la noche en vela. Temí que usted muriera, que muriera la niña.

—No tiene derecho a estar aquí.

—Soy el padre de la niña. No me guarde rencor, se lo suplico.

—Me abandonó precisamente en el momento que más lo necesitaba —dijo exaltada.

—Lo sé. Fui un necio. Estoy arrepentido —expresó y luego descansó su mirada en la jarra de talavera casi sin agua que estaba sobre el buró.

—¿Todavía siente algo por mí? —se animó a preguntar el hombre.

—Nada —dijo la joven indiferente.

—¿Ni siquiera un poco? Vengo a pedir su mano.

Josefa calló. Se había acostumbrado a estar sin él.

—¿Acepta? —insistió esperanzado. Deseaba a Josefa sobre todas las cosas. Necesitaba las sensaciones de aquella piel femenina.

—Necesito tiempo para pensar.

—Se lo suplico.

Josefa guardó silencio y Miguel lamentó profundamente la manera en que la había tratado.

—Piénselo, Josefa.

—Ya lo pensé y mi respuesta es no.

Detrás de la puerta, María y Eustaquia habían estado escuchando la conversación y se desconcertaron ante la negativa de su parienta. ¿En qué estaba pensando? ¡No era el momento para ponerse digna! La recién nacida se perdería de un padre distinguido, de excelente posición.

Cuando Miguel salió, contrariado y cabizbajo, las mujeres reclamaron a Josefa su absurda contestación, pero ella, serena, respondió:

—No se aflijan, le voy a decir que sí al hombre, pero primero quiero verlo sufrir.

## 24.

Otra vez el amor. Recuperado, reanudado, anudado. Al fin Josefa había accedido a los ruegos de Miguel Domínguez. Ya no eran amantes, se habían comprometido. Salían los domingos a Chapultepec para montar a caballo entre los ahuehuetes; a Santa Anita a pasear en canoas, acompañados por música de viola y vihuela; a Tizapán a cortar peras y mandarinas; a Mixcoac para bordear los ríos cristalinos. A cualquier sitio donde él pudiera olvidar los extenuantes litigios y ella sintiera que el mundo era mucho más ancho que el reducido espacio de sus rutinas.

Aquellos paseos campestres terminaban siempre en un entrepiso que Miguel había alquilado para sus encuentros amorosos.

—De pequeña creía que la sangre de Gregoria era negra.

—¿Quién?

—Mi chichihua, una bruja.

—Y ahora, ¿lo sigues creyendo?

—¡Claro que no! Todas las sangres son color rojo, aunque, claro, la de Gregoria seguro tenía un piquetito de veneno.

Miguel sonrió por la ocurrencia, pero una sombra de tristeza empañó su rostro.

—Hace unos años, para incorporarme al Colegio de Abogados tuve que presentar, además de mi título, una amplia información de limpieza de sangre. Mi árbol genealógico... doce testigos...

—¿Testigos?

—Sí, un coronel, un caballero de la orden de Santiago, un bachiller, un escribano, abogados... en fin, ¡una vergüenza! Me doblegué ante los españoles y ahora soy nada menos que oficial mayor...

—... y debes servir a esas viejas pelucas virreinales—cantó Josefa burlona—. ¿Estarán llenas de piojos?

Miguel hubiera deseado tener a Josefa cada día, pero sus múltiples ocupaciones en la cámara del Virreinato le impedían verla con frecuencia. Se preocupaba por el bienestar de su prometida: consiguió una nodriza que amamantara a la niña y una criada que fregara los orinales, tendiera las camas, barriera y lavara las toallas en la accesoria. Dos veces por semana acudía una lavandera que se llevaba a tallar y enjuagar la ropa sucia a una fuente pública, para plancharla en su jacal y devolverla con olor a hierbas en un cesto de mimbre. María y Eustaquia estaban encantadas, al fin podían dedicar un rato, antes de dormir, a bordar pañuelos, carpetas y las iniciales en la ropa de María Ignacia.

Cuando el abogado llegaba a la vivienda era muy bien recibido. Josefa lo hacía pasar a la cocina y Eustaquia se desvivía platicando las gracias de la pequeña. Miguel se dejaba querer por las mujeres que habitaban la casa y aceptaba gustoso el pan dulce en forma de rosas, espejos y conchitas que le ofrecían junto a la taza de chocolate espumoso. Se dejaba llevar por la nostalgia y por la charla casera. Hablaba sin parar de su niñez en Guanajuato: de los callejones que lo guiaban a una puerta barroca hecha con charamuscas o hacia una plazuela con una fuente llena de azahares. Platicaba de una hermana, la del cabello hasta la cintura, que lo obligaba a desvestir y vestir a las muñecas; y de un hermano que les lanzaba agua hirviendo a los perros callejeros.

Miguel le regaló a Josefa una vajilla de plata para que, a través de tenedores, soperas y platones lustrosos, la familia criolla adquiriera el brillo de la nobleza. La vajilla era reluciente, pero contrastaba con los muebles gastados y las paredes sombrías de la vivienda.

—Es una vajilla petulante —dijo un día Josefa mientras la criada les servía la sopa de flor de calabaza—; se pelea con el resto de la accesoria. No sabe vivir como nosotras.

## 25.

Aquella tarde luminosa las hijas de Miguel Domínguez aparecieron en el patio de la residencia ubicada en la calle de Donceles. Pepita, de trece años, vestía enagua acolchada de China; y Guadalupe, de doce, una falda de Castilla. Ambas lucían profusión de encajes y flores, además de una que otra pluma encajada en el cabello. Llegaron custodiadas por Apolonia, la nana indígena que servía a la familia desde que Miguel se había casado por primera vez.

—Niñas, ella es Josefa Ortiz.

—Mucho gusto, señora —dijeron a coro, haciendo una reverencia fría, calculada.

A Josefa le temblaron las manos. El corazón le latía tan fuerte que creyó perder la compostura. Muchas veces había imaginado la escena, pero el retrato vivo de las hijas de Miguel, aunada al escenario inmenso de la casona, simplemente la avasalló. Muy lejos se sintió de ser una señora; hacía pocos años que era apenas una escuincla y ahora, que rondaba la veintena, se le adosaba un título que le quedaba grande.

—Josefa, ellas son Pepita, mi primogénita, y Guadalupe.

—Por fin las conozco... es un placer —dijo con la voz quebrada, dudando si el vestido que le había comprado María Sotero era adecuado para la ocasión.

Se acomodaron alrededor de una mesa adornada con pétalos de bugambilia. Segundos después, un sirviente ofreció agua de fruta y bocadillos. La nana Apolonia permaneció de pie, bajo un limonero, observando la escena.

—¡Qué calor! —expresó Miguel, dándole un sorbo al agua fresca— ¿Cómo les fue en su clase de latín?

—El maestro no pudo venir porque su hijo se cayó de una azotea —explicó Guadalupe.

—¡Jesús! —exclamó Josefa.

—¿Qué hacía ahí el inocente? —preguntó Miguel sorprendido.

—¡Volando un papalote! ¿Qué más? —respondió Guadalupe.

—Por fortuna, no se mató —expresó Pepita, compungida—, de seguro por su buen corazón; tiene cara de Niño Dios.

—¿Cómo se enteraron? —preguntó Miguel.

—Nos lo dijo la nana Apolonia—respondieron las niñas a coro, clavando su mirada en la mujer que apretaba con una mano la punta del rebozo.

—Me perdonará el señor —dijo, acercándose a los comensales—. No es que ande yo de chismosa, la información me llegó volando solita, bueno, a través de la molinera. Ya son muchos los niños que sufren el mismo accidente. ¡Es una pena!

—Deberían prohibirse los juegos en las azoteas —dijo, terminante, el abogado.

—Cuando los padres los entierran —continuó Apolonia—, colocan el papalote junto al cuerpo... como para que sigan jugando allá en el cielo.

—Basta, Apolonia, ya no me explique más; es suficiente —interrumpió el señor.

—Pues la otra vez... ¿qué creen? ¡Lupe se subió a la azotea! —expresó Pepita con malicia.

—¡Mentirosa! —exclamó su hermana, iracunda.

—¡Qué imprudencia! ¿Quieres morir? Te mereces un buen castigo —amenazó el padre.

—¡No es cierto! ¡No es cierto! —gritó la jovencita.

—Son inventos de Pepita —intervino Apolonia—. Yo las vigilo todo el tiempo. ¿Cómo iba a dejar a mi niña Lupe subirse a la azotea si es la luz de mis ojos?

—¡Basta! No vamos a ponernos a discutir delante de nuestra visita —espetó el anfitrión.

El portero irrumpió en el patio anunciando la llegada de un enviado de palacio. Miguel, contrariado, se puso de pie.

—No me diga que va a vivir aquí con nosotras —protestó la hermana menor, apenas se quedaron solas.

—Sí, claro, después de la boda —respondió Josefa intimidada—. ¿No les dijo nada su padre?

—Bueno, sí, nos dijo algo. Es que nosotras ya teníamos una mamá y no queremos que venga a ocupar su lugar —dijo Pepita.

—Además, usted no es rica —agregó Guadalupe hiriente.

—¡Basta, niñas! ¡Exijo respeto! —objetó Josefa dolida.

—¡Qué descortesía! ¡Discúlpense con la señora! —reclamó al fin la nana.

La invitada se sintió excluida. Renegó de la llaneza de su nombre. Por su mente pasaron, cual ráfagas, imágenes de su pobreza: las paredes descascaradas de la vecindad, el pan duro aprovechado en sopas para el almuerzo, las enaguas talladas cien veces en los lavaderos. Herida, guardó silencio. Imposible mencionar que había procreado con Miguel una niña de nombre María Ignacia, la pequeña que, por azares del destino, dormiría en cuna de oro en alguna de las hermosas habitaciones de la casona.

—Mejor nos retiramos —dijo Pepita, indiferente—. Allá arriba nos espera un juego de damas chinas.

Cuando Miguel regresó, se veía visiblemente preocupado. Entre sus manos apretaba nervioso un papel.

—¿Qué pasa? —quiso saber Josefa.

—Lo de siempre. El rey de España hace y deshace a su antojo. Ahora se le ocurrió prohibir la entrada de libros, folletos y periódicos a sus colonias. ¡Qué absurdo! —protestó Miguel airado—. ¿Y las niñas? ¡Por Dios! ¿Se fueron? Josefa, ¿qué te sucede? Estás pálida.

—Estoy mareada, debe ser el calor —dijo desviando su mirada hacia un pájaro que se posaba en la orilla de la fuente.

—Nana, tráigale por favor unas sales.

—No te preocupes, Miguel, estoy bien —respondió Josefa aparentando tranquilidad. Deseaba acusar a las niñas de su insolencia, pero por alguna razón inexplicable las protegió.

—Te tomará tiempo adaptarte a esta nueva vida, pero te conozco, no te dejas vencer fácilmente. Serás mi esposa y te encargarás de educar a ese par de ovejas descarriadas.

Josefa guardó silencio. Pasarían siglos antes de poder integrarse a su nueva situación. ¿Vivir al lado de las niñas? ¿Educarlas? Le llevaba a Pepita solamente cuatro años. ¿De dónde sacaría la autoridad necesaria? El papel de madrastra le pareció ajeno, hasta la palabra misma sonó inapropiada.

De nuevo el portero interrumpía la conversación para anunciar la presencia de un funcionario en la sala de recibir, así que Josefa se quedó sola y pequeña ante la grandiosidad de la casona. Miró a su alrededor: enredaderas y macetones llenos de flores adornaban los magníficos y amplios corredores. De pronto descubrió que, desde el segundo piso, un grupo de criadas la observaban. Las niñas, por su parte, lanzaban piedritas y soltaban risillas burlonas.

Abrumada por aquel ambiente de hostilidad, Josefa se levantó y caminó veloz hacia la puerta; sin embargo, una mano surcada por mil venas la detuvo. Era Apolonia, la nana. Esta vez su piel parecía más morena y su mirada más brillante.

—Si me permite, doña Josefa, yo le voy a ayudar a que la quieran. Aunque no lo aparentan, esas niñas tienen los sentimientos blandos. Créame, señorita, yo las miré crecer con mis propios ojos.

—Y... ¿por qué quiere ayudarme? —respondió mientras sentía un nudo en la garganta.

—Porque a don Miguel se le ha quitado lo amargo desde que usted apareció en su vida y eso es buena señal.

## 26.

Ya conocía los síntomas: pereza, náuseas, melancolía, la tenue línea que se dibuja del ombligo al pubis. Josefa estaba embarazada por segunda vez.

—Miguel... ¿te doy la noticia? —dijo, palpándose el vientre.

El hombre prometió que se casarían cuanto antes, pues no permitiría que continuaran las murmuraciones; que a su mujer la llamaran concubina y, a María Ignacia, bastarda.

—Josefa, ya empecé los trámites para regularizar nuestra unión en el ministerio sagrado...

—¿Y?

—Me cerraron las puertas —expresó con disgusto.

—¿Por qué? ¿Cómo pudieron...?

—Los ministros menores se espantan con cualquier irregularidad. Se enteraron que tenemos una hija ilegítima y...

—¿Entonces? —interrumpió, impaciente.

—Solicitaré una entrevista en la Arquidiócesis de México. Es nuestro último recurso.

Miguel no paraba de trabajar. Estaba al servicio del virrey Revillagigedo y debía seguirle los pasos, por cierto velocísimos, en los asuntos relacionados con los documentos oficiales de la escribanía de gobernación. Había mucho por hacer. Entre las labores encomendadas estaban nada menos que combatir el ocio, laborar con orden y puntualidad, luchar contra la amodorrada lentitud de los funcionarios y reunir los papeles dispersos en las diferentes oficinas públicas para formar un archivo general. Si bien solía decirse que "las cosas de palacio van despacio", se entregaba con entusiasmo a sus actividades. Participaba incluso en la recaudación de impuestos, pues además de trabajar en la escribanía mayor, actuaba como secretario de la junta superior de real hacienda.

A los reclamos de Josefa, cada vez más subidos de tono, Miguel respondía con una interminable enumeración de pendientes. ¿Debía escribir ella una lista de sus ansiedades? La muy esperada entrevista con la Arquidiócesis parecía no llegar nunca, pues eran muchos los asuntos que atendía la cumbre de la jerarquía eclesiástica del virreinato. Los encuentros amorosos disminuyeron y, para colmo, su prometido no había hecho el mínimo intento de reunirla de nuevo con Pepita y Guadalupe, sus incómodas hijastras. El ambiente cortesano que rodeaba a su futuro marido le parecía totalmente ajeno y hasta chocante, pero temía ser desplazada. El destino la había llevado a procrear dos criaturas con un hombre notable y debía aprender a sobrevivir pronto y a como diera lugar aquellas circunstancias. Ya bastante había sufrido la orfandad como para dejar a sus hijos sin padre legítimo.

Josefa se sentía como de segundo plato en los apetitos de Miguel: el abogado vivía dedicado en cuerpo y alma a la autoridad. Revillagigedo era como él: criollo. Había nacido en Cuba y trabajaba con gran empeño por el beneficio de los novohispanos todos los días del año, sin descansar. Su excelencia sólo dormía cuatro horas; se acostaba a las nueve de la noche y a la una de la mañana dejaba la cama para revisar los papeles acumulados en su mesa de labores. Acompañado por la luz temblorosa de las velas, el virrey hacía las cuentas necesarias para llevar a cabo las mejoras indispensables de la fulgurante y a la vez miserable ciudad de México. Con voz grave solía dictar a su escribano: que se sustituyan los pringosos faroles y lamparillas del alumbrado público; que se elimine la basura acumulada durante años en medio de las calles; que se purifique el agua espesa y nauseabunda de las fuentes públicas, provocadora de fiebres y epidemias; que desaparezcan los puestos techados con petates podridos de la Plaza Mayor; que se limpien de inmediato los patios del Palacio Virreinal cuajados de porquerías, vagabundos y borrachos; que se cubran hoyos y charquetales hediondos con banquetas y empedrado; que se cumplan las disposiciones dictadas para la seguridad y el orden: policía y serenos.

Un domingo apareció, frente a la cigarrería, un elegante carruaje. Un cochero, vestido con elegante librea, invitó a Josefa a pasear. Era el Mulatico quien, aprovechando unos días de ausencia de su patrona, la condesa de Salamanca, se sintió dueño del coche, de los cuatro caballos y de toda la alcurnia que representaba. Josefa no se hizo del rogar; necesitaba olvidar los desaires de Miguel y, con entusiasmo infantil, subió a su habitación y se puso un vestido de muselina que, a fuerza de marcar la cintura, acentuaba su preñez.

Los asientos del carruaje estaban forrados con terciopelo tornasolado, y los vidrios delanteros y ladillos, con cristales finos. Atravesaron las calles de Plateros y de San Francisco para llegar a la Alameda. Dos hileras de transportes, llenos de mujeres, paseaban por el camino principal mientras jinetes enamorados los rondaban con la esperanza de encontrar a la de su interés. Josefa se atrevió a fisgonear a través de la cortinilla. ¿Cómo se iba a perder el espectáculo que ofrecían los hidalgos en sus corceles? ¿Los álamos y las fuentes? ¿Los prominentes carruajes? ¿Los lances amorosos? La presencia y el lucimiento de los varones eran notorios, pero debían abstenerse de platicar con las paseantes. Por recato, las mujeres se mantenían ocultas tras las cortinas. Aunque nadie las veía, iban elegantemente vestidas y llevaban peinados elaborados, a veces con joyas y flores entretejidas. Con porte y elegancia las damiselas iban fumando o inhalando rapé.

De pronto, un galante caballero se acercó al coche que manejaba el Mulatico y, con destreza, obligó a su caballo a dar una serie de piruetas. Ante el inesperado espectáculo, Josefa asomó su tez blanquísima, su cabello negro, sus ojos grises y expresivos. La joven disfrutó su propio atrevimiento. El marqués de Longoria se desconcertó. No conocía a esa mujer, aún más bella que su pretendida. ¿Qué hacía en el coche de la condesa? Josefa, advertida por el Mulatico, cerró la cortinilla y se alejaron del lugar.

## 27.

De boca en boca se comentó el incidente: el marqués de Longoria andaba en amores con una tal Josefa Ortiz, la prometida del oficial mayor. De golpe, el chisme llegó a oídos del abogado Domínguez y los celos lo carcomieron. El encuentro entre el marqués de Longoria y Josefa era una injuria que vulneraba su respetabilidad. ¿Satanás había incitado a Josefa a ocupar un coche ajeno? ¿Por qué se exhibía de esa manera? Peor aún, ¿había coqueteado con el marqués? Pepita y Guadalupe aprovecharon la ocasión para hablar mal de la prometida de su padre.

—No es de fiar, querido padre —dijo Guadalupe casi con gozo.

—¿Para qué te casas? —remató Pepita.

—¡A callar! Ustedes no tienen vela en este entierro.

La duda y el rencor quebrantaron la confianza de Miguel hacia aquella mujer con la que estaba a punto de contraer matrimonio. Maldijo el día en que la conoció. Sintió la imperiosa necesidad de lavar la afrenta. Sopesó la situación. No tenía derecho de efectuar una denuncia pública contra el marqués por la sencilla razón de que Josefa no era su legítima esposa. Debía ser discreto para no acrecentar el escándalo. Al fin decidió visitar al marqués, sacar a relucir sus múltiples influencias en el gobierno y amenazarlo con el destierro. Así, pidió a su cochero que lo llevara a casa de su enemigo.

—¿Quién lo busca? —preguntó el portero.

—Miguel Domínguez, oficial mayor de la escribanía...

—Lo siento, caballero, el señor Longoria salió hoy en la madrugada a visitar unas minas en Zacatecas.

—Seguramente salió apresurado —dijo rabiando—, no tiene ese bellaco ni remota idea de lo que soy capaz.

—¿Cómo dice?

—Digo que el cobarde salió tan veloz como una liebre.

—No comprendo sus palabras, señor, pero no se impaciente, no se irá de aquí con las manos vacías —dijo el portero—. El señor dejó esta carta para usted.

La leyó dentro del coche. En una extensa misiva el marqués se excusaba por la terrible confusión acaecida con la señora Josefa Ortiz. Se defendió: no entendía por qué razón dicha señora ocupaba el coche de la condesa de Salamanca, su pretendida. Ofrecía presentar su disculpa de manera pública. Miguel Domínguez apretó el papel entre sus manos. De un momento a otro la terrible ofensa se convertía en una comedia de equivocaciones donde el único burlado había sido él mismo y Josefa la única culpable del embrollo. ¡Qué humillación! Furioso, pidió al cochero lo llevara a la cigarrería.

Encontró a Josefa afligidísima en la pequeña sala de la accesoria. La condesa de Salamanca había mandado decir, con uno de sus lacayos, que era imperdonable el comportamiento de la tal señorita concubina preñada, sobre todo porque había instigado al cochero, de su propiedad muy suya, a exhibirse entre los paseantes del lugar más público de la ciudad.

—¡Qué has hecho! ¡Por Dios! ¡Ya no eres una niña! ¡Qué fastidio! ¿Quién te manda a subirte al carruaje de la condesa?

—El cochero me invitó a... ¿qué culpa tengo de que el marqués apareciera? Sólo abrí la cortinilla y... Mira, Miguel, acepté dar un paseo porque odio estar encerrada, me falta el aire.

—¡Virgen santa! A veces creo que vive una fiera dentro de ti.

—Una fiera que no puedo controlar… no me culpes —respondió con fingida inocencia.

—¡Basta! Te prohibo salir de casa hasta que nos casemos. No te quiero ver rondar ni una iglesia, un convento o un hospital. ¡Nada! En esta sociedad hay reglas, muchas reglas de comportamiento que debes aprender. Una mujer no debe dar motivos para que sucedan estas cosas y menos aún si se encuentra en estado.

—Pensé que…

—¡No pienses! ¡Eso déjamelo a mí!

—…eras diferente.

Josefa estuvo a punto de estallar, pero logró contenerse. Era demasiado tarde para retroceder. Recordó el tierno rostro de María Ignacia. Palpó su vientre abultado. Por más que luchara por hacer lo que le viniera en gana, las circunstancias la obligaban a reprimir sus ímpetus y obedecer a su futuro marido.

—¿Nos acompaña a cenar? —preguntó María Sotero a Miguel desde la puerta de la cocina, tratando de aminorar el enojo del abogado.

—Lo siento, señora María; se me quitó el apetito —aclaró molesto y salió de la accesoria sin despedirse.

Josefa se quedó sola con sus reflexiones. ¿Debería sentir culpabilidad por un simple paseo? ¿Valía la pena perderlo todo por un momento de gozo? ¡Ese marqués era un portento! Sobre la mesa de la cocina, su hermana colocó un platón de buñuelos chorreantes de piloncillo. Si comía algo dulce, seguro se olvidaba de sus pesares.

## 28.

Al fin, después de varias semanas de espera, a la pareja le fue otorgada una entrevista en la Arquidiócesis, con el excelentísimo e ilustrísimo Alonso Núñez de Haro y Peralta. A la hora del encuentro, el eclesiástico reprobó con dureza el comportamiento pecaminoso de los que solicitaban unirse ante Dios. ¿No les parecía vergonzante el haberse dejado arrastrar por los bajos instintos? El arzobispo acusó a Miguel de preñar a una jovencita ¡dos veces! fuera del matrimonio y de haber puesto en entredicho la moral y las buenas costumbres. A Josefa le tocó una fuerte reprimenda por su liviandad. ¿Qué no sabía que era deber de toda mujercita conservar su virginidad antes del matrimonio?

Por fortuna, gracias a los amplios méritos de Miguel, quien hasta esa fecha había sido acreedor de la confianza de cinco virreyes, dispuso el arzobispo que el matrimonio se verificara ipso facto. Para evitar que la avanzada preñez de Josefa causara suspicacias, ordenó el jerarca que la ceremonia se realizara en secreto, sin el requisito de las amonestaciones.

Josefa no pudo evitar la confusión de sentimientos. Por un lado la alegraba obtener el permiso para casarse y por otro lamentaba profundamente hacerlo de noche, con dos extraños como testigos: un tal Galiano y un tal González. La invadió una tristeza áspera. La tan esperada celebración se llevaría a cabo de prisa, con la celeridad de un trámite.

Así, el jueves 24 de enero de 1793, a las ocho, hora en que las campanas daban los toques de ánimas, se presentaron Josefa y Miguel en la casa del sacerdote Juan Francisco Domínguez y se casaron litúrgicamente. En esa ocasión el novio debía obsequiar unas arras como reconocimiento por la dote y la virginidad de su prometida, pero Miguel no se las otorgó. Fue después de la bendición final que al nombre llano, casi desértico, de Josefa

Ortiz, se le agregó el de "doña". Con ese apelativo tenía derecho a convertirse en dueña y señora de su nuevo hogar.

Luego de la ceremonia, los recién casados se dirigieron a la casona de San José el Real para celebrar su boda, de manera discreta, con sus parientes y amigos más cercanos.

Pepita y Guadalupe se presentaron luciendo vestidos de seda importada de España. A pesar de su elegancia se les vio distantes toda la noche, cuchicheando a espaldas de los asistentes, sin probar bocado. Muy diferente era el ánimo de María Sotero y de su hija Eustaquia. Siempre junto a Josefa, protegidas bajo el resplandor de la nobleza adquirida, combinaban los bocadillos franceses con un vino tan exquisito que, sorbo a sorbo, fue transformando su alegría en euforia. Vestidas de tafetán labrado, festejaron sin cortapisas esta unión que les ofrecía un futuro promisorio.

Además de pavo y pichones, sirvieron carnero, tuétanos y pecho de vaca, acompañados con una guarnición de legumbres. Como complemento: pasteles, dulces, vino y chocolate. Al centro de la mesa se colocó un canasto con hogazas de pan.

La desposada lucía un vestido de seda azul, ajustado bajo los senos, y un juego de collar y zarcillos de perlas. Se entregó en cuerpo y alma a atender a los parientes de Miguel; saludó de manera cortés, midió sus palabras y movimientos, y recibió los parabienes con una modestia ejemplar. ¿Lograría acostumbrarse a este formalismo?

Su alma estaba encandilada: las escenas de la boda habían sucedido tan velozmente que no había tenido tiempo de asimilarlas. ¿Soñaba? ¿Era cierto que se había casado? Su destino daría un giro a partir de ese momento: no viviría más en la accesoria, no vendería tabaco. Pasaría sus días como una noble y su hija María Ignacia crecería en medio de la abundancia. De pronto sintió un temor inexplicable: el matrimonio era un lazo, una atadura a la que nunca podría renunciar. A partir de ese momento estaba predestinada a mirar la existencia a través de los ojos de su cónyuge. Por varios segundos observó a Miguel con una mezcla extraña de temor y benevolencia. El hombre brindaba sin perder postura, cordura ni compostura. Sus pequeños ojos brillaban, en su boca se delineaba una sonrisa y a pesar de su nariz de gavilán petulante, mostraba en su rostro un dejo de benevolencia. Unas cuantas canas comenzaban a teñir su cabello y su casaca era tan antigua que la recién casada avizoró un futuro que empezaba a envejecer.

## 29.

Sin consultar con Josefa, Miguel dispuso que Ana María Domínguez, su hermana mayor, viviera una temporada en la casona, para colaborar en todo tipo de menesteres femeninos. Su cuñada la auxiliaría en la educación de María Ignacia y le adiestraría para que llegara a ser una ama de casa paciente y virtuosa.

Así, con animosidad y petulancia, la cuñadita asumió el papel de consejera y le enseñó a la recién casada a elaborar la lista de víveres y despensa, a planear los menús diarios y a disponer los lugares en la mesa. La señora de la casa tenía la obligación de organizar el lavado de ropa y menaje, así como supervisar el barrido y fregado de las habitaciones de la casona.

Para que las actividades del hogar llegaran a buen término, era imprescindible aprender a manejar a la servidumbre. A lo largo de su vida, Josefa siempre había recibido órdenes y ahora debía realizar la proeza de mandar. ¿Con qué voz y en qué tono hablarles a los criados? ¿Cómo vigilar el cumplimiento de sus tareas? Además de mirarla con recelo, estaban maleados. ¿Qué autoridad podía tener sobre ellos? Se sentía como un capitán inepto para dirigir a su ejército. La mayoría de los sirvientes eran mayores que ella y estaban al servicio de don Miguel Domínguez desde la época de su primer matrimonio con María Josefa Alarcón Narváez, mujer que, según un retrato colgado en la sala de recibo, debió haber sido apocada y enfermiza.

Ana María partía de la sospecha:

—Los criados son deshonestos y viles por naturaleza. Deberás vigilar, sin descanso, que no se roben monedas, joyas o cubiertos de plata, que no escudriñen tus papeles, que no anden haciendo desfiguros en el corredor de la cocina o en el cuarto de lavandería. En suma: una calamidad, un mal necesario. Ah, por cierto, te advierto que esa Apolonia es una vieja metiche y traicionera.

—¿No estará exagerando? —inquirió Josefa—. A mí me parece una buena mujer. Miguel ha depositado en ella toda su confianza.

—¡Ay, Josefa, qué ingenua eres! Miguel no tiene la más mínima idea de lo que pasa en este hogar... ¿No ves que trae la cabeza llena de política?

—No lo niego, pero...

—Por cierto, veo que le falta ropita a María Ignacia y lo más conveniente es que una costurera venga a la casa a tomar tus pedidos.

—Disculpe, Ana María, pero mucho me temo que más me gustaría salir a comprarla —opinó Josefa.

—Eso nunca. Recuerda que una esposa decente debe permanecer en su hogar y únicamente debe visitar iglesias y hospitales. Si necesitas auxilio en tu arreglo personal, puedes llamar a una peluquera, manicurista o maquillista. Y, de una vez te digo, cuando necesites hacer algún mueble o adorno, los artesanos vendrán a visitarte. Luego de darles las debidas instrucciones, regresarán a sus talleres para confeccionar el encargo.

Aunque Josefa había dejado en manos de una chichihua la crianza de María Ignacia, era su obligación vigilar su hogar como un ángel guardián. Ana María le había prohibido terminantemente ir a la calle o a los parques con la primogénita y esperaba ansiosa la hora de ir a la iglesia para respirar el aire de la ciudad.

Una mañana, la cuñadita le pidió a Josefa que la acompañara a confesarse a La Profesa. El templo quedaba a dos cuadras de la casona y decidieron caminar. Incauta, la joven se dedicó a observar todo lo que sucedía a su alrededor.

—¿Estás loca? Las mujeres decentes están obligadas a mantener la mirada baja cuando van por la calle. ¿Entendiste? No mires a los demás, no permitas a tus ojos vagabundear.

—Pero Ana María… ¿me va a controlar también la mirada?

—El contacto visual directo es una ofensa.

—¿Quiere que agache la cabeza y haga una reverencia ante cualquier persona que se cruce en mi camino? —preguntó.

—No, no, eso le corresponde a los jenízaros, a los indios. Lo único que debes hacer tú, como esposa de funcionario, es entornar los ojos.

Pronto se cansó de las advertencias de Ana María, de sus regaños. Su cuñada era tan entrometida que una vez le preguntó por sus pecados.

—Esos no se dicen, señora —contestó Josefa airosa—, son muy míos.

—Sólo deseo saber si te vas a ir al cielo, al purgatorio o al infierno.

—Dígame primero a dónde se va a ir usted —retó.

—¡Me estás matando! ¿Quieres que me muera? —dijo, afectada.

—No, no, su merced me entendió mal.

—¿Quieres decir que soy tonta? ¿Que no me da la cabeza para entender?

—Mejor me callo la boca —dijo con hartazgo y salió de la habitación.

En el pasillo, se encontró a Apolonia. Llevaba tomada de la mano a María Ignacia.

—No la aguanto, ya no puedo más.

—¡Nadie la aguanta! —se atrevió a chismear la nana, mientras dejaba a la pequeña dentro de un corral— Imagine usted: criticaba con tanto empeño a la primera esposa del señor don Miguel, que la pobre se encerraba en sus aposentos a lloriquear.

—Oye, nana... ¿Ana María nunca se casó?

—Hace mucho tiempo; pero no alcanzaron a durar ni el año, el marido la abandonó.

—Pues a mí me dijo que andaba de viaje por las Californias.

—Puro invento.

Josefa observó las cejas poco pobladas de la mujer, la frente amplia y desolada.

—Dime, ¿cuántos años llevas al servicio de Miguel?

—Desde que nació la niña Pepita. Estaba tan chiquita como una pata de guajolote.

—Ay, Apolonia, ¡qué cosas dices! —comentó sonriendo Josefa— ¿Qué hacías antes de servir a esta familia?

—Me dedicaba al pulque. Fue hace tanto... Mi marido y yo teníamos una parcelita con veinte magueyes, allá en la villa de Coyoacán. Hacíamos pulque para venderlo aquí, en la ciudad.

—¿En las pulquerías?

—¡Uy, no! Allí sólo aceptaban del fino y, con trabajos, del ordinario. No, no, el mío era del más corrientito, del otomite o del tlachique, ¡puras babas apestosas de piña, guayaba, apio, mamey! Sin embargo, estaba vivo, lo dejábamos en un cuarto cerrado y crecía hasta reventar.

—¡Qué extraño, Apolonia! Cosa de magia, ¿no?

—Le digo que estaba bien vivito. Bueno, pues mi esposo y yo debíamos recorrer las calles ofreciendo la bebida y tratando de burlar la vigilancia de los oficiales hacendarios. ¡Seguido nos confiscaban la mercancía!

—¡Qué pesar!

—Un día mi marido entró en riña con un oficial y... me lo mataron, doña Josefa, me lo mataron —exclamó compungida.

—¡Qué barbaridad! ¿Lo denunciaste?

—Mil veces pero… ¿quién le va a hacer caso a una pobre india?

Josefa se le acercó y dejó llorar a la criada sobre su hombro largamente. Los cabellos canos de la mujer olían a tierra.

A mediodía, como todos los miércoles, llegaron María Sotero y Eustaquia de visita. En el cuarto de asistencia, la anfitriona acostumbraba recibir a las personas de mayor confianza. Josefa le insistió a sus hijastras acudieran a la reunión, pero las jovencitas se excusaron diciendo que Apolonia las llevaría a la iglesia para confesar sus pecados.

La anfitriona ofreció una batea llena de dulces a sus parientes. Entre otros temas, hablaron de La Promesa: el negocio iba bien, aunque vivían, generalmente, a la quinta pregunta. Josefa añoraba la sencillez de su vida pasada, las pláticas con los clientes, la voz de los aguadores y la breve caminata hacia los hornos para comprar el pan. Por su parte, María Sotero se había empapado de un ímpetu revolucionario y mantenía a su hermana al tanto de la situación de los criollos: de su descontento cada vez mayor; de su apego a las ideas francesas de los enciclopedistas; de su veneración inmensa por el pasado indígena labrado con pedernales recios y agudos en la Piedra del Sol azteca, desenterrada hacia apenas unos meses cuando se construían en la Plaza Mayor, atarjeas para conducir aguas subterráneas. Con el tiempo, Josefa había aprendido a querer a María profundamente, a admirar su lucha e inconformidad. Gracias a ella había podido educarse y entender el valor del trabajo femenino. Gracias a ella había ingresado al primer colegio laico de la Nueva España. Compadecía, en cambio, a Eustaquia quien, durante cada visita, pasaba el tiempo jugando a ser la mamá insípida de María Ignacia.

## 30.

Dentro de la casona, el tiempo se dilataba y se encogía al ritmo de la rutina. Eran tan amplios los espacios que se dificultaba escuchar una voz, un quejido, una risotada de una habitación a otra. Se vivía con holgura en la enorme cocina donde se mezclaban especias de Oriente con una gran variedad de chiles o en la majestuosa cámara donde el retrato de Carlos IV, enmarcado en cedro esgrafiado y dorado, esperaba las solemnes reverencias de los leales y laboriosos súbditos de sus colonias. Dentro de aquellos muros, presididos por un escudo de armas, la actividad familiar se desenvolvía bajo el dominio de los protocolos.

Además del hijo que llevaba en el vientre y de María Ignacia, de un año de edad, Josefa debía convivir con sus dos hijastras, quienes prácticamente la ignoraban, y con un séquito de sirvientes que la miraban a hurtadillas.

Con ocho meses de embarazo a cuestas, Josefa se movía con dificultad. No obstante, deseaba encargarse directamente de la educación de María Ignacia: que tome un poco de aire fresco, que se bañe con frecuencia, que le hagan cosquillas para sacar las ansiedades, que le estiren brazos y piernas para quitarle lo entumido. Pero Ana María la contradecía:

—Nada de aire, pocos baños. No, no, esta ropa está demasiado holgada para la criatura. ¡Virgen Santa! Pero, Josefa, ¿quieres criar a una cabra salvaje?

—Quiero que crezca libre. No más.

—Allá en mi pueblo —intervino la nana Apolonia—, los niños juegan en el monte encueraditos, sin nada que les apriete, por eso crecen tan chulos.

—Mira, Apolonia —respondió, altanera, Ana María— ustedes, los indianos, piensan diferente que nosotros, así que te suplico no meter tu cuchara.

Miguel procuró siempre otorgar a sus hijas una educación esmerada. Después de enviarlas a la escuela de primeras letras, las había dotado con maestros particulares en diversas materias: latín, música, pintura y buenas maneras.

Para distraerse un poco, Josefa pidió a Miguel participar en la clase de pintura al lado de sus hijastras; se había propuesto acercarse a ellas, que la aceptaran. La clase se impartía en la sala de visitas y, desde la primera sesión, se aficionó a los colores: disfrutó el recorrido que hacía el pincel sobre el lienzo y los trazos que se convertían en frutas, flores o jarrones. El profesor Agustín Canales era bastante experimentado; en su juventud pintó un buen número de retablos barrocos. Ahora, sin embargo, era tan viejo que, luego de dar a sus alumnas las instrucciones básicas para aplicar el óleo, se quedaba dormido profundamente en un canapé que él llamaba "el favorito". Como era de esperarse, Pepita y Guadalupe, lejos de hacer los ejercicios encomendados, aprovechaban la siesta del profesor para esconderse detrás de un biombo y jugar a los naipes, apostando con semillas de frijol.

Una tarde en que Josefa aplicaba los últimos toques a un bodegón, las niñas subieron a escondidas a la recámara de su madrastra y tomaron un libro que tenía bajo su almohada.

—¿Qué están haciendo aquí? —demandó Josefa, quien había regresado por una mantilla.

Guadalupe trató de esconder el objeto robado.

—¿Qué tienes ahí? —reclamó Josefa desconcertada.

—Lo lamento —expresó la muchacha con cara de mustia—, es que una de las criadas nos dijo que usted guardaba un libro muy interesante bajo su almohada y, la verdad, no aguantamos la curiosidad...

—¿Interesante? —inquirió Josefa más relajada—. ¿No les habrá dicho picante por casualidad?

—Quizá —comentó Guadalupe, fingiendo inocencia.

—Me parece que ya están mayorcitas como para tomar las cosas ajenas, ¿no creen? —consideró Josefa—. Miren, niñas, si pertenecemos a la misma familia, me parece que debía haber mayor confianza entre nosotras.

—Quiere decir que... —dijo Guadalupe apretando el libro contra su pecho.

—Se los presto para que lo lean... ¡es un manjar! —exclamó Josefa contenta de haber encontrado un motivo para convertirse en cómplice de las adolescentes.

Las jovencitas se miraron, dudosas. Sin perder un segundo, Pepita le arrebató el libro a su hermana y leyó en voz alta: *Elementos de cortejo para el uso de damas principiantes...*

—¡Dámelo! ¡Que me lo des! —gritó Guadalupe, a punto de deshojar la codiciada edición.

—No le vaya a decir nada a nuestro padre —dijo Pepita, alterada por la rebatinga—, se lo suplico.

—Por supuesto que no. ¿Me creen una chivata? Miren, niñas, no soy su enemiga —declaró Josefa de muy buen talante y se dejó caer sobre la cama—. Voy a cumplir veinte años, no soy tan vieja, podríamos ser amigas. Vengan, acérquense, ¿ya vieron lo abultado que está mi vientre? Parece un globo, ¿quieren tocarlo?

—Ay, la verdad, no, no me atrevo —dijo Pepita, alejándose.

—Anímate, muchacha, no es pecado. Al contrario, a los niños los manda Dios.

La joven dudó. Le resultaba impensable tocar un cuerpo; sin embargo, Guadalupe la empujó y no tuvo más que colocar la palma de su mano sobre esa redondez habitada por una criatura.

—¡Uy! Se sienten unos golpecillos. ¡Yo nunca voy a parir! —exclamó Pepita, temerosa—. Se sufre mucho.

—Te doy la razón, pero algo bueno han de tener los niños. Si en esta ciudad existen más de cien mil habitantes, es por algo, ¿no crees? —opinó Josefa afable.

A partir de ese día las niñas visitaban a Josefa en su habitación al atardecer. Guadalupe sentía penas de amor por un joven que había conocido en la celebración de los Reyes Magos y le gustaba platicar sus inquietudes: ¿Qué diferencia hay entre un donjuán y un libertino? ¿Son abominables las mujeres que usan pantalones? ¿Es efectivo el estudio de las matemáticas contra la calentura de la pasión? ¿Nacimos las mujeres para suavizar las costumbres del hombre?

En contraste, Pepita deseaba permanecer soltera. Renegaba del matrimonio y de la maternidad. Quería un celibato sin convento; no deseaba ser monja.

Una noche Josefa empezó a sentir unos dolores que la resquebrajaban. Las hijastras mandaron llamar a su padre y al doctor de la familia. Con premura, Apolonia se preparó para recibir a la criatura. Un día después, el 23 de febrero, nació el segundo hijo del matrimonio, José María Florencio, un niño sano y gritón.

"De seguro va a ser militar", apostó Apolonia luego de una jornada donde creyó que se le escapaba la vida a la señora.

La madrina fue la abuela paterna, doña Josefa Trujillo. En el acta de bautismo se podía leer claramente que José María Florencio era "hijo legítimo, de legítimo matrimonio", a diferencia de María Ignacia quien fue registrada como "hija natural", causa suficiente para que a lo largo de su vida se lo reclamara a su madre, pues los hijos ilegítimos eran despreciados y carecían de derechos.

## 31.

Cuando María Ignacia corría de un lado al otro del patio, vaciando la tierra de las macetas, y José María Florencio daba sus primeros pasos, el cielo envió al tercer hijo del matrimonio Domínguez Ortiz: Mariano José Mateo. En esos días, Josefa y Ana María, auxiliadas por los sirvientes, se dedicaron con verdadera entrega a supervisar el sano crecimiento de las criaturas: vigilaron a los niños de pecho; examinaron con atención los diferentes tipos de llanto; limitaron el uso de los andadores para evitar que las criaturas se pusieran gibosas; dieron a los infantes polvo de ojos de cangrejo a fin de evitar desarreglos intestinales. A los tres pequeños se les destinó una habitación cercana a la de la madre, pero era tal el ajetreo —chillidos, orines, fiebres, humores y temores— que después de pasar varias noches en vela, Josefa pidió a Apolonia que desempeñara el papel de ángel de la guarda. Por su parte, las hijastras se negaban a adquirir cualquier responsabilidad con los niños.

—Que las criadas se encarguen de los escuincles, para eso están —expresó Guadalupe, mientras su hermana trenzaba su larga cabellera.

—Ay, niña, son tus hermanitos. ¿No les tienes ni un poquito de afecto? —preguntó Apolonia.

—Poquito sí, pero eso no significa que deba limpiarles la baba.

Una tarde, durante la merienda, Josefa le comunicó a Ana María la noticia de su cuarto embarazo.

—La mujer es un útero andando —sentenció la cuñada.

—No, señora, el que esté embarazada no significa que yo... toda yo —dibujó un círculo con ambas manos— sea un útero. ¿Qué me dice del corazón, del estómago, de la cabeza, de las uñas?

—No divagues, niña, la mujer es un varón incompleto.

—¡Virgen de los Remedios! ¿De dónde saca esas ideas?

—No hablo yo, habla la ciencia, los médicos. El cuerpo de la esposa sirve para tener hijos. La misión de la madre es dar a luz... lo repetían sin cesar mi madre, mis tías, mi abuela.

—La mujer también puede dedicarse a cultivar su inteligencia —retó Josefa, indignada.

—¡Qué absurdo! ¿No sabes que debido a nuestra constitución corporal y nerviosa somos incapaces de razonar? Si de casualidad nos llega una idea, la hacemos papilla. La racionalidad está reservada exclusivamente para el hombre —declaró su cuñada, sintiéndose dueña del ancho y largo de su verdad.

—Disculpe, cuñadita, la imagen que tiene usted de las mujeres...

—¡Es la correcta! No se hable más —interrumpió la mujer levantándose de la mesa.

La joven contempló furiosa un pedazo de hojaldre que se ahogaba en la leche hervida. Detestaba los conceptos de su pariente política. ¿Cómo argumentar contra esas ideas que, a fin de repetirse, se habían erigido en la sociedad como un muro de piedra? En su cabeza saltaba un sinfín de cuestionamientos. ¿Era ahí, bajo su abundante cabellera, donde se encontraba la tan mentada racionalidad? Por otra parte, los hijos eran una bendición. Los amaba con fervor: los mimaba, los acariciaba, los apretaba contra su pecho, eran su dicha, pero no se conformaba con la placentera y ajetreada vida en el hogar. Alternaba el fatigoso cuidado de las criaturas con sus continuas interrogantes. La inquietud le devoraba el alma; no la dejaba ni a sol ni sombra. Anhelaba saciar su sed de noticias, entraba al bufete de su marido y leía con vehemencia los diarios y gacetas dispersas en el escritorio. Desesperaba: en sus páginas no hallaba información que tuviera que ver con los conflictos, luchas o carencias de los novohispanos. No halló críticas profundas, disertaciones políticas; menos aún artículos sobre la educación o la libertad de la mujer. ¿Existían mujeres ilustradas? Para la joven esposa la vida se asemejaba a un calidoscopio deslumbrante. Con determinación, trataba de descifrar una sociedad plagada de injusticias. Los editores de los diarios, en su mayoría criollos, eran curas o funcionarios del virreinato; apegados a los intereses de la Corona. Llenaban los espacios con artículos dedicados a las procesiones y actos religiosos, secciones donde se ensalzaba al gobierno, abundantes artículos científicos, anuncios comerciales, crónicas de festividades y noticias sobre arribo o partidas de las naos.

Con las señoras que Ana María invitaba al salón del estrado era imposible entablar una plática inteligente. Alternando el rapé con los jugos de fruta, se hablaba de las bondades de los productos importados de Francia: las aguas de olor, el blanquete y el colorete, el alcohol para alcoholarse los ojos, así como de las estofas que se urdían en los más famosos telares de Italia, Flandes y España. Josefa se sentía como la oveja negra de un rebaño pomposo y talqueado. Para ellas las palabras "pueblo" o "hambruna" eran conceptos que no tenían cabida en su diccionario de banalidades.

## 32.

Como era costumbre en la alta sociedad, los esposos dormían en habitaciones diferentes. Aun así, las visitas conyugales de Miguel a Josefa eran frecuentes. La necesitaba y ella le correspondía con afecto.

La noche que él llegó maldiciendo, venía de un banquete ofrecido por el conde de Valparaíso. El vino se le había subido a la cabeza. Con brío tocó la puerta de la habitación de Josefa.

—Josefa, estoy harto. No soporto más a Branciforte. Es ambicioso, inmoral, turbio. Maldigo la hora en que el virrey Revillagigedo partió para España y fue sustituido por este mequetrefe. El gobierno está hecho un lodazal. Su excelencia se ha dedicado solamente a fabricar su fortuna.

—El muy pillo... ¿de dónde saca tanto dinero?

—Vendió empleos públicos y grados militares... ¡como huevos en la plaza! Aprovechando los problemas políticos que España tiene con Francia y con Inglaterra confiscó todos los bienes de los residentes franceses e ingleses en la Nueva España para después... ¡rematarlos! ¡Que el Señor nos tenga lejos de sus malditas manos! Por desgracia no puedo renunciar, vamos por el cuarto hijo —profirió, mirando el vientre de su mujer.

—Lo sé, Miguel, pero eso de estar en manos de los españoles es agobiante. Te dicen qué hacer, cómo pensar.

—He tratado de exponer mis ideas pero... es inútil. Los criollos somos vistos con resquemor... especialmente después del gran número de protestas que han surgido en todo el territorio.

—¿Recuerdas a Antonia, mi compañera en el colegio de las Vizcaínas? —se animó Josefa a decir—. Me escribió.

—Vive en Guadalajara, con unos parientes... libreros... impresores. Personas ilustradas. Leen en francés y se han empapado de las ideas de los galos.

—Me imagino...

—Antonia me cuenta —interrumpió entusiasmada Josefa— que doscientos criollos, acaudillados por el padre Juan Antonio de Montenegro, organizaron una conspiración.

—¿Eso te escribe? ¡Dios mío! ¡Quema esos papeles! No se los enseñes a nadie.

—¿Tan grave está la situación?

—Carlos IV ha mandado reforzar las milicias, intenta introducir el espíritu militarista en estas tierras. Teme que haya una rebelión como la francesa. Aquí mismo, en la capital, el contador Juan Guerrero dirigió una conjura.

—¿Qué más? ¡Quiero saber todo! —exclamó impaciente.

—¿Por qué? —indagó, sorprendido por la curiosidad de su esposa—. No es un tema propio de mujeres.

—¿No? —retó enojada—. Todo lo que pase en este país, me incumbe. ¿Sabes algo acerca de la Rebelión de los Sombreros?

—¿Es un cuento? —preguntó burlón.

—En Izúcar, los indios, cansados del maltrato de los blancos, dejaron de hacer las deferencias obligatorias: no se quitaban los sombreros al cruzarse con los peninsulares y hasta les daban la espalda groseramente. Los gachupines, asustados, escribieron a la Audiencia que se planeaba una rebelión. Me lo contó Apolonia.

—Puras mentiras.

—¿Sólo porque me lo contó una indígena? Miguel, le creo más a la nana que a tus documentos virreinales.

Su mujer tenía razón. Los gobernantes trataban de acallar a toda costa cualquier protesta. Manoseaban la información a su antojo. De pronto una visión celestial sacó a Miguel del infierno del virrey ladrón Branciforte: la joven fue quitándose una a una las prendas femeninas con la delicadeza de quien va arrancando los pétalos de una flor.

—Ven, Miguel, acércate.

El contacto con la piel de Josefa lo estremeció. Era el único momento del día en que podía despojarse de su apellido, de sus títulos, para adquirir las cualidades del deseo. Josefa había coloreado la monotonía de la vida doctoral y canónica, con esos ímpetus inagotables. Por eso la amaba. Porque le provocaba sentimientos encontrados, cada día era nuevo a su lado. Se había casado con una mujer insaciable. Porque cuando llegaba a casa, no sólo lo esperaba una torre de documentos pendientes, sino una esposa que con un soplo podía desmoronar una torre de preocupaciones.

María Dolores Micaela nació en febrero de 1796 y Miguel María José un año y medio después. Por desgracia, la pequeña Lolita era tan enfermiza que al momento del destete no aceptaba alimento: ni los purés, ni los caldos, ni los trocitos de carne que, para su fácil digestión, eran previamente masticados por la nana Apolonia. La niña murió una madrugada. Josefa se encerró en su habitación por semanas, cayó en un abismo. Para aumentar su dolor, Miguel María quien, desde el momento en que lo habían llevado a la parroquia de la catedral para ser bautizado, tenía la vista perdida y el cuerpo exangüe, murió de viruelas. La tristeza había llegado toda junta, como un bulto gris y pesado que había que cargar sobre los hombros. En pocos meses, Josefa había perdido dos hijos de sus entrañas. Se sentía porosa, vacía, sin sustancia. Su corazón había desaparecido del cuerpo. No escuchaba sus latidos. Luego de los largos meses de duelo, los esposos Domínguez mandaron hacer un retrato de cada uno de los difuntitos. Rodeados de flores y juguetes quedaron plasmados para siempre en dos lienzos que adornaban el salón principal.

La lucha cotidiana y el cuidado de los otros vástagos la sacaron a flote. Dos nuevos retoños le devolvieron la alegría perdida. El virrey Miguel José de Azanza gobernaba la Nueva España en la misma época del nacimiento de María Juana Buenaventura. Un año después, cuando Berenguer de Marquina era elegido por la corona española para ser virrey, Josefa dio a luz a María Micaela Fermina. Las dos eran fuertes y saludables. Se celebraron los bautizos y se contrataron a las nodrizas por medio de anuncios en los diarios. Fuera del pequeño mundo de la familia Domínguez Ortiz, el descontento popular crecía: los libros de los precursores de la Revolución Francesa eran cada vez más leídos, y las ideas de igualdad y libertad se propagaban. En la ciudad de Toluca, el recaudador Pedro de la Portilla organizó la Conspiración de los Machetes para tratar de arrojar a los peninsulares fuera de la Nueva España; y en Tepic, el indio Mariano encabezó una conspiración en la que se atrevió a portar, como nadie nunca antes, una bandera con la imagen de la Virgen de Guadalupe.

Doña Josefa representaba a la perfección su papel de madre; empero, otra mujer, que gestaba y paría conceptos, que amamantaba conciencias y deseaba envolver en suaves frazadas a los desprotegidos, empezaba a crecer en sus adentros.

## 33.

Por más que algunos aseguraban que el siglo diecinueve había comenzado el primer día de 1800, para Josefa, comenzó un año después. 1801 marcó el inicio de un siglo personal. El destino le había cambiado la jugada.

—Murió el encargado del corregimiento de Querétaro —dijo Miguel desde su habitación mientras colgaba su larga capa en el perchero.

—Que descanse en paz, ¿lo conocías? —preguntó su mujer mientras desprendía una a una las orquillas de su moño.

—No, pero… ¿quién crees que lo va a sustituir? —inquirió el abogado al tiempo que entraba al tocador de su esposa.

—¿Quién? —preguntó Josefa atenta.

—¡Yo, mujer! —exclamó orgulloso—. Me acaban de nombrar corregidor de letras de la muy noble y leal ciudad de Santiago de Querétaro, ¿te das cuenta?

—¡Ay, Jesús! —exclamó Josefa, desconcertada por la noticia.

—El virrey Berenguer y Marquina necesitaba alguien que hubiera estudiado a fondo el derecho indiano; así que pidió recomendaciones tanto en la ciudad de Querétaro como aquí.

—No me sorprende que te hayan elegido... llevas muchos años sirviendo al poder virreinal.

—Es uno de los cargos más distinguidos de la Nueva España —expresó satisfecho por el reconocimiento de su esposa—. Seré mediador entre el cabildo queretano y el virrey. Tendremos que mudarnos, Josefa. ¿Qué te parece? Recibiré un generoso sueldo... nada menos que cuatro mil pesos anuales.

—Una buena suma para tantos retoños, no cabe duda, pero... ¿cómo será la vida allá, en el Bajío? —dijo la joven mientras se detenía a contemplar el cuadro de la Virgen de los Remedios colgado en la pared de la habitación— ¿Tú sabes, virgencita, cómo son los queretanos? ¿Por qué no me lo dices?

—Querétaro es una ciudad próspera. Cuenta con la Real Fábrica de Tabaco, un gran número de obrajes, muchos cultivos...

—Ay, Miguel, será un cambio total. ¿Tienes idea de cuánto tiempo nos quedaremos allá?

—Por lo menos tres años.

—¿Tres? —reclamó.

—Mujer, debías alegrarte. La vida en la capital no ha sido del todo placentera, al fin podremos alejarnos de tanta infamia.

Miguel tenía razón. Las murmuraciones contra la familia Domínguez Ortiz no habían cesado. Falsos testimonios iban y venían como el agua de las acequias: que el señor don Miguel Domínguez se había casado con Josefa para hacerle el favor; que la señora pertenecía a una clase paupérrima; que María Ignacia, la primogénita de los Domínguez, no merecía asistir a las reuniones juveniles que se organizaban después de la misa dominical, porque nació bastarda.

—¿Cuándo partimos? —inquirió la joven.

—Los primeros días de febrero.

—Me duele dejar a mi hermana. Fue la única que me acogió en su casa, me alimentó, me educó. ¡Caramba! ¿Y Eustaquia? ¡No me va a perdonar que nos llevemos a María Ignacia!

Josefa se alegraba de que su esposo, a pesar de su calidad de criollo, fuera reconocido por sus aptitudes, pero en su pecho se mezclaban distintas emociones: temor, euforia, incertidumbre. Debía mudarse a una ciudad extraña y representar el papel de corregidora, un título que no acababa de asimilar. ¿De qué se trataba? Se sentía como un libro casero al que de repente le cosían una portada con letras doradas. ¿Qué corrige una corregidora? ¿Eran suficientes sus conocimientos? En las Vizcaínas la habían educado para ser esposa dócil y no para someterse a las obligaciones de un título. Se miró en el espejo. Sobre el azogue se reflejó una mujer bella, de ojos brillantes, boca generosa. "¿Por qué no confías en ti misma? ¿Por qué no te das valor?", se dijo mientras su instinto anunciaba que algo grande iba a suceder, como cuando el olor a tierra avisa la proximidad de la lluvia... ¿de la tormenta? "No hay imposibles", le había dicho una vez su madre con firmeza, "si existen los deseos, también existe la magia para concederlos". Josefa juró, ante su propia imagen, prepararse para merecer la dignidad de su título, para ser ilustrada, culta, versada en temas políticos. Se prometió recorrer palmo a palmo las posibilidades que le ofrecía la vida.

Luego de hacer los arreglos necesarios en la casa de las diligencias, los esposos Domínguez Ortiz prepararon el viaje. Mudar una casa no resultaba tarea fácil. Acomodar las pertenencias en baúles, doblar, achicar, apretar, resultaba penoso. De pronto los días vividos se empaquetaban. Los niños, entusiasmados con la mudanza, abrumaban a sus padres con preguntas: "¿Dónde voy a dormir? ¡Pido con Dolores! ¡Con Ignacia! ¿Es muy grande la nueva casa? ¿Quién guardó mis juguetes? Mi muñeca me la llevo conmigo, nada de meterla en una caja donde se puede asfixiar". Una especie de exaltación general impregnaba el ambiente familiar. Guadalupe, segunda hijastra de Josefa, se negaba rotundamente a mudarse. Ana María intercedió por ella:

—Se enamoró, Miguel, tu hija se enamoró de Alfonso Talamantes. ¿Lo recuerdas? Estaba en casa del marqués del Villar del Águila, el día del baile. Pero no te inquietes, es un mozo emprendedor, de buena cuna, elegante...

—¿Elegante? Exageradamente llamativo, diría yo. ¿No te fijaste en la profusión de sedas y de encajes? ¡Todo un petimetre! ¿Qué edad tiene? —dijo molesto por la repentina noticia.

—Veinte, ni muchos ni pocos. Ha llevado a tu hija a pasear, a obras de teatro. La visita desde hace semanas. Claro, como te la pasas absorto en tu trabajo, no te das cuenta de nada. Ya intercambiaron pañuelos y sortijas.

—¿Guadalupe se atrevió a hacer eso?

—Miguel, por Dios, tu hijita está en edad de merecer. Bien dice el adagio: "Casa a tus hijas mientras tienen buen parecer, pues no son hierbas del prado, que vuelvan a reverdecer".

—No la puedo dejar sola en esta ciudad, entiende, hermana.

—No te preocupes, lo tengo todo resuelto. Me llevo a Guadalupe a mi casa. Me hará compañía.

—Claro, para que endulce tus amarguras. Como siempre, sólo piensas en ti. No sé... todo esto es tan repentino. ¡Qué disgusto! Estoy con un pie en Querétaro y apenas me pones al tanto de estas cosas.

—Matrimonio y mortaja...

—Antes de partir quiero hablar con los padres de ese tal...

—Alfonso Talamantes.

—Necesito enterarme de la honorabilidad del rapazuelo. No puedo dejar a mi hija en manos de un cualquiera.

—Está bien; arreglaré la cita con los padres del muchacho.

La familia Talamantes, recién llegada de España, era respetable y adinerada, así que Miguel se tranquilizó. Por su parte, Josefa vio con buenos ojos la decisión. Se libraba de una hijastra y de una cuñada que nunca la habían aceptado. Ahora sólo tendría que tolerar a Pepita, con quien todavía guardaba una incómoda distancia.

## 34.

Preocupado por el bienestar de su familia, el abogado había tomado las providencias necesarias para que los pequeños, cuyas edades iban desde los nueve años hasta los nueve meses, padecieran lo menos posible el ajetreado y peligroso periplo, para que su mujer no sufriera incomodidades y para que el menaje de la casa tuviera el menor deterioro. Apolonia viajaría con ellos. Tardarían cerca de tres días en recorrer cuarenta y seis leguas.

Partieron en la madrugada. A medida que los rayos anaranjados teñían el cielo, se alejaron de la capital. Imposible llevarse un pedazo. En el fondo del valle se quedaba el lugar donde Josefa había nacido, había dado sus primeros pasos y pronunciado sus primeras palabras; donde había aprendido el valor de un paquete de tabaco y de un ángelus recitado con devoción en la capilla del colegio de las Vizcaínas. La ciudad en la que su madre, años atrás, le hacía repetir, de memoria, moralejas sobre los dones que recibirían los buenos y justos. El sitio en el que su padre —la tarde en que el sable de un gachupín le marcó la cara— le había advertido, pese a que era pequeña y no sabía nada de la vida, que nunca se dejara humillar por nadie. Una lágrima descendió por su mejilla. Se despedía del lugar que había visto nacer a sus siete hijos, dos ya en el cielo, y donde había adquirido esa inconformidad que le oprimía el pecho y que no acababa de definir: ¿Punzada? ¿Maldición? Mientras otros sufrieran, ella no podría estar en paz. No sólo le dolía su orfandad, sino la de cualquiera que se sintiera descobijado.

Una diligencia atiborrada de baúles y bastimentos avanzó sobre el Camino Real de la Plata, conducida por el viejo Maclovio. Decenas de carretas y recuas transportaban, hacia el norte de la Nueva España, madera, leña, loza y muebles. Mientras otras, en sentido contrario, acarreaban metales preciosos desde Zacatecas y Guanajuato hasta la capital.

—Mira, madre, en esa carreta llevan gente de piel oscura —advirtió José María Florencio.

—Tan oscura como la noche — comentó María Ignacia.

—Son los negros y mulatos que van a trabajar a las minas —explicó Miguel Domínguez.

—Van tan apretados que parecen granos en mazorca —añadió la primogénita, festejando su broma.

—Mira, mamá, tienen el pelo emperifollado —señaló José María.

—Ensortijado— corrigió Josefa.

—Veo muchos indios. ¿También ellos van hacia las minas? —preguntó Mariano quien a sus siete años se dejaba llevar por la inquietud.

—Sí, hijo, van a ganar el pan con el sudor de su frente —expuso el futuro corregidor.

—Pues a esos sí les plancharon el cabello —expresó burlón.

Desde lo alto de una montaña contemplaron un enorme valle.

—Allí está Cuautitlán. ¿Lo ven? Y más allá, Tepozotlán y Tepeji —señaló Miguel interesado en que sus hijos ubicaran los poblados cercanos al corregimiento de Querétaro.

El coche avanzó sobre una inmensa llanura cubierta de pastos, árboles, lagos, nopales. De tiempo en tiempo, Josefa detenía la mirada en el trajín de los indios en las rancherías, en las labores, en los campos de maíz, trigo y chile, el tendido de la ropa mojada en los mecates, el pastoreo de ovejas y ganado, las cosechas de cebolla y chícharos. Niños desnudos o vestidos con hilachos, rascándose los piojos o limpiándose los mocos, se acercaban a las diligencias y extendían sus manitas en espera de alguna limosna o alimento; grupos de peones y chalanes briagos gritaban majaderías.

—Hambruna, miseria... ¡Qué tristeza! —se lamentó Miguel mientras regalaba unas monedas a un niño con los dientes podridos—. El brillo de la Nueva España es mera apariencia, la miseria de los indigentes está muy lejos del alborozo de los adornos churriguerescos.

—Tienes que hacer algo por esta gente, Miguel —exigió su esposa.

Hicieron escala en Xilotepec, donde un caserío de techos rojizos contrastaba con una vegetación desbordante. El olor a pan recién horneado los atrajo. Merendaron en una fonda unos bizcochos acompañados de champurrado bien caliente y ahí mismo pasaron la noche.

Al día siguiente continuaron la travesía. El camino hacia el pueblo de Palmillas fue agotador. Una rotura en el eje de una rueda los obligó a detenerse y a esperar bajo el sol a que Maclovio, el cochero, solucionara el problema. Apolonia se llevó a los pequeños a caminar y a aventar piedrecitas, mientras los esposos se sentaron sobre un tronco para beber un poco de agua. Reanudado el viaje, Josefa y Miguel tuvieron que armarse de paciencia: los niños lloraban o se levantaban inquietos de su asiento, María Ignacia sufría mareos continuos y María Juana tuvo que soportar intensas punzadas en un oído. La pequeña María Micaela lloraba a todas horas y sólo el arrullo de su madre la tranquilizaba.

A las tres de la tarde divisaron San Juan del Río, una población que descansaba sobre la ladera de una loma.

—¡Hora de detenernos! —ordenó Miguel agobiado por el calor y el traca traca de la diligencia.

El coche frenó y los viajeros se bajaron a descansar.

—Aquí en San Juan hay una noria donde se pueden bañar. Sus aguas son curativas —indicó Maclovio.

Josefa y los niños aceptaron la decisión con regocijo. El agua les limpiaría los sudores, dolores y sinsabores del viaje. Los niños chapotearon en el agua. Josefa y Pepita se atrevieron a despojarse de los zapatos y levantarse ligeramente las enaguas para sumergir los pies en la corriente cristalina. Miguel se lavó la cara y pidió al cochero que diera de beber a los caballos y los llevara a pastar. Silenciosa, Apolonia, se alejó para lavar en la parte alta del riachuelo, algunas prendas, vasos, tazas y cucharas.

Luego de un rato, el viejo cochero regresó gritando alarmado. Le habían golpeado la cara, le chorreaba sangre de la nariz, cojeaba.

—¡Mal... maldición! ¡Ca... ca... si me matan!

—¿Qué sucedió, Maclovio? ¡Válgame Dios!

—Me... amenazaron con navajas... cuchillos. ¡Dios santo! ¡Por poco... me cortan el cuello! —dijo desesperado— ¡Se llevaron parte del equipaje!

—Seguramente el baúl con la vajilla —comentó Miguel abatido por la pérdida—, esos bribones huelen la plata.

—Lo lamento mucho, su merced... en mala hora me contrató como cochero, no sirvo para nada, soy un inútil.

Miguel guardó silencio. Lamentaba profundamente el episodio. El hombre era de confianza pero, sin poder evitarlo, lo había invadido una sospecha.

—Dime, Maclovio, ¿los conocías?

—Me ofende su merced —dijo alarmado—. ¿Duda de mí? ¡Le juro por la Virgen y por todos los santos que no fui cómplice de este atraco!

—Calma, no llores y da gracias a Dios de que no terminaste hecho pedacitos —expresó Miguel, tratando de convencerse de la inocencia del viejo.

—¡Voto a mis penas! Nunca me voy a perdonar haberle fallado. Ni con veinte años de servicio podría pagarle la décima parte de lo que perdí.

—Tú no perdiste nada, Maclovio —intervino Josefa, quien junto con sus hijos se había acercado al cochero—; te lo arrebataron esos infames. ¡No tienen perdón de Dios!

—Llegando a Querétaro pediré a los alguaciles que los persigan y los encierren —declaró contundente el abogado, quien a partir de ese momento iniciaba sus labores como corregidor de aquellos territorios—. Van a ver cómo recupero nuestras pertenencias.

Luego de que un funcionario de San Juan del Río los hospedara en su finca, la familia salió en la madrugada para reiniciar el viaje. Recorrieron el Cerro Colorado y la empinada y escabrosa Cuesta China. Por fin, al mediodía, distinguieron a lo lejos, tendido en las faldas del monte de Santa Cruz, el lugar de su destino. La ciudad estaba rodeada de una arboleda en forma de media luna y de montes muy altos. Un río cristalino la dividía en dos partes.

—Arriba viven los españoles y, abajo, la comunidad de indios —indicó Miguel, señalando el paisaje que se desplegaba ante sus ojos. Los niños se asomaron curiosos por las ventanillas.

Josefa descubrió la arcada. Un fabuloso acueducto llevaba agua desde una cañada hasta el sur de la ciudad.

—A ver, Ignacia... Mariano... José María —retó juguetona la progenitora—. ¿Cuántos arcos tiene el acueducto?

—Uno por cada latido de pasión—comentó Miguel meloso.

—¿Qué amor? —preguntó curiosa María Ignacia.

—El marqués de la Villa del Villar estaba tan enamorado de una monja capuchina, que mandó construir este acueducto para llevar agua desde la cañada hasta la fuente del convento donde la joven hacía votos de castidad y oración.

—¡No alcanzo a contar los arcos! ¡Son tantos! —exclamó José María desilusionado.

—Además, se pierden en el paisaje —añadió Ignacia.

En la garita fueron recibidos por los mensajeros del cabildo quienes, acto seguido, galoparon velozmente para avisar a las autoridades de la llegada de los nuevos corregidores. Maclovio conocía bien la ciudad y al avanzar por el laberinto del barrio de la Cruz, la familia Domínguez pudo apreciar sus calles empedradas, sus casas de un solo piso, construidas con piedra rojiza y sus barandales de hierro. Con una mezcla de cansancio y deleite, observaron la gran variedad de templos, plazas y fuentes que conformaban la majestuosa ciudad. Al fin, la diligencia se detuvo frente al portón de las casas reales.

Josefa trató de imaginar los días por venir. Deseó con vehemencia que existiera un libreto que describiera clara y detalladamente el personaje que iba a representar. ¿Qué actividades estaban destinadas a la esposa del corregidor? Trató de recordar con precisión las obligaciones que el virrey Berenguer y Marquina le había impuesto a su esposo: intervenir en la paga de jornales que se debían a los indios, vigilar los obrajes y trapiches así como el estanco del tabaco, castigar a los delincuentes, supervisar el cumplimiento del pago de impuestos, entre muchas otras. No tenía claro, sin embargo, el papel que ella iba a desempeñar.

En la entrada de su nueva morada, la familia recibió la bienvenida de los funcionarios del cabildo queretano. Tras los saludos oficiales, fueron conducidos hacia el piso alto de la enorme casa. Ahí estaba el salón donde el cabildo solía celebrar sus juntas y las habitaciones de los recién llegados. Los niños se habían sacudido la modorra del viaje y exploraron los espacios, subieron y bajaron por la escalera, corrieron en el patio y jugaron a esconderse entre los cortinajes.

Josefa se estremeció ante la vastedad del espacio. No sabía si eran los rayos de sol cayendo de lleno sobre el patio central, las arcadas fuertes e infinitas sosteniendo el cielo o el chorro de la fuente lo que había acariciado su espíritu. Se asomó a la ventana de su habitación y contempló maravillada la Plaza de las Armas Reales. Tomaba tiempo adueñarse de una ciudad. No bastaba con mirarla, había que vivirla plenamente: pronunciar los nombres y los apellidos de los vecinos, pesar las naranjas en el mercado, oler el pan de los hornos, desgranar un elote, velar un muerto, maldecir los calores, alabar a los santos patronos y ¿por qué no?... llorar un poco.

## 35.

Entre los variados y ricos menús que le presentó la cocinera esa mañana, Josefa eligió la sopa de moda de tallarín blanco y un asado de carnero, acompañado de jitomate, chile ancho, cebollas y aceitunas. De postre, pastel fino. Una vez hecha la lista de la compra, indicó a Remigia que fueran juntas al mercado.

—Ay, señora, creo que no abrí bien las orejas. ¿Desea usted misma, en persona, ir al tianguis?

—Exactamente, Remigia, ¿por qué se te hace tan extraño?

—Disculpe mi atrevimiento, su merced —respondió perpleja. Nunca antes, patrona alguna le había pedido su opinión—, pero una señora de su categoría, ¿cómo le diré? No es propio.

—Mira, Remigia. Si no puedo ir con mi marido a visitar los campos de cultivo, al menos conoceré lo que se cosecha en ellos —manifestó con serena autoridad.

—Pues sí, doña Josefa... no la voy a contradecir.

—Ahora, Remigia, prepárate para salir y dile a María Ignacia que nos acompañe —ordenó con firmeza, luego de pensar que la educación de su hija no debía limitarse a maestros particulares; debía mirar la vida tal y como es, olerla y tentarla.

Al llegar a la plaza, las mujeres llamaron la atención de los asistentes. Era inaudito que unas damas tan elegantes pasearan entre los puestos malolientes y que soportaran el vocerío de los indios que anunciaban su mercancía.

—Son chicos los ojos para ver tanto. Miren los aguacates, los zapotes, los plátanos… —exclamó Josefa con deleite. Estaba embarazada de nuevo y los antojos eran inevitables.

—Y qué me dice de las ciruelas, enormes; dichoso el que dé la primera mordida —dijo María Ignacia, acariciando entre sus manos el fruto rojizo.

—Ándele, doña, pásele, ¿ya vio qué chulos están los camotes? Están bien bonitos. Son los mejores de la Nueva España —expresó la vendedora.

—Señora, ¿qué nos llevamos? —preguntó la cocinera, quien no acababa de creer que su ama recorriera el mercado como cualquier hija de vecina.

—Esas chirimoyas tienen buena cara. Pide también granadas, membrillos, chabacanos… ¿Tenemos hortalizas en casa?

—Uy, no, con tanto comelón, todo se acaba en un ratito.

—Podemos comprar espárragos, calabazas, escarolas —sonrió Josefa.

Debajo de los austeros tejados se levantaban cordilleras de frutas y verduras. Visitaron también los puestos de pescado blanco, chichicuilotes, ranas, mojarras y truchas de las lagunas y aquellos que vendían hogazas de pan de mil hechuras y precios.

Llegaron a casa con tres costales repletos de alimentos. Un indio otomí las había ayudado a cargar la compra, así que al entrar a las casas reales, ordenó Josefa que le dieran de comer y que le regalaran un itacate para su familia.

Las mujeres se dispersaron: la cocinera inició la fatigosa tarea de preparar los guisos; María Ignacia se fue al salón del estrado para que Pepita le enseñara a bordar un dechado y Josefa se dirigió al estudio para supervisar las clases de sus hijos. Sin embargo, al pasar cerca del despacho, se detuvo. Su marido hablaba acaloradamente con un hombre de acento español.

—Insisto, señor corregidor, el trato que se le da a los indios es justo —dijo Fernando Romero con petulancia.

—¿Justo? ¡Cruel y desalmado diría yo! —exclamó el abogado—. La Audiencia ha recibido infinidad de quejas de las comunidades indígenas sobre la excesiva recaudación de tributos.

—La corte tiene muchos gastos; necesita recursos —alegó con fuerza el funcionario.

—¡Claro! —exclamó irónico—. ¡Para llenarse de joyas, para vestir con lujos desmedidos!

—Exagera, don Miguel, ¿no le parece? —replicó el otro, molesto, tratando de contener su enojo.

Al poco tiempo de ocupar su cargo de corregidor, Miguel Domínguez inició sus actividades con verdadera decisión y entrega. Además de los asuntos propios de la ciudad queretana, debía viajar a provincia para resolver los conflictos relacionados con los diez pueblos y las ochenta y dos haciendas que se encontraban bajo su jurisdicción. Había recorrido con gran interés los sembradíos, las rancherías y lugares como la Cañada y el Pueblito.

—Para gobernar hay que conocer —dijo un día el corregidor mientras visitaba con su compadre, Ignacio Villaseñor y Cervantes, las serranías de Huimilpan.

—Disculpe, don Miguel, pero no creo que sea la panacea. ¿Cómo le diré? Por ejemplo, entre más conozco a mi mujer, más me enredo y menos la gobierno —respondió Ignacio, quien desde el arribo de Miguel lo había acompañado en sus recorridos.

En el despacho de las casas reales, los papeles se acumulaban. Miguel Domínguez debía proceder como juez en el cabildo; asistir a las juntas de policía; visitar obrajes, panaderías, molinos, boticas; vigilar las rondas nocturnas. También estaba obligado a cuidar la cárcel que se encontraba en la planta baja de su vivienda y asistir a los continuos repesos del tabaco.

¿Cómo podía realizar estas actividades si los funcionarios no ponían de su parte? ¿Cómo luchar contra su negligencia y egoísmo?

## 36.

Aquella tarde Miguel debía escribir al virrey un reporte amplísimo de sus actividades; sus nervios estaban a punto de estallar. El barullo que reinaba en su santo hogar lo aturdía sobremanera: los pequeños corrían de un lado al otro, entraban en su despacho sin tocar la puerta o lanzaban pelotas de trapo. De pronto y, como un ángel salvador de desastres, Josefa anunció:

—Voy a salir con Pepita y los niños. Hay festejo popular en la Plaza de San Francisco. Sólo espero tu anuencia.

—Que te acompañen Apolonia y dos criados —se alegró, aunque en el fondo sabía que no estaba bien visto que su familia se mezclara con el populacho.

En medio de la plaza, se había erigido un palo ensebado. Tenía en la punta una bella joven que, sentada sobre una tarima, ofrecería monedas, listones y todo tipo de alhajas a aquel que, trepando a aquella desmedida altura, lograra llegar a la cima.

Varios jóvenes intentaron realizar la hazaña, pero resbalaron a los pocos segundos. La mayoría eran indios, castas y mestizos. Los pocos señoritos españoles que participaban en la fiesta, temían ensuciar sus costosos trajes.

Un atractivo joven se acercó a Pepita e hizo una caravana.

—Para usted, hermosa, este lance.

Pepita se sintió subyugada por el rostro de aquel mestizo que subió sin dificultad hacia la punta del palo y recibió, de manos de la doncella, un collar de corales. El joven fue ovacionado por los asistentes; uno de los músicos de la banda retumbó sus platillos. Acto seguido, el extraño se acercó a Josefa para pedirle permiso de ofrecer el premio a su hijastra.

—Concedido —dijo Josefa—, no cabe duda de que es usted un joven hábil y, por lo visto, enamoradizo.

El muchacho, seguro de sí mismo, se dirigió a Pepita y le entregó el collar.

—Gracias por el obsequio, señor, ¿cuál es su nombre? —preguntó con emoción.

—Domingo Sereno; estoy a sus pies.

—Es usted muy gentil —dijo, risueña—, soy hija del corregidor Miguel Domínguez, me llaman Pepita.

—Apenas hace dos días tuve la oportunidad de admirarla en la procesión en honor a la Virgen del Pueblito, nuestra santa patrona... quedé francamente cautivado por su belleza.

—Yo, en cambio, no lo vi. Seguramente mi profunda devoción a la Virgen me tenía ocupada —dijo, coqueta.

—Cosa nada reprochable. Bien, me retiro, no quiero abusar de su tiempo ni de mi presencia. Espero verla pronto —dijo, atreviéndose a besarle la mano.

—Vaya usted con Dios —se le ocurrió decir a Pepita, pues no halló las palabras necesarias para insinuar su deseo de volverlo a ver y de olvidar la opción del celibato.

Josefa se alegró de la eventualidad. Siempre había pensado que el romance, al igual que la comida, debía tener su sal y su pimienta. Además, faltaba poco tiempo para que su hijastra se convirtiera en una solterona; había llegado nada menos que a la edad de veintiún años... ¿Por qué no procurarle un marido?

—Corregidora, me voy a atrever a comentar algo —intervino una mujer que se acerco sigilosa—. No debe permitir que ese rapazuelo se vuelva a acercar a su hijastra.

—¿Quién es usted? —preguntó Josefa, molesta.

—Doña Mercedes Morales de Ledesma, sobrina del marqués del Águila. ¿No me recuerda? Nos conocimos un Miércoles de Ceniza. Mire, estos mestizos son ladinos, siempre quieren conseguir algo a cambio.

—¿Cómo sabe? Me pareció que este muchacho tenía buenas intenciones —indicó Josefa mientras Pepita vigilaba que los niños no se fueran a perder.

—No se haga la inocente. Usted viene de la ciudad y ya debe conocer a este tipo de jenízaros. Creen que vistiéndose al estilo español van a subir de rango.

—Mire, señora. Si mi esposo y yo vinimos a enderezar lo chueco de este pueblo, empezaremos desbaratando los prejuicios.

—Me habían dicho que las de la capital son muy alzadas —comentó ofendida—, pero usted es más que eso: ¡impertinente!

—"A palabras necias, oídos sordos". Yo sólo digo lo que pienso. Ahora, si me permite, voy a seguir disfrutando del festejo —dijo Josefa haciendo una leve reverencia y caminó al lado de sus hijos por la calle del Biombo para comprar un amplio surtido de aguas nevadas.

## 37·

Josefa despertó. Los gritos eran desgarradores.

—Miguel, ¿escuchas? ¡Qué terrible!

—¿Qué? ¿Qué pasa? —preguntó sobresaltado.

—¡Válgame Dios! ¿Oyes los lamentos? —exclamó mientras saltaba del lecho y se cubría con una chalina— ¡Dios mío! ¿Qué le están haciendo a esa mujer? ¡Son azotes! ¡La están flagelando!

En los bajos de las casas alguien aulló con desesperación.

—Ahí están los gritos otra vez. ¡Virgen Santa! ¡Qué suplicio! ¡Vivir arriba de las cárceles es una maldición!

—Calma, te lo ruego

—¡Que se detengan! ¡Ordénales que se detengan!

—Entiende, mujer. No puedo cambiar las reglas, son cárceles reales —se lamentó.

—¡Pues yo sí! ¡Mañana mismo bajo a visitar a las presas! Expídeme un permiso para entrar.

—Josefa, basta, estoy cansado...

—¡Insensible!

—¡No quiero discutir! —dijo, mientras se cubría la cabeza con la cobija y le daba la espalda.

Los gritos continuaron. El llanto colectivo era insoportable. La desesperanza casi se tocaba: espesa, fría, profunda como lodo. Otras noches, Josefa había escuchado el sonido de cadenas arrastrándose, de llaves abriendo rejas, pero esta vez la situación enloquecía al más cuerdo.

—Miguel, te lo suplico —insistió Josefa, angustiada.

—Luego veremos, ahora duérmete, por favor.

Un grito. Otro. Muchos. Los niños despertaron. De inmediato Apolonia acudió a calmarlos. Con un dulce arrullo, la mujer los fue tranquilizando poco a poco. Josefa vio la escena desde el corredor, a través de la puerta entreabierta. Dentro de la misma casa, al mismo tiempo, la vida se presentaba aborrecible y encantadora, un revés y un derecho, una mezcla de alaridos y canciones de cuna.

Al día siguiente, antes de partir hacia las haciendas de Jurica, Chichimequillas y la Griega, Miguel, acostumbrado a doblegarse ante las exigencias de su esposa, expidió el permiso para que visitara a las presas. Así que a las tres de la tarde, Josefa aprovechó la siesta de los pequeños para bajar a las cárceles reales. Remigia se encargó de llevar la canasta con los alimentos.

En el acceso principal, entregó su permiso a un guardia que le señaló la sala de visitas. Josefa exigió pasar al interior con su criada. Un muro frío, musgoso, dividía el espacio destinado a los hombres y a las mujeres. Bajaron al calabozo, oscuro y húmedo. En una sola celda estaban confinadas cerca de treinta presas andrajosas, dejadas de la mano de Dios. Se aproximó a la reja.

—Váyase, señora —gritó una rea luego de aventar un escupitajo.

Envalentonadas por el primer ataque, algunas profirieron insultos: intrusa, gachupina, copetuda, infeliz. Otras simplemente observaban la escena calladas, mustias. El hedor y la inmundicia doblegaban la voluntad. El hacinamiento provocaba tal sofoco, que un grupo de mujeres se habían apiñado alrededor de un agujero de la pared que daba al patio, para poder respirar. La mayoría había sido rapada a navaja. Catres viejos, taburetes y una mesa pintarrajeada amueblaban la celda.

—¿A qué viene? ¿A visitar el rastro? ¿A burlarse de las bestias? ¡Lárguese! —gritó una joven de unos catorce años.

En una esquina estaba el pequeño fogón y, sobre unos estantes, las ollas, los cuencos y los jarros con los que cocinaban a diario. Debían preparar los alimentos para sí mismas y también para los presos que se encontraban en el mismo edificio. Reinaba la desesperanza, un ambiente general de impotencia y humillación.

—Ven, Remigia. Ayúdame con las dádivas.

A través de la reja, las visitantes les ofrecieron ropa, fruta, dulces, panecillos. De inmediato, la mayoría de las reas se abalanzaron como piratas sobre un botín. Una vieja con la mirada perdida gritaba sin control mientras desgajaba una naranja. Dos muchachas se peleaban por una manta.

—No nos querrá envenenar... ¿o sí?—inquirió una muchacha al tiempo que pisaba una pieza de pan con su pie descalzo y mugroso.

—Mire, señora, no necesitamos de su caridad —dijo una mujer con cicatrices en el rostro, antes de lanzar un chabacano contra la visitante—, seguramente nos trae las sobras... migajas y fruta podrida.

—¡Lárguense! —gritó una vieja chimuela.

—¡Lárguense! —corearon las otras.

Abrumada, dolida, Josefa dio media vuelta y, estuvo a punto de escapar de aquel espacio miserable, cuando escuchó una voz débil, implorante.

—Espere, señora.

A través de los barrotes, una mestiza había sacado una mano y cogió las enaguas de la visitante. Josefa se volvió de inmediato.

—Al fin alguien se acuerda de nosotras, ¿quién es su merced? —preguntó la joven.

—Soy Josefa Ortiz... esposa del corregidor. Le ruego que suelte mi vestido —reclamó Josefa, nerviosa.

—¿Canta?

—No entiendo...

—A veces distingo una voz que viene de allá arriba, de sus habitaciones, de donde vive usted.

—Debe ser mi hija María Ignacia... —comentó tratando de calmarse.

—¡La odio! —dijo con la mirada perdida—. Ella se dedica a cantar como los ángeles mientras yo me pudro en esta maldita mazmorra.

—¿Cuál es tu nombre? —peguntó Josefa, aturdida.

—Gervasia.

—¿Por qué estás aquí?

—Por robo. Pero no era mi intención. Lo que pasa es que quería vengar el asesinato de mi marido.

—A ver, mujer, cálmate. ¿Cómo sucedió? —preguntó la visitante, con genuino interés.

—Mire, mi esposo entró a trabajar de albañil con don Fernando Romero, allá, frente a la huerta de Santa Clara.

—¿Y luego?

—Según me contó una criada, una noche en que debía trabajar hasta muy altas horas, el dueño de casa se había reunido con unos amigos y para lucirse comenzó a insultar a mi marido. Quesque era un indio cochino, quesque tenía los sesos de una mula de carga. Quesque no sé que tanta cosa. Comenzaron a golpearlo. Mi hombre sacó el machete para defenderse, pero Romero sacó una pistola y lo mató. Me lo dejó tieso, sin vida ni sentimientos, sin alma —exclamó desesperada, sollozando.

Josefa estaba incómoda, la rea tiraba de su vestido obligándola a presionar su cuerpo contra la reja helada y sucia. De pronto, el guardia golpeó con un palo la mano de la presa.

—¡Déjela! —exclamó Josefa indignada— ¡Sé cuidarme sola!

—Retírese, señora —dijo autoritario—, no le conviene estar aquí.

—Aléjese o lo acuso con el corregidor —gritó con tanta furia que el guardia se retiró a un rincón.

—A ver, Gervasia, continúa —dijo tomando nuevos bríos.

—Pasé varios días sin comer, rumiando mi pena hasta que, no sé de dónde agarré valor, me fui a ver al maldito ése. Quería matarlo. La criada me dejó entrar. No encontré al muy bestia, pero me llevé unas joyas, unas monedas de oro. En el portón de su casa me detuvieron, me esculcaron. Por eso estoy aquí. ¡Apiádese de mí, señora!

Desesperada, Gervasia jaló la tela del vestido de la visitante para secarse las lágrimas. Apretaba el raso como si fuera su última posibilidad de salir a flote.

—Mira, mujer, te voy a ayudar, pero suéltame las enaguas —gritó Josefa. Las reas se rieron, imitaron su voz.

—Júrelo por Dios, por ésta —dijo soltando al fin la enagua y besando una cruz hecha con índice y pulgar—. Deme una esperanza para seguir viviendo. Si no me ayuda, me mato.

Josefa subió de prisa la escalera y estaba a punto de salir de aquel infierno, cuando el encargado de la cárcel salió de su gabinete. Pérez era un hombre cincuentón, de mirada azul y rasgos recios.

—Doña Josefa, ¿se siente bien? Venga, siéntese.

—¿Cómo es posible que tenga a las presas en esas condiciones? —reclamó sin titubear.

El alcaide se disculpó. Él sólo recibía órdenes. Se intimidó a causa de esa hermosa mujer que se atrevía a defender delincuentes.

—Créame. Ya fue aceptada una petición que presenté hace algunas semanas: vendrá un médico para atender a las parturientas.

—¿Dan a luz dentro de esa inmundicia? ¡Virgen santa! ¿Por qué no las lleva a un convento? Son presas, pero también madres. ¿Qué delitos cometieron? ¿Por qué están aquí?

—Amancebamiento, robo, homicidio, incesto…

—¿Y los castigos?

—Cárcel, destierro o prestación de servicio en casas particulares, hospitales y escuelas, penas espirituales en conventos. Azotes.

—Anoche escuché gritar a una mujer —reclamó.

—Su merced, así pagan sus culpas.

—Me parece que el solo hecho del encierro equivale a un tormento. Los azotes son crueldad pura. Usted, como encargado, podría…

—¡Imposible disminuir las penas! —se defendió.

Para aminorar sus cargos de conciencia, el alcaide culpó al Santo Oficio: que se juzgaba a las acusadas con las reglas inquisitoriales, que la mayoría habían sido detenidas sin probarse su culpabilidad, que él no tenía nada que ver con esas medidas.

—La finalidad última de los procesos judiciales es emitir una condena —concluyó oficioso.

—Sí, sí, ya sé, pero debemos luchar porque las cosas cambien. ¿No cree usted? Siendo mi esposo el corregidor, espero lo mantenga al tanto de sus acciones a favor de las presas.

—¿Qué acciones? —preguntó vacilante el alcaide.

—Por lo pronto, exijo que solicite un defensor de pobres del cabildo. ¡Estas mujeres no pueden seguir así! También le pido mejor alimentación e higiene. Si visitara a las presas más a menudo, se daría cuenta de la terrible situación en la que están.

—Las visito, señora. ¡Le ruego que no me tache de inclemente! —respondió dolido el funcionario.

—Pues demuéstrelo. La semana entrante regresaré con tela y utensilios de costura para enseñar a estas mujeres a coserse unos vestidos. Espero que para entonces haya traído a un buen médico —ordenó antes de despedirse.

—Se lo prometo, señora, estoy para servirla —dijo con absoluta sinceridad. La belleza y la valentía de aquella señora lo habían cautivado.

Afuera, Josefa sintió que un aire fresco le llenaba los pulmones. Agradeció la luz y las risas de los niños provenientes de la Plaza de las Armas. Al pasar por el portón de su casa, los guardias hicieron una reverencia. De pronto se acordó de sus obligaciones vespertinas y corrió hacia el oratorio familiar.

El clérigo Asúnsolo hizo una mueca de desagrado cuando la corregidora se presentó con veinte minutos de retraso. Pepita y los niños se habían presentado a tiempo. Sobre el reclinatorio Josefa se entregó con profunda devoción a los rezos. De pronto, el llanto empapó su rostro.

—¿Por qué el llanto, señora? —preguntó Asúnsolo con displicencia.

—Por las presas de las cárceles reales, señor cura. Fui a visitarlas y su situación es alarmante.

—Esas mujerzuelas ofendieron a Dios y están pagando una condena —manifestó impasible—. No merecen piedad ni consuelo.

—Padre Asúnsolo, no lo entiendo. ¿No es deber de todo cristiano socorrer al desvalido? —preguntó levantándose del reclinatorio.

—¿Acaso me va a enseñar usted, señora, a interpretar la caridad? —preguntó indignado.

—No, señor cura. Seguramente me falta aprender mucho sobre el tema —dijo mientras terminaba de secarse las lágrimas con un pañuelo.

Al atardecer, cuando las damas de la nobleza llegaron a las casas reales, Josefa no tenía ganas de cruzar palabra. Una vez por semana debía recibir a las emperifolladas señoras y pasar el tiempo de manera virtuosa: bordando, cosiendo, jugando a los naipes o practicando algún pasatiempo importado de España o Francia. Esta vez se dedicaron a organizar la procesión de Pascuas: adornarían las calles con colgaduras de cortinas y gallardetes. Participarían sacerdotes, oficiales del ayuntamiento y las diversas cofradías portarían estandartes e insignias. Se decorarían los templos. El entusiasmo fue general. Josefa se encargaría de los fuegos artificiales.

—¿Qué le parece, su merced?—preguntó Pepita luego de dar un sorbo a una bebida dulzona con piquetito de alcohol.

Josefa no respondió. Sus pensamientos estaban en otra parte; habían volado fuera de la habitación para detenerse en los gestos desesperados de las prisioneras. ¿Es posible exorcizar las imágenes que se quedan pegadas a la conciencia? Anochecía. Con la oscuridad crecería su desconsuelo.

## 38.

Desde su llegada a la capital queretana, el corregidor había puesto manos a la obra de manera eficaz. Había recorrido las calles de la ciudad, la fábrica de tabaco, boticas, panaderías, molinos, obrajes y trapiches, para resolver los problemas que se presentaran. Marcaba su territorio.

Como hombre político, Miguel Domínguez había crecido ante los ojos de Josefa. A pesar del intenso calor, iba a todas partes con sombrero y capa, como un actor que se prepara a la perfección para representar su papel. Hablaba breve, cortante, tosco. Sin embargo, gracias a su interés por acercarse a los queretanos, había conseguido la estima de los más necesitados. Tenía el don de la palabra, de la pluma y el papel. La realidad no existía mientras no quedara asentada en un pliego. A través de cartas, documentos y firmas, la Nueva España se impregnaría de justicia.

Pero no todo era trabajo. Cada semana, Miguel y Josefa eran invitados a jugar naipes a la casona de José Ignacio Villaseñor y su esposa Justa Aldama. Aquella noche llegaron tarde, pues en el camino vieron a un muchacho herido a causa de una pelea callejera. Josefa pidió a su marido que se detuvieran para auxiliarlo y llevarlo con su madre al barrio de Santa Anita.

—Pasen, están en su casa —dijo José Ignacio, atento.

—¿Donde siempre? —preguntó Josefa, luego de saludar a los anfitriones.

En la pequeña sala de recibo informal, los esperaba la mesa de cedro estilo rococó, con sus cuatro sillas de brazos, además de un cuadro de la Inmaculada Concepción y un retrato de Carlos IV de España. El juego elegido esa tarde fue el cacho. Para iniciar, los participantes colocaron tres semillas coloradas en el centro.

—Esta vez las semillas valen diez centavos, ¿de acuerdo? —aclaró el anfitrión entusiasmado; le encantaba apostar.

Josefa tomó media baraja e hizo el revoltijo; sus manos se movían con energía excesiva. Luego repartió tres cartas por jugador.

—Hoy la suerte me acompañará —afirmó don José.

—La veo venir volando hacia mí —dijo el corregidor frotándose las manos.

Debían reunir un cacho: tres cartas del mismo palo. Josefa tenía dos bastos y un oro y cada vez que tomaba una carta del montón del centro, la tallaba boca abajo. Por su parte, Miguel contaba con dos oros y los esposos Villaseñor no lograban armar ni siquiera un par. Al momento en que una criada colocó las tazas con ponche hirviendo sobre una mesita de servicio, llegó la carta que esperaba Josefa y ganó la primera mano.

Los corregidores habían entablado una estrecha amistad con los anfitriones. José Ignacio había nacido en Celaya y era regidor alcalde provincial de Querétaro. Además de heredar el puesto de su padre, recibió varias haciendas en el Bajío. Estaba emparentado con las familias más distinguidas de la comarca.

—¿Conocen a don Fernando Romero Martínez? —preguntó Josefa, mirando de soslayo las cartas recién repartidas. Tenía ya dos espadas.

—¿Por qué le interesa el tal Romero? Es un peninsular odioso... dueño de un obraje, ni me lo mencione. ¡Trata a sus empleados como esclavos! —expresó el anfitrión.

—Cuando dicho señor estaba vigilando los arreglos de la cañería de la calle del Biombo, les ordenó a un par de criollos que pasaban por ahí, quitar la piedra suelta y llevarla atrás del convento de San Francisco, para despejar la vía —les platicó Justa y luego colocó su juego boca abajo.

—¡El muy déspota! —interrumpió la corregidora.

—Pero eso no es todo. Uno de los criollos se atrevió a protestar y... ¿qué creen qué hizo el tal Fernando? ¡Le dio de palos y se puso a gritar que había que empedrar las calles con cabezas de tecomates! —comentó el regidor mirando su triste juego: un basto, un oro, una copa. Odiaba perder.

—¡Qué ofensa! Por si no lo saben —dijo inconforme Josefa—, el mismo hombre mató a un albañil, el marido de Gervasia.

—¿De quién? —indagó Justa, pegando contra su pecho sus tres cartas.

—De una de las presas de las cárceles reales; la he visitado varias veces —declaró mientras ojeaba un nuevo naipe: era la espada que deseaba, aunque en esos momentos su descontento la obligara a querer una de verdad y encajársela al tal Fernando.

—Mi propia mujer... ¿amiga de una presa? ¿Por qué no me lo habías coemntado? ¡Contigo no tengo paz ni sosiego! Las damas nobles acostumbran ir una vez al mes a dejar ropa y comida, pero no se involucran de manera directa, personal.

—Claro, las miran de lejos, les regalan unos bocaditos de almendras y... ¡listo! Lo único que les importa es que las llamen caritativas —manifestó Josefa con ironía.

—Sí, sí, pero lo tuyo es una exageración —añadió Miguel, lanzando sobre la mesa un cacho de oros—. ¡Gané!

—No me enojo porque Dios es grande, que si no... —dijo José Ignacio con calma fingida.

—Señores, les pido denuncien a Romero. Se lo prometí a Gervasia.

—Primero, señora, déjeme ganar un juego; hoy lo de hoy, mañana lo de mañana.

—Yo también quisiera ver a ese hombre pudriéndose en la cárcel —expresó el corregidor con disgusto—. Hace unos días, intenté reunirme con los dueños de los obrajes en el ayuntamiento y el infeliz se negó rotundamente a asistir.

—¿Están mal los obrajes? —preguntó Justa con ingenuidad.

—¡Pésimos! Cada obraje parece una prisión. Los hombres andan medio desnudos, cubiertos de andrajos, flacos y desfigurados —manifestó el abogado, inconforme.

—¡Qué horror! —exclamó Justa.

—Además, las puertas están constantemente cerradas y no se permite a los trabajadores salir. Lo peor de todo es que son castigados con azotes si cometen la menor falta.

—¡Barbarie pura! —exclamó Josefa.

—El tal Romero es un cínico —aseveró José Ignacio—, les paga tres o cuatro meses a los obrajeros por adelantado.

—¿Y eso es malo? —preguntó Justa.

El anfitrión explicó a su esposa la mala costumbre que había en la ciudad de dar a los peones, oficiales y trabajadores, cantidades de dinero por adelantado.

—Ha llegado a tal punto esta corruptela que se trata a los trabajadores peor que a las bestias —completó Miguel Domínguez—, porque los padres empeñan a los hijos, los hermanos a los hermanos, las mujeres a los maridos, por treinta, cuarenta o sesenta pesos.

—Y su salario es de… —indagó Justa.

—¡Dos o tres reales a la semana! Jamás terminarán de pagar su deuda —dijo José Ignacio, desalentado.

—Es inevitable —expuso Josefa—. Gastan en casamientos, entierros, bautizos. Son capaces de entregar hasta sus últimas monedas con tal de tener un cargo para los armados de Semana Santa, de representar un papel en una de las danzas que hacen en las fiestas de sus barrios, de servir de padrinos a unos novios…

—Y lo que es peor, dan desahogo a sus vicios y pasiones. El pulque, las apuestas —mencionó José Ignacio en tono reprobatorio al tiempo que colocaba sobre la mesa un cacho de bastos —. ¡Gané!

—Lo siento don José pero yo también tengo un cacho y al ser de tres reyes… —dijo burlón el corregidor.

—¡Caray! ¡Esto es una verdadera desgracia! Como siempre, los reyes son más fuertes. Quizá si jugamos a la parejilla tenga más suerte.

—Desafortunado en el juego, afortunado en el amor —señaló la anfitriona mirando a su marido con coquetería.

—Se trata de hacer treinta y un puntos, el siete de oros es el comodín —explicó el anfitrión.

Mientras José Ignacio repartía las cartas, Josefa sintió una serie de pataditas en su interior. Faltaba poco para que pariera por octava vez. Sin dudarlo, aprovechó que tenía frente a sí el óleo de la Inmaculada Concepción, para rogarle por la salud del vástago que flotaba dentro de su vientre.

—Queridos contrincantes —exclamó, alegre, José Ignacio—, prepárense para perder. Tengo el comodín.

—Me da un gusto inmenso, esposo, pero más gusto me da el reunir mis… ¡treinta y un puntos! ¡Gané! —exclamó Justa.

—¡Imposible! ¿A la primera? ¡Renuncio! Hoy no es mi día —se quejó el corregidor.

La criada entró anunciando que la cena estaba lista.

—Hora de la merienda, dejemos los naipes —dijo la señora de la casa.

—Si fuera por mí, jugaría todo el día —comentó José desilusionado.

—No. No, José Ignacio —señaló su mujer—. Esto de los naipes se convierte en vicio. Acuérdate de don Crisósforo. Tuvo que acudir ante notario para celebrar un contrato en el que se comprometía a dejar los juegos de apuesta… ¡por un año!

—Bueno, basta de charla. ¿Pasamos a cenar? —insistió la anfitriona.

—Con gusto, Justa. ¿Qué delicias preparó hoy? —preguntó Josefa con amabilidad.

—Tamalitos de carne, de camarón y de dulce de frutas.

—Pasen, pues, al comedor —invitó el dueño de la casa.

—Paso a condición de que convenza a mi marido de iniciar proceso contra Fernando Romero.

—Ay, doña Josefa —expresó amable José Ignacio—, ya la estoy conociendo, usted no quita el dedo del renglón.

## 39.

Josefa regresaba de misa, acompañada de Apolonia. Llevaba un vestido color azul perla y un velo que le cubría el rostro. Caminaba con desenfado, como una jovencita por la Plaza Principal. De súbito, vio a un joven que hacía acrobacias montado en su corcel.

—Detente, Apolonia —ordenó Josefa—. Mira nada más qué habilidad, qué gallardía.

El jinete era fino, de hermosa presencia. Lucía uniforme en rojo, azul y blanco, con adornos en oro. Tan impresionada estaba la corregidora con la visión, que no tuvo reparo en descubrir la belleza de sus facciones y contemplar la escena a sus anchas.

—Doña Josefa, vámonos —rogó Apolonia.

—¿Qué sucede, Apolonia?

—Disculpe que se lo diga, señora, pero no es propio detenerse así, en medio de la plaza, a mirar al capitán.

—¿Por qué? —reclamó, inocente.

—Usted es casada y ese hombre tiene fama de mujeriego —dijo entre dientes Apolonia.

Al descubrir el interés de la mujer, el jinete, halagado, obligó al caballo a galopar en círculo y hacer cabriolas.

—Pertenece a los Dragones… ¿verdad? —dijo Josefa, quedo.

—No sé. Lo único que puedo decirle es que el capitán no deja de mirarla y eso la compromete.

—¿Quién es él, Apolonia?

—Es don Ignacio Allende, hace unos días visitó al señor corregidor…

—¿En verdad? ¡No lo vi! —se lamentó—. Allende… ese apellido…

El joven se bajó del caballo y se dirigió a Josefa.

—Buenos días, señora Domínguez.

—¿Me conoce?

—Tuve oportunidad de admirarla en la fiesta de Corpus Christi.

—Es usted realmente diestro sobre el caballo.

—Y eso que no me ha visto detener un toro por las astas.

—Un día me tendrá que invitar a ver esa proeza.

—Por supuesto. Faltaba más.

—Usted conoce a mi esposo.

—Desde los tiempos que el abogado estaba en la escribanía de guerra, en la ciudad de México, tratamos asuntos relacionados con las milicias.

—¿Cuándo fue eso?

—Hace ocho años. En ese entonces el rey de España brindó su apoyo a las milicias en Nueva España. Temía que los colonizados se rebelaran de la misma forma que los franceses. Necesitaba contar con un buen número de regimientos para acallar cualquier brote de descontento.

—¿Entonces usted defiende a la Corona?

—En un principio, sí. Actualmente prefiero defender los intereses de los novohispanos.

—Ya veo —dijo la corregidora complacida. Además de gallardo, el militar tenía ideas parecidas a las suyas. De pronto las campanas sonaron. Era la hora del ángelus y Miguel debía estar llegando a casa.

—¿Tiene prisa? —preguntó Ignacio con cierto pesar.

—Sí. Mi marido me espera. Dígame… ¿usted es de aquí?

—De San Miguel el Grande. Vine a esta ciudad sólo por unas semanas, para apoyar a las tropas queretanas.

—Espero que nos visite pronto en las casas consistoriales.

—Lo haré. Hay varios asuntos pendientes que debo tratar con el corregidor mismo.

—Bien, las puertas están abiertas para usted —interrumpió la bella mujer al tiempo que hacía una leve reverencia de despedida.

—Dios la colme de bendiciones —dijo Ignacio y durante largos segundos fijó sus ojos brillantes en aquella figura que se alejaba contoneándose.

Esa noche, mientras cepillaba su largo cabello, Miguel le dijo al oído:

—Al fin se durmieron las criaturas. ¿Cómo te has sentido? —preguntó al tiempo que besaba el cuello de su esposa y acariciaba uno de sus senos.

—Con muchas náuseas, ya ves, siempre es así los primeros meses —no tenía ganas de que su marido la tocara.

—Acuérdate del reposo, Josefa. El médico lo recomendó, pero no haces caso, acostumbras andar de aquí para allá. A ver… ¿qué hiciste el día de hoy?

—Poca cosa. Dar el desayuno a las huérfanas del convento… aplicar unas ventosas a Mariano, el pobrecito tenía fiebre. Organizar el menú semanal. Por cierto —cambió el tono de voz—, vi el regimiento de los Dragones…

—Ah, sí. Vienen de San Miguel el Grande. Solicité una milicia para que ayudara a nuestras tropas a controlar posibles tumultos en El Baratillo.

—El capitán te conoce —probó a decir con la esperanza de saber algo de aquel hombre.

—¿Quién? ¿Ignacio Allende? Sí. Coincidimos hace varios años, allá en la capital.

—¿Tiene familia? ¿Esposa? —preguntó.

—Se casó hace más de un año y quedó viudo a los pocos meses. Una muerte trágica, según dicen.

—¡Qué desgracia! —exclamó Josefa. En el fondo se alegró. Ignacio era libre. ¿Y ella? Hizo un recuento: iba a cumplir diez años de casada, sentía gran cariño por su esposo, tenía un montón de hijos. No, definitivamente no era libre ni podía darse el lujo de obedecer sus instintos. Debía olvidar cuanto antes a ese miliciano que había conmovido su corazón.

## 40.

Cuando Miguel entró en la habitación, Josefa y Apolonia habían vestido a los tres niños mayorcitos para sus lecciones matutinas. María Ignacia, de once años de edad, llevaba puesto un atuendo sencillo y holgado, sin mangas; José María, de diez, y Mariano, de nueve, chaquetín y pantaloncito amplio. Según las ideas ilustradas, los niños debían evitar todo tipo de ligaduras en su vestuario y, de ser posible, llevar la cabeza descubierta.

En ropa de casa, Josefa parecía una mujer del pueblo: traía enagua y rebozo, y había anudado su largo cabello con un listón. Aunque contaba con una vasta servidumbre, solía atender a sus siete hijos, especialmente a los que todavía eran más pequeños: María Juana, María Micaela, Miguel María y María Dolores. Ellos solicitaban alimento y atención todo el día. La menor sufría las vigilias del destete y, para sustituir el alimento materno, necesitaba alimentarse con leche de burra diluida en agua de cebada.

Papel en mano, Miguel le dio la noticia: habían sido invitados por el virrey José de Iturrigaray a la inauguración solemnísima de la estatua ecuestre erigida en honor a Carlos IV.

—Nos hospedarán en el Real Palacio.

—Qué alegría. Visitaremos nuestra ciudad natal. Pero —dijo preocupada—, ¿qué pasará con los niños?

—Se los encargaremos, por supuesto, a Apolonia, su apego a los pequeños es innegable.

—¿Y la chiquita?

—Se queda.

—Pero no cumple todavía los ocho meses —protestó.

—Te digo que la nana podrá cuidarla. La criatura está bastante sana. Cambiar de aires y dejar las tareas domésticas te caerá bien. Mi única preocupación es tu nuevo embarazo.

—Esta vez me siento bastante fuerte.

—Aun así, procuraré que viajes confortablemente.

La mujer pensó con añoranza en María Sotero, en Eustaquia. Pediría permiso a su esposo para visitarlas.

—¿Cuándo es la ceremonia?

—La estatua se inaugura el 9 de diciembre, día del santo de la reina. A los invitados nos destinarán algunas de las habitaciones del Palacio de los Virreyes. Las celebraciones durarán tres días.

Las cuarenta y seis leguas que tuvieron que recorrer desde Querétaro hasta la Ciudad de México fueron penosas e interminables. Los caballos viajaron a trote lento y el cochero, un empedernido tomador de pulque, dio muchos rodeos.

La mañana de la inauguración los esposos Domínguez, junto con un nutrido grupo de personajes distinguidos, acudieron puntuales a la Plaza Mayor de la ciudad de México. Alrededor de la estatua, aún cubierta con terciopelo carmesí, se colocaron hermosas rejas de hierro. Además de las nobles familias, había acudido gente del pueblo a presenciar el evento.

El virrey José de Iturrigaray se sentía orgulloso de llevar a feliz término una obra iniciada varios años atrás. Para su fabricación había requerido nada menos que seiscientos quintales de bronce y catorce meses de cortado, limado, cincelado y pulido. Tanto la estatua como el pedestal habían sido diseñados por Manuel Tolsá, llegado a la Nueva España para asumir el cargo de director de escultura de la recién creada Academia de San Carlos.

Luego del saludo solemne, el artista recibió el reconocimiento del virrey y de los presentes. En medio de los vítores de la multitud, Iturrigaray agitó su pañuelo; era la señal para que los guardias develaran el monumento. Un rey, convertido en bronce, apareció entonces montado en un caballo percherón y detenido para siempre en el momento del paso de galanteo.

—¡Es magnífica! —exclamó Miguel, quien, junto a Josefa tuvo la fortuna de admirar la obra muy de cerca.

—Nunca imaginé que fuera tan grande —dijo su mujer.

Enseguida estallaron las salvas de artillería y repicaron las campanas de la catedral. Sobre un paño que le servía de silla, con sus guarniciones, bellos adornos y sin estribos, Carlos IV lucía una túnica de emperador romano. Llevaba en la diestra un cetro y, en la frente, una corona de laurel. El caballo tenía la pata delantera izquierda levantada y la pata trasera derecha pisando el águila y el carcaj, símbolo de los indios.

—Es inaudito —protestó furiosa Josefa, a media voz.

—¿Qué? ¿De qué hablas? —inquirió el corregidor.

—El caballo del rey está pisando el águila y el carcaj de las flechas del imperio azteca. Es una ofensa, un símbolo de destrucción y de dominio. ¡No quiero formar parte de esto! —replicó, abriéndose paso entre la gente para alejarse del lugar.

—Mujer —dijo, corriendo tras ella, deteniéndola del brazo con firmeza—. No es momento para alegatos.

Josefa no veneraba la monarquía. Si su esposo había sido servidor incondicional de los virreyes, ella cuestionaba ese régimen.

Envuelto en su nube de gloria, el virrey departía alegremente con sus invitados. Lucía un traje de seda bordada, una peluca blanca de rizados aladares y un par de chinelas de charol. A su lado, su esposa, Inés de Jáuregui, vestida de tonos violeta, abanicaba con garbo los calores que la agobiaban. Iturrigaray tenía fama de tener una ambición desmedida. Había traído desde España, bien escondida en su equipaje, una buena cantidad de mercancías de contrabando que, al venderlas entre los novohispanos, le dieron enormes ganancias. Inés lo apoyaba en sus corruptelas y se decía que, por su conducta moral, no merecía su alto destino. En perfecto contubernio, los esposos habían hecho su inmensa fortuna traficando con el aceite, el cacao y el azogue que transportaba la nao desde Manila hasta el puerto de Acapulco.

Meses antes, la pareja virreinal había visitado Querétaro causando revuelo. Nunca antes, durante los tres siglos de dominio español, se dignó un virrey pisar con su lustroso calzado, aquella ciudad y por esta causa se había preparado una recepción con lujos excesivos: se gastaron tres mil pesos en el festejo. Josefa representó, sin chistar, su papel de esposa del corregidor. Era el pueblo, hambriento y maltratado, que ovacionaba a su gobernante. "¿Por qué?", se preguntaba. "¿Será posible desterrar la ignorancia?" El poder y el oro deslumbraban al populacho, adoraban las coronas y los cetros. Como si su reinado tuviera que ver únicamente con los cielos y jamás con las miserias de la Tierra. Las fiestas les daban de qué hablar durante semanas y les ayudaban a olvidar su miseria.

Josefa sintió naúseas y un cansancio infinito. Estaba embarazada de nuevo. Desde una banca pudo observar a las personas que acudieron a la ceremonia. Miguel, sobrio y respetuoso, platicaba con algunos funcionarios. A sus anchas. El abogado había encontrado amigos de antaño y no podía ocultar su beneplácito. Como pez en el agua. A Josefa, en cambio, la invadió la nostalgia: evocó los tiempos de la cigarrería, cuando podía escaparse con el Mulatico y atiborrarse de escenas mundanas. Estaba harta de los protocolos y del juego tortuoso de las apariencias. El alto puesto, la oscura toga, el amor rutinario y falto de toda inventiva, comenzaban a fastidiarla. El recuerdo de Ignacio Allende, en cambio, la llenaba de vitalidad, de una sensación nueva.

José de Iturrigaray invitó a los asistentes a dirigirse a la catedral metropolitana para dar gracias por la terminación de la majestuosa obra escultórica. Luego del rito religioso, acudieron al banquete que el virrey ofrecía en la Plaza Mayor. Las mesas, dispuestas para quinientos invitados, estaban adornadas con servicios de oro y plata. Música de trompetas, arpas y flautas amenizaban el festejo. En el primer tiempo se sirvieron ensaladas, cabrito con tocino asado, pasteles rellenos con palomas, torta real y codornices en escabeche. Luego de cambiar los manteles, los sirvientes colocaron los platillos del segundo tiempo: empanadas rellenas de pescado, carnero cocido, cabezas de puerco y de venado, acompañados de coles, garbanzos y nabos. Entre plato y plato los asistentes tomaron todo tipo de golosinas, aceitunas, rábanos, quesos y almendras. A las señoras más elegantes se les ofreció unas empanadas enormes de las cuales, al momento de abrirlas, surgieron un sinfín de pajaritos vivos. Entre gritos y risas, las aves, asustadas, revolotearon entre el grupo de comensales que, en el año de 1803, eran de los más privilegiados de la Nueva España.

## 41.

Mientras Miguel aprovechaba su estancia en la ciudad para arreglar asuntos relacionados con la terrible situación de los obrajes, Josefa visitó a María Sotero y a Eustaquia. Dichoso fue el encuentro de las tres mujeres. Dentro de la accesoria, la recién llegada añoró sus años de adolescencia: la candidez y los temores, su descubrimiento paulatino del mundo. Eustaquia se deshacía en preguntas sobre María Ignacia y sobre los otros sobrinos, sangre de su sangre, que no tenía el gusto de conocer.

—A Miguel María Remigio lo bautizamos en la iglesia parroquial de Santiago. Guadalupe, mi hijastra, fue la madrina. Viajó a Querétaro para cumplir con esta santa obligación y, aquí entre nos, para olvidar un amor lastimoso y ruin.

—Me da gusto saber que no soy la única que sufre de amor.

—Y María Dolores, la más chiquita… ¿la trajiste?

—No, no. La dejé encargada con Apolonia. Apenas tiene ocho meses, pero está en buenas manos. Ahora, como ven, estoy preñada por décima vez.

—¡Que la Virgen te colme de bendiciones! —profirió María, contenta.

—La vida no es pareja —se quejó Eustaquia—. Ella tiene un ejército y yo ninguno.

—Dios sabe por qué hace las cosas —advirtió María Sotero.

Entre lamentos y risas, las mujeres tocaron el tema de la eterna soltería de Eustaquia y de los mil intentos por conseguirle marido.

—El único vicio que la aqueja —manifestó María— es el de los naipes.

—¡Y el de las golosinas! —exclamó la solterona, llevándose a la boca, con voracidad, los dulces queretanos que Josefa les había regalado.

—De verdad, están deliciosos, ¿tú los hiciste? — inquirió María.

—Los bocadillos de leche los hicieron las monjas clarisas; los duraznos escarchados y las panochitas de piñón, las capuchinas.

—¿Las visitas seguido? —preguntó Eustaquia tomando otro puñado de dulces.

—Acostumbro ir a los conventos. Las beatas y las monjas preparan recetas exquisitas; además, hacen preciosos tejidos y bordados. Aprendo mucho de ellas. Estoy preparando un libro de cocina con platillos que incluyen ingredientes de la región. En muchos, la mayoría de ellos, incluyo la asadura.

—¿Qué es eso? — preguntó Eustaquia.

—Vísceras de animales, bastante convenientes para las familias pobres por su bajo costo.

—No las soporto, son asquerosas —expresó con una mueca de disgusto.

—Porque no has sentido nunca hambre de verdad —afirmó Josefa.

—Tu vida como corregidora debe ser muy interesante —expreso María con admiración.

—Es magnífica, pero también detestable. Miguel y yo estamos en la mira de la sociedad queretana. Somos objeto de toda clase de murmuraciones superficiales e hirientes. Las damas más copetudas han cuestionado con dureza mi acercamiento a la gente de los barrios. Además, critican mi poca disposición a los lujos.

—Tienen razón. Si fuera tú, hubiera encargado mi ajuar a Europa —aseveró envidiosa la solterona.

—Sí, sí, me imagino, Eustaquia. Pero yo soy diferente. Las señoras esas han criticado hasta mi negativa a usar corsé, mi predisposición a vivir sin ataduras.

—Escuché por ahí que el barón Alejandro de Humboldt estuvo unos días en Querétaro —comentó María Sotero.

—¿Quién? —preguntó Eustaquia.

—Un hombre notabilísimo, científico. Llegó con un cuaderno de notas y aparatos de medición —observó Josefa.

—¿Hablaste con él? —preguntó entusiasmada María.

—No. Tuvimos la desgracia de que el barón se hospedara en la casa del teniente coronel García Rebollo, enemigo de mi marido. Miguel ha tenido muchas dificultades en el corregimiento por tratar de legalizar la actividad de artesanos y campesinos, de darles más derechos —explicó enardecida—. Por tal razón los españoles dueños de haciendas y de comercios, como el tal García Rebollo…

—Calma, Josefa. No te ofusques, le hace daño a la criatura. Mejor cuéntame de la inauguración de la estatua del rey. Dicen que es tan alta y tan ancha que, dentro de ella, pueden caber ¡veinticinco hombres!

—Sí, sí. Es una obra grandiosa. Luego de la inauguración fuimos convidados al gran banquete que ofrecieron los virreyes. Tal y como esperaba fue suculento, pero hubo algo que me llamó la atención. Noté que cerca de las mesas, unos esclavos miraban a los invitados con insistencia.

—¿Por qué razón? —preguntó la hermana.

—Miguel me explicó que, en estas ocasiones, no era extraño que alguno de los convidados sucumbiera a la tentación de robarse alguno de los cubiertos de oro o plata —contó Josefa y luego soltó una carcajada tan contagiosa que las tres mujeres terminaron riendo sin mesura.

Josefa durmió en la habitación de Eustaquia, en la misma cama pobre y pequeña de su infancia. Sobre aquella almohada había llorado a mares la muerte de su madre y también la de su padre. En esa habitación había sufrido la noticia de que la mandarían de interna al Colegio de las Vizcaínas. Su vida había cambiado mucho desde entonces. Ahora estaba casada con un destacado funcionario y era una mujer prolífica. ¿Por qué Dios la había bendecido con tantos hijos? ¿Tenía una misión en este mundo? No podía conciliar el sueño. La mayoría de las esposas de funcionarios se quedaban en casa, bordando manteles en los patios solariegos, sin cuestionar el orden establecido. Ella, en cambio, solía visitar los barrios bajos, la cárcel, los hospitales, ¿por qué razón? Miguel había recibido el título de corregidor, ¿y ella? Aunque algunos la llamaban corregidora, no tenía más título que el de esposa. El afán por arropar a los desventurados, ¿llenaba el vacío de su propia orfandad?

## 42.

Aquella tarde Josefa se encontraba en la cocina de las casas consistoriales, ordenando cuidadosamente el menú para la cena, cuando escuchó la voz del portero:

—Señora, el capitán Ignacio Allende busca al corregidor... ¿Desea que lo haga pasar?

—¿Allende, dijo usted? —respondió sobresaltada —. Dígale que pase al salón del estrado.

Nerviosa, Josefa se hizo una trenza y la enroscó para formar un moño. Luego se alisó la falda del vestido y se inclinó un poco ante la Virgen de los Remedios.

El recio militar se había sentado en un canapé de cuyas fundas colgaban largos holanes, muy almidonados. Al ver entrar a la mujer se levantó de inmediato e hizo una caravana.

—A sus pies.

Ignacio vestía el uniforme de Dragones de la reina: chaqueta azul, solapa encarnada, galones de plata. La anfitriona se sintió desfallecer... ¿podía caber tanto garbo en un solo hombre?

—Tome asiento, don Ignacio. ¿Qué lo trae por aquí? —preguntó acomodándose en un sillón.

—Vengo a hablar con el abogado Domínguez.

—Fue a la capital, tenía una dolencia y fue a ver a un doctor.

—Necesitaba darle un informe sobre las acciones efectuadas en El Baratillo —expresó mirando con atención el coqueto chiqueador que la mujer se había colocado en la sien.

—¿Gusta algo de tomar? —preguntó Josefa y sin esperar respuesta tocó una campanita para llamar al servicio—. Dígame, capitán, ¿cómo le va con los Dragones?

—Trabajo sin descanso. Entrenar a las tropas para el ataque, para la defensa, no es fácil. Sin embargo, no podría dedicarme a otra cosa más que a eso. Nací para la milicia —declaró satisfecho.

De pronto, entró una criada al salón para preguntarle a la señora si se le ofrecía algo.

—Tráigame, por favor, dos vasos de agua de tuna —ordenó y luego, mirando fijamente al militar, le pidió que le contara su mejor hazaña.

—Hace unos años me di a la persecucion del famoso bandido Máscara de Oro —exclamó orgulloso.

—¿De verdad? —preguntó ella con verdadero interés.

—Luego de varios días de andar tras él, lo atrapé y lo metí a una celda.

—Lo felicito —cedió esbozando una sonrisa cautivadora.

—Siempre consigo lo que me propongo, estimada señora. Por ejemplo, hoy que venía de camino para acá, le rogué al cielo encontrarme con usted —confesó.

Sorprendida por el atrevimiento del visitante, no supo qué decir.

—Desde que la conocí, está en mi pensamiento.

—No siga, recuerde que soy una mujer casada —replicó confundida.

—Lo sé, aun así, no puedo evitar sentir algo por usted. Dígame, ¿le atraigo aunque sea un poco?

—Ni lo piense. Su atrevimiento es desmedido.

—Al igual que su belleza.

—Calle, se lo suplico.

—Imposible.

—Ya entiendo. Es capaz de dirigir una tropa, pero no de controlar sus impulsos.

—Ante una mujer como usted…

—¿Por qué me dice todo esto? Me advirtieron que es un seductor y ahora lo compruebo. No se haga ilusiones conmigo —manifestó altiva.

—Usted me gusta, Josefa. ¡No sabe cuánto! Necesitaba decírselo antes de partir.

—¿Adónde? —preguntó la dueña de casa tratando a toda costa de ocultar su desconcierto.

—A Jalapa. El virrey ordenó levantar las tropas de las provincias para acantonarlas allá.

—Imagino que para defender estas tierras de un posible ataque inglés.

—Me sorprende, señora, que conozca de política.

—¿Cree usted acaso que la mujer debe dedicarse a hornear pastelillos? —protestó.

—No quise decir... de ninguna manera...

De repente, aparecieron María Ignacia y María Juana en el marco de la puerta.

—Madre, mi hermana insiste en... —se quejó la primogénita, y al notar la presencia del capitán, lo saludó con formalidad—. Buenas tardes, oficial...

—Ignacio Allende —completó Josefa el nombre paladeando cada una de sus letras.

—Gusto en conocerla.

—El gusto es mío —respondió cortés. Lucía un vestido morado, con una cinta amarilla bajo los senos. Su rostro de púber estaba resplandeciente—. Madre, si me permite...

—Dime, hija.

—Es que... María Juana quiere que esté con ella para hacer burbujas de jabón. No entiende que ya soy mayor, que Pepita me está esperando para enseñarme los pasos de un fandango.

—Dile a tu hermana que juegue con Micaela —ordenó.

María Ignacia hizo una caravana y se retiró complacida.

—Su hija es hermosa...

—La consentida del corregidor. Dulce, servicial.... Dígame, señor Allende, usted... ¿tiene hijos?

—Sí, Guadalupe e Indalecio...

—Hijos de...

—Mi fogosidad.

—No me causa gracia su atrevimiento —declaró molesta.

—Disculpe si la ofendí. Por favor, no vaya a pensar que soy un hombre soez, vulgar...

—No, no. A leguas se nota, ¿cómo le diré?, que es un hombre distinguido —dijo, al tiempo en que la criada les ofrecía los vasos con agua fresca.

Allende esbozó una sonrisa. Se había propuesto conquistar a esa mujer inalcanzable y provocativa.

—Por cierto, don Ignacio, el viernes regresa el corregidor —informó tratando de eludir el decidido cortejo de aquel Dragón de la reina—. ¿Qué quiere que le diga?

—Que por orden del virrey Iturrigaray partí con mi tropa hacia Veracruz... dígale también que tiene una mujer muy hermosa.

—¿Cómo se atreve? ¿Se burla del corregidor? ¡Qué impertinencia! —exclamó ofendida y se puso de pie. El juego había llegado demasiado lejos—. ¡Váyase de una vez!

—Sus deseos son órdenes —declaró desilusionado y se dirigió hacia la puerta.

—Espere —pidió Josefa con voz aterciopelada—, le ruego que regrese con vida.

—Del cantón de San Luis regresé ileso; de Jalapa regresaré victorioso.

Emocionado, Allende se aproximó a la mujer, tomó su mano y la besó largamente. Afuera, en el corredor, un sirviente encendió las velas de sebo de los faroles.

## 43.

Había nacido sana y completa el 19 de julio de 1804. Inmediatamente después del alumbramiento, la familia se reunió para decidir cómo se llamaría la pequeña. Se eligieron cinco nombres: Justa y Rufina, por el santoral, María y Josefa, por los cuales los padres, la madrina, los hermanos tenían especial devoción, y Manuela, para rendir honor a la madre de la parturienta, fallecida veintisiete años atrás.

Empujados por el temor de que la criatura pudiera morir y terminar flotando en el limbo, Pepita, la madrina, y Miguel Domínguez se apresuraron a realizar los trámites necesarios para que el bautizo se efectuara.

Mientras Josefa obedecía la recomendación de guardar reposo, su hija María Manuela Josefa Justa Rufina era bautizada en la parroquia de Santiago, por el bachiller Juan Antonio Páramo, cura de la Cañada. Para salvaguardar a la niña de la brujería, llevaba prendida al almidonado ropón, una bolsita con el Evangelio.

Después de la ceremonia, los invitados acudieron a las casas consistoriales para festejar el acontecimiento. En el patio se había dispuesto una larga mesa con jugos de mango y sandía, arroz, caldo y pollo guisado con jitomate, cebolla, lechuga, piña, pera, manzana, camote y plátano.

Sentada en una mecedora, todavía débil, Josefa acogió entre sus brazos a la recién nacida que, con extrema delicadeza le había entregado Pepita, y luego de hacer una larga enumeración de las linduras de la recién nacida, las familias se sentaron a comer. En batea de plata, Apolonia ofreció como postre dulce de zapote y jalea de granada.

Mientras la mayoría de los invitados danzaban unas españoletas acompañados de un par de guitarras, Miguel se retiró discretamente, junto con algunos de ellos, hacia un rincón del patio. Necesitaban comentar los últimos acontecimientos.

—El virrey mandó a España millones de pesos provenientes de las cajas públicas y particulares —se quejó el corregidor.

—Si sigue así —añadió Ignacio Villaseñor, compadre de los anfitriones—, enviará toda la plata que se acuña en nuestro territorio.

Se habían acomodado en unas bancas alrededor de una mesa con un bracerillo de plata para los fumadores.

—Estamos al borde de la ruina. No sólo nosotros, también los gachupines han tenido que entregar su fortuna al rey —manifestó el presbítero José María Sánchez con preocupación. Josefa se había acercado para ofrecerle nueces y almendras garapiñadas.

—Siéntate, mujer, que esto de andar de un lado al otro te va a hacer daño —aconsejó su esposo al momento que encendía un puro.

—Acepto con gusto.

—Pues nuestra plática no es muy alentadora, doña Josefa. Fíjese usted que, sin deberlo ni temerlo, ¡estamos costeando una guerra que no es nuestra! —expresó el presbítero, mientras tomaba con sus manos, casi femeninas, unas almendras. El hombre tenía reputación de ser sabio, hablar otomí y contar con varios de sus sermones ya impresos.

—Hay el rumor de que, en menos de dos semanas, el virrey exigirá un nuevo donativo a las personas acomodadas. ¿Cuánto tiempo más aguantaremos los novohispanos esta situación? —exclamó Josefa, inconforme.

Bajo las arquerías y entre las macetas y jaulas de pájaros, la madrina lanzó el bolo para los niños: medios de plata salpicaron el piso enlosado. Una cascada de gritos y risas infantiles coloreó el aire.

—Carlos IV es un inepto… ¿Cómo se le ocurre declarar la guerra a los ingleses? —profirió Miguel Domínguez, sofocado por el calor.

—Luego del ataque a Buenos Aires hace unos meses… no tenía otra opción —aseveró el presbítero Sánchez.

—Intenta proteger su territorio. ¿Estará temblando el reyecito? —se burló Josefa luego de invitar a Justa Aldama a unirse al grupo. La mujer traía cargando a la recién nacida y le daba golpecitos en la espalda.

Fue el presbítero quien expuso la situación claramente:

—El temor del rey es tan grande, que accedió a la petición de Napoleón: unir las armadas española y francesa contra los ingleses. Aun así, declarar la guerra y enviar una fuerza marítima contra ellos, es una locura. Dicen que nadie ha logrado vencer la armada del almirante Nelson.

—Una guerra necesita montones y montones de dinero. Un barril sin fondo —lamentó Ignacio Villaseñor —. Todo es un juego vil: Napoleón pide dinero a Carlos IV… Carlos IV lo exige a Iturrigaray… e Iturrigaray nos vacía los bolsillos.

—¿Por qué tenemos que pagar los errores de los monarcas europeos? —cuestionó Josefa—. Si quieren guerra, que se maten entre ellos y que nos dejen en paz.

—Para recaudar dinero, la corona española va a expedir la dichosa cédula de consolidación de vales reales… —expuso Miguel, desanimado.

—¿De qué se trata? —preguntó Juan Nepomuceno.

—Como bien saben, en la Nueva España no existen bancos. Hasta hace poco, si alguien requería un préstamo, la Iglesia lo otorgaba a cambio de un vale —explicó el corregidor—. Desafortunadamente, desde que entró en vigor la real cédula, la Corona se adueñó de estos débitos y los está cobrando a los deudores bajo amenaza de que, si no pagan, les quita sus propiedades. Esta situación los ha orillado a mal vender sus posesiones. En pocas palabras, la real cédula amenaza con la ruina financiera de los propietarios.

—Algunas corporaciones municipales empiezan a protestar contra tan descabellada disposición —aportó el presbítero, inconforme.

—¡Por Dios! ¡Es un golpe más doloroso que el de las contribuciones! —profirió Ignacio al tiempo que observaba a su esposa y a la recién bautizada quien, a pesar del calor, estaba envuelta en cinco o seis cobijas.

Cerca de la fuente los niños jugaban a la guerra con espadas de cartón y las niñas, sentadas en círculo sobre una estera, cantaban a coro: "Pez pecigaña, a qué jugaremos, a mano cortada, quién la cortó, el rey o la reina..."

—A fuerza de quitarnos tanto dinero, no tendremos ni una chalina que ponernos —lamentó Justa, quien se había levantado para mecer a la niña.

—Por desgracia somos una colonia. Si fuéramos independientes, otro gallo cantaría —observó José María Sánchez bajando la voz. No quería llamar la atención de los demás invitados.

—Para colmo de males estamos pagando los lujos y derroches de la corte española —protestó Villaseñor al tiempo que las niñas se pellizcaban las manos y continuaban su canto... "Pez pecigaña, mata la araña, un cochinito, bien peladito. ¿Quién lo peló? La pícara vieja que está en el rincón".

—Y bueno, ¿qué me dicen de los cuantiosos gastos de nuestro virrey? —criticó el presbítero— Iturrigaray trajo de España cocineros, sastres y peluqueros franceses.

—Todo un dechado de virtudes el hombre —comentó irónica la anfitriona al momento que se prendía una horquilla en el cabello.

—Estoy francamente harto. Si no hacemos algo... —dijo Villaseñor inquieto. Estaba tan acalorado que de buena gana hubiera metido la cabeza en la fuente.

—¿Por qué dejamos que nos gobiernen personas sin escrúpulos? —exclamó Josefa inconforme.

—Los extranjeros no conocen las necesidades del pueblo —opinó el presbítero—. El poder debe estar en manos de los criollos.

—¿Estarían dispuestos a luchar por independizarnos? —convocó Josefa entusiasmada.

—Yo sí. Desde luego. Es el único camino —afirmó Juan Nepomuceno.

—No sé —agregó el corregidor—. Es muy peligroso. Yo, en mi caso, no podría...

—¿Arriesgarse? —retó el presbítero— Debe considerarlo, don Miguel. Está en juego el destino de nuestro país.

Pepita volvió a aparecer entre los invitados. De una bolsita de terciopelo verde sacó unos escudos de oro y mientras los invitados gritaban emocionados: "¡Bolo! ¡Bolo!", los repartió, esta vez, entre los adultos.

## 44.

México a 23 de abril de 1806

Estimado señor José Ignacio Villaseñor Cervantes y Aldama:

¿Quién iba a imaginar que el destino me tenía preparada esta mala jugada? Llegué, hace ya unos meses, con mi numerosa familia a la capital, pero no había podido escribirle a usted debido a un tenaz dolor de cabeza que ha dado en cogerme y me mortifica infinito. Reinstalarnos en la capital no ha sido fácil. Aunque mi hermana Ana María y mi hija Guadalupe nos han recibido con los brazos abiertos, somos tantos que estamos viviendo en su casa sin comodidad. Aun así, Josefa no ha perdido la calma y me alienta a seguir. Lo que más me duele de todo esto es haber sido despojado, arbitrariamente, de mi puesto por el virrey. No me arrepiento de mis actos; representar los intereses del Tribunal de Minería y redactar el documento contra la real cédula de vales reales era mi deber. Sabe bien su merced que mi ideal de justicia es incuestionable. En dicha disposición gubernamental estaba cifrada no sólo la ruina de la minería sino también de la agricultura, el comercio y la industria. Para aumentar mi desilusión, los cinco millones de pesos (equivalentes a veinticuatro millones de francos), recaudados a partir de esta deleznable medida, fueron entregados, intactos, a Napoleón.

Abandonar mi puesto de corregidor así como la noble tarea de dirigir los rumbos de la ciudad de Querétaro, ha sido para mí un golpe terrible y vergonzante, aminorado, afortunadamente, por la gran cantidad de queretanos que vienen hasta la capital a visitarnos, a mi querida esposa y a mí, para pedir ayuda y consejo. Mi mujer los recibe y los atiende gentilmente, como si fueran de su familia. Nuestra situación no es fácil, el virrey ha ordenado a sus allegados que no se nos dirija la palabra, ni siquiera en los templos, cuando salimos a cumplir nuestros deberes cristianos.

Día tras día Josefa me ha alentado a que luche abiertamente contra Iturrigaray. Hemos entrevistado a varios conocidos en esta ciudad, como el marqués de Rayas, para exponerles el caso y nos hemos dado cuenta que existe gran inconformidad con mi injusta destitución. Con temor, pero también con valentía, he expuesto mi caso y me he quejado ante la corte de España. Hasta la fecha, no he tenido éxito. Mi único consuelo es que usted esté ocupando, de manera interina, el puesto de corregidor.

Además de saber cómo está su apreciable familia, necesito me informe detalladamente sobre los acontecimientos queretanos. Doy a vuestra merced repetidos plácemes suplicándole que haga a mi comadre Justa Aldama, las más finas expresiones mías, de mis hijos y de mi mujer.

Dios lo guarde muchos años.
Miguel Domínguez Trujillo

Querétaro a 3 de agosto de 1806

Estimado don Miguel Domínguez Trujillo:

Tal y como su merced lo solicitó, cobré a los obrajeros parte del sueldo que le ha sido a usted asignado y estoy presto para enviárselo a la ciudad de México. Sobre la grave enfermedad de mi esposa Justa, le comunico que está de alivio, gracias a Dios. De asuntos religiosos, le informo que el arzobispo Lizana y Beaumont vino a esta ciudad para efectuar una gran cantidad de confirmaciones, además de consagrar a un grupo de sacerdotes. Los felicito a usted y a doña Josefa por el nacimiento de su hija María Ana Joaquina Pudenciana. Una bendición. Sin más me despido de usted. Si sirvo de algo ande vuestra merced confiadamente a su compadre y verdadero amigo.

José Ignacio Villaseñor Cervantes y Aldama

México a 18 de junio de 1807

Estimado compadre y amigo señor don Ignacio Villaseñor:

Aquí las cosas han perdido su quietud. Mi lucha contra el virrey y el problema de mi injustísima destitución ha llegado a un punto en el que no cuento ya con recursos monetarios. Nuestra angustia y estrechez económica son insufribles. Para colmo, mi esposa tiene un problema de salud pues, a resultas del último parto, sufrió un retroceso en la leche y fue a caerle en la pierna izquierda. Esto no le impide expresarse abiertamente contra nuestro gobernante y criticar el atropello de ese hombre cruel y ambicioso que causa las carencias de nuestros numerosos hijos.

Pese a esta enfadosa situación, hace unos días recibimos la noticia de un acuerdo en el que la corte española me exonera de toda culpa y anuncia mi restitución como corregidor de letras. La soberbia del virrey, sin embargo, lo ha llevado al grado de desobedecer la orden. ¡Inaudito! Así que tuve que recurrir de nuevo a la corte para que el virrey obedezca. Desagraciadamente, por los graves problemas que aquejan a la península... ¡mi resolución ha tardado meses! Como seguramente se ha enterado por las gacetas capitalinas, los ingleses derrotaron a la armada española y en la península reina una profunda incertidumbre.

Don Miguel Domínguez Trujillo

Querétaro a 14 de diciembre de 1807
Compadre y amigo don Miguel Domínguez Trujillo:

Al fin las aguas vuelven a su justo cauce y se le ha restituido en el puesto de corregidor de letras que tanto merece. Cuando arribe a esta bella ciudad del Bajío, podrá comprobar el número creciente de personas que han tomado como suya la confrontación que sostuvo usted contra Iturrigaray. Cuenta con el apoyo de sacerdotes, abogados, comerciantes, trabajadores y peones. Manifiestan su simpatía por usted. Los criollos más liberales lo apoyan por tener la valentía de enfrentarse al virrey y, lo más admirable, por vencerlo. Su ejemplo motiva a que otros se enfrenten al poder reinante. Por otra parte, lo felicito por el nacimiento y bautizo de José María Hilarión el pasado mes de octubre. Sabe que lo estimo de veras, que me intereso vivamente en sus asuntos y que amo con desinterés a mi comadre y a toda su familia.

Don José Ignacio Villaseñor Cervantes y Aldama

45·

Acompañado de un toque de clarín, el corregidor dio la señal. Eran las cuatro y media de la tarde y los queretanos se acomodaron en las gradas para presenciar la corrida de toros en la Plaza de San Francisco. Miguel, Josefa y sus hijos mayores se instalaron en un palco destinado a los funcionarios del cabildo. Amenizaba el festejo una banda de música.

El espectáculo dio inicio con una cuadrilla de jinetes. Acto seguido, apareció un toro que embistió a uno de los corceles, provocándole una herida de la que manaban chorros de sangre. Para vengar la afrenta, los hombres rodearon a la bestia y la aturdieron con mil suertes, obligándola a dar vueltas sobre sí misma y a correr sin rumbo fijo. El público sentenció: ¡Muerte! ¡Muerte! ¡Muerte! Furioso, el animal se preparó para atacar una vez más, pero un rejoneador le clavó en el lomo una banderola y pudo al fin asestar con su garrochón la estocada final. La bestia agonizó unos segundos, tambaleándose, y finalmente cayó sobre la tierra levantando una polvareda.

Los asistentes vitorearon al valiente y la banda tocó música triunfal. Enseguida, irrumpieron seis caballos, guarnecidos de cintas, borlas y plumas blancas. Fueron arreados con chicotes por cuatro mozos vestidos a lo gitano. A los caballos se les ató el toro muerto con unos tirantes y, luego de efectuar una vuelta al ruedo, salieron al trote.

La corregidora cerró los ojos. Odiaba tener que presenciar un espectáculo tan desagradable. La idea de ver sufrir a un animal la martirizaba. Mientras su familia disfrutaba cada una de las faenas, ella prefería sacar de su bolsa de chaquira un poemario y leerlo en voz baja.

Un segundo toro entró en escena seguido de un jinete disfrazado de turco. Cubierta la cabeza con turbante, era imposible distinguir sus facciones. Era tan llamativo que la corregidora no tuvo más que prestarle atención. El hombre trotó alrededor de la bestia y, con inusitada destreza, saltó sobre el lomo del animal prendiéndose de los cuernos. Galopó así varios minutos hasta que, luego de retornar a su caballo, clavó la punta de hierro de su asta en la nuca del animal. Enardecidos, los presentes aplaudieron la hazaña. El turco ofreció su faena a los corregidores haciendo una reverencia. Nadie esperaba que, bajo la misteriosa banda, apareciera el rostro viril del capitán Allende.

"¡Es Ignacio!", dijo la mujer para sí. Las manos le temblaron, el corazón le latió fuerte. Su alegría fue inmensa. Durante su larga estancia en México, había recordado la figura de Allende con precisión, su mirada, su voz. Sus insinuaciones.

—¿Para qué habrá venido el capitán a Querétaro? —le preguntó Josefa a su marido.

—Ayer lo vi en casa de nuestros compadres. Vino a arreglar algunos asuntos del Molino Blanco, de su propiedad. Estaba impresionado por las últimas noticias. Decía que la ocupación francesa en España era una muestra de la decadencia de la península. Que debíamos aprovechar la coyuntura para tomar el mando.

—Coincido totalmente con él —expresó emocionada.

—No sé, Josefa. La idea de deshacernos de la monarquía, así como así, es una locura. ¿Somos capaces de gobernar estas tierras? Tendríamos que reunir representantes de las provincias, crear una serie de instituciones en donde...

—¿Te imaginas libre de las imposiciones y de los caprichos del virrey en turno? —interrumpió la mujer, entusiasmada.

—Quizá llegó el momento de cambiar.

En el ruedo aparecieron varios toros, repitiéndose la misma faena hasta que soltaron a uno pequeño para diversión del vulgo. Varios muchachos con espadín se acercaron a pie a la bestia. Uno de ellos sufrió una herida en la pierna y se retiró cojeando con gran dolor; pero otro, mucho más hábil, lo esquivó varias veces y al fin asestó la mortal estocada.

## 46.

Esa mañana, en las casas consistoriales, un sirviente anunció la visita de los gobernadores indígenas.

—Que pasen a la sala de audiencias —ordenó Miguel.

Los caciques atravesaron el zaguán y el patio. Al fondo, en el establo, un par de caballos comía alfalfa plácidamente. El más anciano recordó la prohibición de antaño: los indios sólo podían montar a pelo; sin silla, freno o armas. Ni siquiera tenían derecho a vestir traje español.

Acompañado de su esposa, el corregidor recibió a los visitantes con amabilidad y los invitó a pasar a la sala de audiencias. La participación de Josefa en los asuntos políticos era cada vez más frecuente. Retratos de reyes y virreyes colgaban de las paredes para vigilar lo que se decía. Suspendido del techo, un candil en forma de araña presidía la reunión extendiendo sus patas de cristal.

—Señor corregidor don Miguel Domínguez —dijo un indio vestido a la usanza española, con un sayo de raso carmín, calzones de paño azul y sombrero—, yo, don Diego González, gobernador indio más antiguo de esta ciudad, favorecido por el rey de los cielos y también por nuestro católico monarca don Fernando VII, que Dios guarde, declaro que, ante la triste noticia de que las tropas francesas ocuparon España y que nuestro rey está en peligro, ofrecemos un donativo para apoyar la lucha contra los invasores y defender a nuestro amado y siempre bendecido monarca.

Luego de terminar su breve discurso, uno de los caciques dio un paso adelante y entregó al corregidor una bolsa con monedas de oro.

—¡Que Dios guarde a su majestad Fernando! —exclamó el gobernador Diego González.

—Bien, señores, tal parece que su apoyo al rey Fernando es innegable. Enviaré su donación de inmediato a Iturrigaray —dijo Miguel pensando en lo deteriorada que estaba su relación con el virrey.

La corregidora observó a los indios nobles. Adoraban al rey de España, pero... ¿fueron conquistados totalmente? Hablaban español, se persignaban. Habían ganado el título de "don". Vestían los jubones y las alpargatas impuestos por los conquistadores; sin embargo, esos faldones encarnados, ¿delataban el apego a sus antepasados? En la mirada de los caciques descubrió una añoranza, un deseo añejo, fermentado. Los indios llevaban aún en el oído los arrullos de las bisabuelas y, alrededor del cuello, lucían plumas y cuentas de vidrio.

El grupo se despidió. Al salir de las casas consistoriales se cruzaron con Pepita y su pretendiente Domingo Sereno, quien solía acompañarla a la misa matinal. Ambos entraron en la sala.

—Buenos días, señores corregidores —dijo Domingo, con respeto.

—¿Qué tal? Estamos a punto de desayunar. ¿Gusta quedarse? —preguntó Josefa, cordial. El mestizo que había conocido su hijastra durante la feria, se había ganado su confianza. Resultó ser un joven noble y comprometido con sus ideas.

Pasaron al comedor. Un aroma a pan horneado impregnó el ambiente. Apolonia salió de la cocina y colocó sobre la mesa una jarra de atole y otra de champurrado.

—¿Para qué vinieron los caciques? —preguntó Pepita mientras se quitaba la mantilla.

—A ofrecerme un donativo para apoyar la resistencia española —respondió Miguel, dándole un sorbo a su bebida.

—¡Todavía no puedo creer que Napoleón haya invadido España! —exclamó Josefa moviendo la cabeza con desaprobación.

—Las noticias son confusas —indicó el corregidor—. Según las gacetas que trajeron las barcas Corza y Ventura, Carlos IV abdicó a favor de su hijo Fernando luego del motín de Aranjuez. Seguramente Napoleón aprovechó la confusión para arrebatarle el trono al príncipe y coronar a José Bonaparte.

—¡Qué tremendo! Pero... ¿qué tienen que ver los caciques indios de nuestra ciudad con los reyes de España? —dijo Pepita al momento de remojar un pedazo de pan en el champurrado.

—Quieren luchar por su rey. Desearían viajar a España y luchar a capa y espada por el monarca, digo, a honda y piedra —sonrió el corregidor.

—¡Qué idea tan descabellada! —exclamó Pepita.

—Lo sé, hija. Aun así, mi deber es comunicar a Iturrigaray la petición de los indios.

—¿Qué caso tiene? — se atrevió a cuestionar Pepita.

—Ya conoces a tu padre, antepone los formalismos a la razón —se quejó Josefa.

—Cumplo con mi deber —se alteró el corregidor, echando una mirada de hielo a su esposa. Las últimas semanas había actuado altanera, muy pagada de sí.

—La situación es grave —advirtió Domingo—. A pesar de la resistencia heroica del pueblo español, Fernando entregó el trono sin remilgos.

—Regaló un país, un trono, sacrificó a los suyos. ¡Es un cobarde! —exclamó el corregidor.

—¿Quién lo iba a imaginar? España gobernada por un francés —dijo desconcertada la corregidora.

—¿Qué va a pasar ahora? —reflexionó Pepita mientras Apolonia le ofrecía un poco de nata—. ¿Aceptará nuestro virrey un gobierno impuesto por Napoleón?

—Si no lo acepta, ¿quién nos va a gobernar? —retó Domingo. A pesar de su condición de mestizo, en el hogar de los corregidores comenzaba a sentirse aceptado.

—Nosotros mismos. Los que nacimos en esta tierra valemos tanto como los europeos. Tenemos derecho a mandar en nuestra propia casa, ¿o no? —retó Josefa. Su rechazo hacia los españoles se había agudizado. Evocaba en su memoria la imagen de su hermana y su innegable vocación de criolla, su lucha diligente, su habilidad para dirigir el negocio de la cigarrería.

—Señora, ¿le sirvo atole? —preguntó la criada, sacándola de golpe de sus cavilaciones.

Josefa asintió y luego miró a su alrededor. Sus ideas ya no concordaban con su modo de vida. Su bonanza se debía precisamente a los peninsulares que odiaba. Vivía en una casa lujosa, de techos altos y escaleras suntuosas. El sueldo de su esposo provenía del virrey. Sus hijos vestían a la manera europea y ella misma adornaba su larga cabellera con una peineta importada de la península. En su hogar reinaba la abundancia. Miró las bateas llenas de pan, las jarras rebosantes, los pocillos repletos de nata. ¿Pondría en juego su comodidad?

—En la capital, el fraile Melchor de Talamantes hizo circular escritos subversivos —declaró Domingo mientras extendía una hoja de papel—. Afirma que el territorio mexicano, por tener "todos los recursos y facultades para el sustento, conservación y felicidad de sus habitantes", puede hacerse independiente.

—¿Quién te dio eso? —indagó curioso el corregidor.

—Suelo viajar a México, don Miguel. Los criollos del ayuntamiento, apoyados por Iturrigaray, están promoviendo la idea de hacer juntas con representantes de las provincias. Dirigieron al virrey una representación en donde se establece que, en ausencia del monarca legítimo, la soberanía debe residir en la Nueva España. Proponen, en pocas palabras, que Iturrigaray casi sea el soberano de estas tierras.

—¿El virrey quiere independizarse de España? —inquirió la corregidora desconcertada— No creo que sus propósitos sean nobles.

—Lo que en realidad quiere es... ¡más poder! Su ambición es desmedida —dijo exaltado Miguel.

—Aun así —opinó con seriedad Domingo—, la idea de la autonomía es muy positiva.

—Estoy de acuerdo con usted, joven. Mientras regresa el rey Fernando al trono, apoyaré las juntas representativas. Pero, dígame, ¿apoyó la Audiencia esta propuesta?

—¡Se opuso por completo! La consideró como un intento de independencia provisional —añadió Domingo, satisfecho de poder intercambiar puntos de vista con el padre de su amada.

—No es para tanto. Se trata, solamente, de que las provincias funcionemos con un poco más de autonomía —aseguró el corregidor.

—Pues creo que este golpe a la monarquía es una buena oportunidad para independizarnos totalmente —consideró Josefa con seriedad.

A través de los años, la convivencia con su esposo acrecentó su interés por la política y las ideas humanitarias. Con entusiasmo febril, había tomado algunas ediciones del librero de Miguel y conocido el pensamiento de Voltaire, de Rousseau, de los enciclopedistas franceses. Si de razonar se trataba, ella utilizaría toda la razón posible para difundir las ideas liberales. Se inspiró también en las ideas de los jesuitas e ilustrados novohispanos como Alzate, Gamarra y Bartolache, para fabricar su propio discurso, respirar el mismo aire que los poetas prehispánicos, reconquistar la conquista, tomar un puño de tierra y decir: es mía, es nuestra, nadie me la va a quitar ni vender, porque nací de ella y voy a morir en ella. Con fervor exaltado platicaba de la piel impregnada de chile y pinole. De la risa de amaranto y piloncillo. De los sorbos de agua de nanche. Del acento dulce de los indios. De los diminutivos: santito, cazuelita, muertito.

—¿Independencia? ¿Quieres jugar con fuego? —objetó Miguel— Recuerda que la política es tan agria como el vinagre.

—Mi única certeza es que la Nueva España debe gobernarse a sí misma —insistió la corregidora.

"Puras ilusiones", pensó Apolonia y colocó junto a la canasta con pan, un plato con mantequilla bien batida.

## 47.

Los invitados comenzaron a llegar a las casas consistoriales, desde las siete de la noche. A las ocho se rezó el rosario y acto seguido pasaron al comedor. Parecía que su devoción había sido premiada por ángeles dulzones, pues la merienda consistió en pastelillos espolvoreados con azúcar y canela, buñuelos fritos en manteca, dulces de guayabate y cajeta. Las visitas permanecieron en el salón casi hasta la medianoche escuchando instrumentos musicales, cantando y recitando. Aunque no era aceptado por la sociedad, algunos se atrevieron a bailar en pareja. Lejos del barullo, los criollos allegados a los corregidores comentaban los sucesos acaecidos en la península y manifestaban su preocupación por el vacío de poder que habían dejado los monarcas.

Agitado, el capitán Allende cruzó la entrada después de la medianoche. Sin saludar a los presentes se acercó a los esposos Domínguez Ortiz y les pidió en voz baja que fueran al despacho.

—¡Derrocaron a Iturrigaray! —exclamó vencido.

—¿Quién? ¿Cómo? ¡Hable ya! —exigió el corregidor.

—Un tal Gabriel de Yermo, secundado por los comerciantes españoles de El Parián, el arzobispo, oidores, jueces de la Inquisición y una bola de granujas, asaltaron el palacio y se apoderaron de la persona del virrey, su esposa e hijos.

—Todavía no lo creo. Diga más —pidió Miguel, impaciente.

—A las doce de la noche del día quince, se reunieron los conjurados en los portales cercanos a palacio. Eran unos quinientos hombres bien armados. La guardia estaba comprada, así que pudieron avanzar con facilidad. Un centinela, sin embargo, marcó el alto y, para que no los descubriera, hicieron fuego contra él. De dos o tres balazos mataron al infeliz y los rebeldes entraron hasta los aposentos del virrey y su familia, que ya estaban dormidos.

—Siga, siga. Lo que nos cuenta es tremendo —asentó Josefa, ansiosa de conocer los detalles del desenlace.

—Algunas puertas de los alojamientos virreinales fueron derribadas a hachazos. Insultaron a la virreina y atemorizaron a sus pobres hijos.

—¡Dios nos libre! ¿Qué más? —expresó Josefa asustada.

—Aprehendieron a Iturrigaray y para hacer creer al populacho que se le detenía por hereje, lo condujeron a la Inquisición. A la virreina y sus vástagos se les llevó al convento de San Bernardo.

—¡Qué atrocidad! —exclamó Miguel.

—Ya había oído hablar de Yermo. Es un vizcaíno riquísimo que estaba en pleito con nuestro gobernante por ciertos negocios turbios —indicó Josefa, asombrada por la noticia.

—La deposición del virrey cancela cualquier posibilidad de que se lleven a cabo las juntas representativas y de que se constituya un congreso nacional —expuso el corregidor con gravedad.

—Precisamente para apoyar la propuesta de reunir un congreso, se había invitado a la capital a gobernantes de diferentes provincias. Por desgracia, los convocantes Primo Verdad, Talamantes y Azcárate ¡están arrestados! —manifestó Allende abatido.

—Gente ilustrada y de mucha valía —aseveró el corregidor— ¿Quién le informó estos lamentables hechos?

—Un pariente de Primo Verdad me mandó un aviso rogándome que hiciera lo posible por liberarlo. Primo es amigo mío y me dispongo a visitarlo en la cárcel —se lamentó el militar.

—¡No lo haga, Ignacio! ¡Seguro lo acusan de complicidad! —aconsejó el corregidor.

—Tiene razón, Miguel. ¡Qué impotencia! —concedió vencido.

—Luego de este terrible atentado… ¿quién sustituirá a Iturrigaray? —preguntó Josefa preocupada.

—Pedro Garibay —dijo Allende imaginando un futuro nefasto—. Dicen que fue el autor intelectual del atentado.

—¡Maldición! —gritó Miguel— Desde mi jurisdicción llevo semanas apoyando con firmeza las juntas representativas y esto que me cuenta… tira mis ideas por la borda.

—No te aflijas —observó Josefa—, presiento que Garibay no durará mucho, es un títere.

Fueron saliendo del despacho del corregidor, uno a uno, tratando de pasar desapercibidos. En el salón, el español Crisóstomo López y Valdez pidió a la concurrencia se gritaran vítores por el nuevo virrey Garibay.

—¡Esto le va a pesar! —amenazó Allende.

—¡Cállese! Usted es criollo y nada entiende —exclamó furibundo el encomendero.

La respuesta del capitán Allende no se hizo esperar: se acercó al gritón y, sin más, lo abofeteó hasta derribarlo.

—¡Maldito! ¡Se arrepentirá! —amenazó Crisóstomo, al tiempo que se ponía en pie y se preparaba para abalanzarse sobre su atacante. Fue imposible. Un grupo de criollos lo habían rodeado y burlones coreaban a su alrededor: "¡Lárgate, gachupín! ¡No te queremos aquí!", "¡Lárgate, gachupín! ¡Muladar sin fin!", y el hombre, humillado, no tuvo más que salir del lugar.

Esa noche, en su habitación, Josefa pensó en el capitán Ignacio Allende. Su osadía no tenía límites. Tomaba un toro por las astas de la misma manera que sometía a las bestias rabiosas del virreinato. Ignacio le provocaba un revoloteo interno, un deseo de correr a toda prisa, de subir a la cima de una montaña y gritar las palabras que las mujeres antiguas tuvieron que callar. La hacía desdoblarse en mil hembras para formar un ejército. Pensó en el cuerpo bien dotado del hombre y deseó abrazarlo con fuerza, para nunca dejarlo ir.

## 48.

El alcaide Ignacio Pérez estrechaba cada vez más su relación con los corregidores. Incondicional a las órdenes de doña Josefa, se convirtió en su brazo derecho. Las ideas ilustradas lo habían deslumbrado de tal manera que no podía ser más que liberal. Por eso no dudó cuando, con voz grave y bien impostada, la señora lo invitó a llenar los muros de la ciudad con un montón de pasquines. Saldrían de noche y no correrían peligro, pues gracias a que Miguel Domínguez era el encargado de la seguridad de los queretanos, Josefa había conseguido información precisa sobre las rondas nocturnas.

Los pasquines habían llegado a las casas consistoriales bien escondidos entre un montón de sábanas de seda. El remitente: Antonia Japano, amiga de infancia de Josefa, quien llevaba meses conspirando en Guadalajara contra el virreinato. Aunque Miguel le prohibió a su mujer repartir aquellos fajos subversivos, Josefa había decidido entrar en acción. Así, cuando las calles quedaron desiertas, Josefa, Ignacio Pérez y un cochero se subieron al viejo carruaje fúnebre de la cárcel y se dedicaron a colocar los pasquines en diferentes rincones de la ciudad. La tarea resultó ardua. No fue fácil evitar las rondas: cuando recorrían una pequeña glorieta, un guardia manco, montado en un corcel del ayuntamiento, los descubrió:

—¡Alto! ¿Quién se atreve a desobedecer el toque de queda? —dijo autoritario el guardia.

Josefa explicó, señalando el ataúd de la parte trasera, que acababa de morir una presa a causa de unos brotes malignos y que debían llevarla a la fosa común para que el cadáver no contagiara a la población.

—¿Señora corregidora? —dijo reconociendo el rostro de esfinge de la mujer—. Disculpe mi atrevimiento. No sabía que era su merced la que...

—No hizo más que cumplir con su deber —interrumpió enfática—, buenas noches.

A la mañana siguiente, en un buen número de paredes queretanas apareció este mensaje:

> Ya no es tiempo de disputar sobre los derechos de los pueblos, ya se rompió el velo que los cubría, ya nadie ignora que en la actuales circunstancias, reside la soberanía en los pueblos. Sí, ya esta es una verdad confesada y reconocida. Nobleza americana, hombre ricos y beneméritos, estimables artesanos, honrados labradores y vosotros valerosos militares, soldados intrépidos, concurrid con vuestros votos y auxilio a la libertad de la América. No se oiga de vuestros labios más voz que la de la independencia.

Horas después, cuando el alcaide entró a las casas consistoriales, fue mal recibido por Miguel. Antes del amanecer, el guardia manco lo había puesto al tanto de lo acontecido.

—¿No sabe usted que los espías del virrey nos vigilan día y noche a mi esposa y a mí? ¿Por qué lo hizo?

—Imposible cuestionar una orden de la señora.

—¿Aun cuando sea peligrosa? —explotó iracundo.

—Disculpe, don Miguel —expresó el alcaide confuso. La política había convertido al corregidor en un ser versátil, en alguien que ponía en entredicho el virreinato, pero se arrodillaba ante él—. Creí que estaba a favor de las ideas independentistas, por eso me atreví a...

—¿Llenar la ciudad con proclamas sediciosas? Por lo pronto mandé a mi mujer unos días al convento de Santa Rosa para que aplaque sus ánimos.

El alcaide no supo qué decir. Su afecto por doña Josefa había crecido y se sintió culpable de que el marido la hubiera amonestado.

—Debe ser usted más cuidadoso. Nos tienen en la mira. Un hombre anónimo me delató hace unos días, el 26 de septiembre para ser exacto, ante el virrey Pedro Garibay por haber presentado, hace unos meses, al ayuntamiento de Querétaro una iniciativa de ley para establecer en Nueva España un gobierno con base en juntas representativas del reino.

—¿Se refiere a juntas con las municipalidades?

—Así es. Según mi delator, estoy alentando la independencia del país. ¿No le parece una exageración? —confesó Miguel, consternado.

—¡Lamentable! —exclamó Pérez e imaginó nervioso que, por su cercanía con el abogado, lo acusarían de complicidad.

—Para colmo —dijo el hombre visiblemente afectado—, estas supuestas ideas independentistas irritan a los españoles del cabildo. ¡Todos están en mi contra!

—Recuerde, don Miguel —comentó respetuoso el alcaide—, que el arzobispo Lizana y Beaumont sustituirá pronto al virrey Garibay y...

—¿Qué podemos esperar? ¿Un cambio? —interrumpió enojado—. El virreinato cojea, va dando tumbos aquí y allá, no puedo más.

—El arzobispo estará tan ocupado aplacando a los descontentos que no podrá atender su caso. En Querétaro, Valladolid y muchas otras ciudades hay inconformidad, así que el nuevo gobernante primero tendrá que restablecer la paz.

—¿Sugiere que me libraré de la acusación?

—Lo más seguro es que, bajo el régimen del insípido de Lizana y Beaumont, se archive el proceso iniciado por Garibay —dijo el alcaide, tratando de tranquilizarlo.

—¡Dios quiera! —exclamó Miguel esperanzado.

## 49.

Después del repique general de campanas, el pueblo se reunió para manifestar con sus vivas y aclamaciones un regocijo incontenible por el regreso del rey Fernando al trono español. Hicieron estallar cohetes y cámaras hasta que se agotaron en las tiendas. En la iglesia del convento de San Francisco, luego de descubrir el santísimo sacramento, cantaron con devoción el Tedeum. En la Plaza Mayor, el alférez real, don Pedro Septién Montero y Austri, había proclamado al augusto soberano diciendo tres veces: ¡Castilla! ¡Nueva España! ¡Querétaro! ¡Fernando VII! Vivas que repitieron enardecidos los asistentes. Luego el mismo alférez había lanzado monedas a la multitud y ofrecido un abundante refrigerio.

Desde el balcón, Josefa vio el inmenso retrato de Fernando VII. Ante sus ojos se presentaba la monarquía en todo su esplendor. En procesión matinal el alférez real, el corregidor, alcaldes y eclesiásticos habían paseado por la ciudad el rostro adusto del monarca, acompañados de música, cohetes, reparto de aguardiente y gritos, hasta colocarlo en un altar frente a las casas reales.

El corregidor entró a la habitación. Traía el cabello cubierto de pequeños papelillos de colores.

—Miguel, ¡esto es una farsa! ¡Se jura a un rey que no gobierna! ¿Cómo aceptas pasear su imagen?

—Fue orden del virrey —dijo molesto—. ¿Quieres que pierda mi puesto?

—En absoluto. Pero esto de hacer una jura solemnísima por un rey que abandonó su trono, ¡me parece ridículo!

—¡No tienes derecho a hablar así! El monarca merece respeto.

—¿Tú crees? —retó, irónica—, dejó a los suyos y se refugió en Francia. En lugar de loas, deberíamos lanzar fruta podrida contra su retrato.

—¡Calla! ¡No te soporto! —vociferó.

—Yo tampoco. ¿Crees que puedo soportar a un marido que se presta a representar una farsa? —exclamó iracunda. La mujer había cumplido ya treinta y cinco años; ya no era la joven inocente que conoció en las Vizcaínas. Había aprendido a aguzar sus sentidos, a descifrar las malas intenciones que se escondían bajo los discursos, a percibir el truco y el engaño. Si bien Pedro Garibay se obstinaba en organizar juras solemnes en honor de la monarquía española, se murmuraba que el rey Fernando y su padre habían huido de España para refugiarse en algún castillo francés. Decían las malas lenguas que los destronados pasaban los días entreteniéndose en labores de aguja, impropias de su sexo, y escuchando las obras de Saavedra Fajardo, autor barroco, defensor de los intereses monárquicos.

Las pequeñas María Dolores y María Manuela entraron de la mano de la nana Apolonia. Traían puestos unos sombreros con el retrato de Fernando VII y, al verlos, Josefa sintió que le burbujeaba el enojo.

—¡Quítaselos! —ordenó.

Las niñas miraron a su madre, asustadas. Apolonia se inmovilizó.

—¡Que se los quites! ¿Me escuchaste? —gritó al tiempo que la criada arrancaba los sombreros y sacaba a las pequeñas de la habitación.

—No te reconozco, Josefa, eres otra persona —observó Miguel, con profundo pesar.

—¿Qué esperas de mí? ¿Serenidad? Vives en eterna contradicción.

—No me juzgues. Yo sé mi juego. ¿No entiendes? Cuando Garibay se dé cuenta que participé en esta jura, se cancelará el proceso que hay en mi contra.

Josefa estaba harta de las maniobras políticas de su marido. De que tratara de quedar bien con el poder virreinal, de hacerles la barba, de chuparles las medias a los funcionarios, de su apego a los símbolos monárquicos. Miguel era un liberal *sui géneris*. Luchaba contra la injusticia, eso era indudable, pero no se atrevía a acabar, de una vez por todas, con los que abusaban del poder.

—Creí realmente que eras independentista. ¡Qué ilusa!

—¡No me faltes al respeto! —manifestó él, y se dirigió a la puerta— Ah, se me olvidaba. Tienes que estar presente en el baile de hoy en la noche. Eres la anfitriona. Vendrán los españoles adeptos al rey Fernando, así que te ordeno que los atiendas lo mejor posible.

—¿Por qué, Miguel? ¿Por qué me pides que vaya en contra de mí misma?

El sarao fue en el patio de las casas consistoriales, cuyo cielo se cubrió con paños de obraje. Se interpretó música de soplo y cuerda y, a las siete de la noche, iniciaron el baile varios funcionarios acompañados de sus esposas.

La presencia de Fernando Romero Martínez en la celebración fue para Josefa como un balde de agua fría. No soportaba que ese malvado, máximo representante de la injusticia de Querétaro, bailara los minuetos con cara de santo. Sintió que no pertenecía a esa casa donde los disimulos y las apariencias se paseaban campantes por los pasillos. Desde el corredor del segundo piso contempló a su marido contento departiendo con los invitados. ¿De qué lado estaba? ¿Por qué había aceptado llevar sobre sus hombros la imagen de un monarca? ¿No había luchado hasta el cansancio porque los americanos fueran autónomos y soberanos? En definitiva, Miguel Domínguez era un hombre de medias tintas.

## 50.

La noche sin luna fue cómplice de las ideas subversivas. Sigilosos, los conspiradores se escurrieron por los callejones más angostos de Querétaro, los de los nombres más gastados y olvidados, para rodear la Plaza de Arriba y llegar a la casa número 14 de la calle del Descanso. El carruaje de los esposos Domínguez fue el primero en arribar.

—¿Te quedas, Miguel? —preguntó Josefa por cortesía, llevaba días sin hablarle a su marido.

—Vienen funcionarios de la capital. Tengo que atenderlos —respondió con sequedad.

—Lo de siempre —dijo ella con profunda amargura—. Mientras los asuntos virreinales te jalan de un brazo, la conspiración te jala del otro. Vas a acabar reventando.

Miguel no dijo nada y, con seriedad absoluta, esperó que Josefa tocara en la puerta la contraseña: un golpe, silencio, dos golpes, silencio, cuatro golpes. Luego ordenó al cochero que avanzara.

—Sea usted bienvenida, estimada señora —anunció el presbítero Sánchez al tiempo que veía alejarse, lento y discreto, el coche de las casas consistoriales.

—¿Soy la primera? Los conspiradores serán muy valientes, pero eso de la puntualidad no se les da —afirmó sonriendo. Llevaba puesta una chalina de seda y su belleza había inundado la sala.

—Tiene usted razón, doña Josefa —comentó el hombre mientras miraba el prendedor de pajaritos de oro y perlas que adornaba el vestido de la señora.

—Imagínese usted nada más que lleguen tarde al levantamiento. ¡Sería imperdonable!

—Ya lo creo —comentó el cura sonriendo—, pero pase.

El anfitrión había iniciado, desde los primeros meses de 1810, la llamada Academia Literaria en donde, además de la lectura en voz alta de los enciclopedistas franceses, se conspiraba. Vivía con él su sobrino Juan Nepomuceno Mier y Altamirano, quien recibió a Josefa con amabilidad al tiempo que una criada se acercaba para ofrecerles té de China.

—Díganme sus mercedes, ¿quieren su té con gotitas de aguardiente? —preguntó tímida, mirando hacia el suelo.

—Se lo ruego. Necesito entrar en calor —pidió Josefa.

—Es un gusto tenerla aquí. Son pocas las mujeres que han participado en nuestras reuniones —comentó Juan Nepomuceno.

—La mayoría de los hombres creen imposible que una mujer tenga su propia opinión.

Los invitados fueron llegando poco a poco y acomodándose en las sillas y taburetes del salón. A lo largo y ancho del lugar se echaron pestes contra el poder virreinal. El licenciado Lorenzo de la Parra se ensañó principalmente contra el virrey Lizana y Beaumont quien había remitido a España la estratosférica cantidad de nueve millones de pesos provenientes, desde luego, de las arcas coloniales. Manuel María Ramírez de Arellano, jurisconsulto, expresó la necesidad de independizarse de una España dominada por el despótico gobierno napoleónico. Mariana Nava, esposa de Arellano, pidió remediar el problema de los léperos, que vivían en total desamparo en las calles de la ciudad. El regidor y alcalde provincial, don José Ignacio de Villaseñor Cervantes y Aldama, criticó a los funcionarios del cabildo por menospreciar a los criollos.

Josefa observó la escena con enorme interés. Deseaba escuchar, grabar en su memoria cada palabra. Entre más aprendiera, más podría dar a la causa.

Habían acudido también el doctor Manuel Mariano Iturriaga, quien lamentó la preferencia dada a los españoles en la provisión de cargos eclesiásticos, civiles y militares de mayor categoría; y el señor boticario Estrada, cuyas ropas apestaban a amoniaco y quien declaró contundente que la peor enfermedad de la Nueva España era la arrogancia y afectada superioridad de los europeos. Unos y otros deseaban exponer sus ideas y, como en un coro, se empalmaban dos, tres, cuatro voces. En ciertos momentos la ofuscación y los gritos eran de tal magnitud, que los santos pintados en los lienzos hubieran abandonado gustosos el recinto para buscar la paz en el cielo.

El poeta Téllez había sido nombrado secretario de la junta, sin embargo, acostumbrado a las rimas floridas y pausadas sólo pudo registrar, a medias, aquel torrente de ideas. El único que guardaba silencio era un muchacho de apellido Baquedano, aprendiz de dibujo, quien desde un rincón se dedicó a trazar un águila americana en actitud de haber vencido a un león español.

Doña Josefa presentó un listado de las personas a las que, junto con el alcaide de la cárcel, había invitado a unirse al movimiento insurgente.

—Debemos aprovechar cualquier ocasión, por insignificante que sea, para reclutar a los oficiales de los regimientos de Querétaro, Celaya, San Miguel y las ciudades cercanas —convocó la corregidora entusiasta.

El humo de los cigarros viciaba el ambiente: Luis Mendoza, peluquero, quien había estado a punto de cortarle el cuello a un gachupín por comparar a los criollos con el ojo del culo, propuso enviar a los españoles a la península; Mariano Hidalgo, cirujano que antes de llegar a la junta había dejado colgada en un perchero la bata blanca manchada de sangre y de sustancias amarillentas, apoyó la idea de un levantamiento armado; Mariano Lozada, empleado de la Real Fábrica de Tabaco, despotricó contra las altísimas ganancias que el monopolio de dicha planta había dado a los gachupines durante años; Mariano Galván, de la oficina de correos, se quejó del aire de superioridad y desprecio con que los españoles miraban a los americanos, como si el nacer en este suelo fuera cosa de valer menos;

y, por último, don José María Buenrostro, picado de viruela, alebrestó a los asistentes con la idea de que debían encerrar en prisión a los peninsulares.

De pronto alguien golpeó la contraseña agitadamente. Era Joaquín Arias, capitán del regimiento de Celaya.

—Buenas noches —dijo con la respiración agitada—, disculpen mi atrevimiento, pero vengo a notificarles que acaba de pasar la caravana.

—¿A qué se refiere? —preguntó temeroso el presbítero Sánchez.

—La caravana que transporta a los que fueron aprehendidos en la conspiración de Valladolid —informó el militar.

—¿Fue descubierta? ¡Válgame Dios! —gritó Josefa, alarmada.

—El soplón fue el cura del Sagrario, Francisco de la Concha —continuó el recién llegado. El traje militar le confería un alto grado de autoridad.

—¡Traidor! —gritó Juan Nepomuceno, indignado— ¡Díganos más!

—Ahora llevan presos a los conjurados hacia la capital. Se sabe que participaron los hermanos Michelena, García Obeso, Santa María, Izazaga...

—También Allende participaba en esa confabulación, ¿o no? —indagó el licenciado Lorenzo de la Parra.

—¿El capitán Allende? —inquirió Josefa con profunda desazón— ¿Qué le sucedió?

—No se preocupe, señora —aclaró Arias—, el capitán estaba en contacto con los conjurados, pero tal parece que nunca asistió a las reuniones de Valladolid.

—Entonces está a salvo —dedujo Josefa agradeciendo a Dios y se dio cuenta en ese mismo instante lo mucho que añoraba a Ignacio.

—¿Qué va a pasar con los presos? —preguntó compungida la señora Nava. A pesar de su valentía, solía llorar ante cualquier contratiempo.

—El virrey quiere entrevistar a los conjurados en la capital, por eso se los llevan para allá —explicó Arias mientras un reloj de plata marcaba la hora de la queda: diez campanadas metálicas y vibrantes.

—Si les pasa algo, que Dios los tenga en su santa gloria —dijo resignado Buenrostro mientras se persignaba con desesperanza.

—Lo sucedido en Valladolid es una advertencia —opinó el tabaquero Lozada—. Tenemos que actuar con extremo cuidado, mantener todo en secreto. Un mal paso podría costarnos la vida.

—En caso de que alguno de nosotros corra peligro, ¿cómo nos comunicaremos? —preguntó nervioso Mariano Galván, el empleado de correos.

—¡Con cuetones! —dijo la corregidora con una mezcla de euforia y temor—. Según el capitán Aldama, debemos tener todos en nuestras casas tres cuetones listos para encenderse en caso de que la conspiración sea denunciada.

La propuesta fue rechazada por estruendosa. Una mezcla extraña de temor y júbilo flotó en el salón, como si un pintor lo hubiera coloreado de pronto con pinceladas rojas y grises. La reunión había sido intensa y fructífera. No sabían, sin embargo, que entre los conjurados había un espía. Un traidor.

## 51.

San Miguel a 27 de febrero de 1810.

Doña María Josefa y don Miguel Domínguez:

Hace tiempo se formó en Valladolid una conspiración cuyo objeto era reunir un congreso para gobernar la Nueva España en nombre del rey Fernando, en caso de que la península sucumbiera bajo los franceses, lo cual, de manera indirecta conduciría a la independencia del país. La revuelta debía comenzar en Valladolid el 21 de diciembre del año pasado, pero en la mañana del mismo día fueron presos los conspiradores. Afortunadamente, mostraron ante sus captores tan buenas artes para defender sus argumentos, que obtuvieron la libertad.

La rebeldía, sin embargo, no ha cesado. El gobierno no puede silenciar las juntas que se efectúan en Querétaro y San Miguel. El movimiento insurgente es ya imparable. Aquí, en mi ciudad natal, las reuniones se realizan constantemente. En el piso superior de la casa de mi hermano Domingo se organizan animados bailes al mismo tiempo que, en el entrepiso que está a espaldas de la misma vivienda, nos reunimos secretamente los hermanos Aldama, Francisco Lanzagorta, Abasolo, Manuel Cabeza de Vaca y otros para planear un levantamiento contra el virrey Lizana y Beaumont, quien obedece ciegamente a los franceses. Somos precavidos, pintamos en la puerta del entrepiso unos números con una secuencia extraña y sólo quienes los desciframos tenemos derecho a pasar.

Como bien saben, no sólo los criollos de clase media ansían la independencia, también los criollos latifundistas y mineros, pues ya no quieren compartir sus riquezas con los peninsulares.

En alguna ocasión les mencioné que una de las primeras personas que invité a participar en nuestro movimiento fue don Miguel Hidalgo y Costilla, cura de la parroquia de Dolores. Es un hombre de gran ilustración, cuya prudencia es proverbial y su cercanía con sus feligreses es innegable. Afectado enormemente por la pobreza en que vivía su comunidad, plantó en su curato fábricas de loza y tejidos, y fomentó el cultivo de la morera. Además estableció una escuela de música y organizó funciones de teatro. ¿Habían imaginado una obra de Molière traducida y representada por un cura en el pueblo de San Felipe Torres Mochas? Es indispensable que un sacerdote tan digno y respetable se una a nuestro movimiento. Don Miguel Hidalgo no ha resuelto aún tomar parte en empresa tan arriesgada. Me ha respondido blandamente. Está persuadido que los autores de semejantes empresas no gozan su fruto.

He escrito varias cartas a mis amigos de confianza con el fin de que se unan a la insurgencia. Envié unas líneas a mi hijo Indalecio y está dispuesto a unirse a la rebelión, programada para los últimos días de septiembre. Mi estrategia consiste en organizar una campaña militar rápida, hecha con las tropas de los batallones y regimientos, para que combatan en forma disciplinada, con mucho orden, a favor de la libertad. Se trata de ganar al ejército y a las autoridades de las provincias. En la trastienda de los hermanos Epigmenio y Emeterio González, estamos reuniendo y fabricando el armamento necesario para iniciar la insurgencia.

Mi preocupación es aumentar el número de conjurados. Desgraciadamente mis paisanos hacen el sordo. A causa de esta situación, me he visto obligado a tender mis redes más allá de San Miguel: en Querétaro, San Miguel, Guanajuato, Celaya. Para iluminar mi perspectiva de los acontecimientos, ruego me manden a la brevedad su respuesta.

Con el mayor de mis respetos.

Capitán de regimiento Ignacio Allende

Querétaro a 9 de marzo de 1810.
Estimado capitán Ignacio Allende:

Seguramente el señor corregidor ha respondido ya a su amable carta. Por mi parte, cuando me enteré que llegó usted a esta ciudad, decidí enviarle esta misiva a través de Apolonia, criada de mi familia. Me dirijo a usted de manera personal porque sé que comparte mis ideales de libertad y no se detendrá ante nada. Su osadía me inspira, es usted un baluarte para la causa. Necesito su fuerza. Estamos conspirando contra el yugo hispano y tanto mi vida como la de los míos corre peligro. Vivo en constante angustia. ¿De dónde saca usted ese aplomo? Mi marido anda incierto. La posibilidad de un levantamiento armado le ha sacado canas verdes. Sus armas son la política, las juntas, los manifiestos, la legalidad. Odia la violencia y el derramamiento de sangre. Ha sido funcionario del virreinato desde hace dos décadas y quiere evitar un enfrentamiento directo. ¿Está usted seguro que el levantamiento armado es el mejor camino?

Al igual que en San Miguel el Grande, las reuniones se realizan cada vez con más frecuencia. El número de asistentes aumenta, así como el peligro de ser descubiertos. Para evitar sospechas, cambiamos continuamente de lugar. Además de acudir a la casa del presbítero don José María Sánchez y de su sobrino Juan Nepomuceno Mier y Altamirano, se han realizado reuniones en la casa del licenciado Lorenzo de la Parra en la calle de la Cerbatana número 4; en la calle de Serafín número 8; en el Callejón del Ciego número 2; en la Plaza de San Francisco número 2; y en la tienda llamada La Concepción, de los hermanos Epigmenio y Emeterio González, y que usted suele frecuentar.

En cuanto a los acontecimientos de esta ciudad, luego de un largo y tedioso trámite, Miguel logró enviar a prisión a Fernando Romero Martínez. Usted debe conocerlo. Es uno de los españoles más ricos y arrogantes de esta región. Por este hecho y por muchos más, que su merced conoce bien, la hostilidad de los peninsulares hacia el corregidor ha aumentado. No lo quieren ver ni en pintura.

Sé poco de usted. Cuénteme, tengo la misma curiosidad de un viajero por explorar su territorio. Por mi marido sé que usted es viudo. ¿Con quién pasa sus días? ¿Vive con sus padres? ¿Lo acompañan sus hijos? No me juzgue mal, pero me han dicho que además de su afición por los toros, es un asiduo jugador. Solicito a usted la mayor privacidad y reserva en este intercambio epistolar.

Quedando a la espera de su respuesta
lo saluda, con el mayor de los afectos.
Josefa Ortiz de Domínguez

San Miguel, a 4 de abril de 1810.

Excelente señora:

Soy el más dichoso de los caballeros por recibir carta suya. Me pregunta usted si mis hijos viven conmigo. Le respondo. Sólo Guadalupe, y hago una aclaración pertinente: mis hijos fueron bautizados como naturales y eso de ninguna manera les resta valía. No hay nada más natural que un hijo. ¿No cree? En cuanto a mi pasión por el juego, le respondo que me place especialmente jugar malilla, pero no al grado de enviciarme.

Su merced me conoce poco y quisiera hablarle de mi persona: soy hijo legítimo de españoles y elegí ser militar por convicción propia. Ingresé al regimiento provincial de Dragones de la reina y durante muchos años serví a la corona española. Pero, estando en Jalapa, hace más de tres años, tuve la certeza de que la tierra que pisaba era de los que nacimos aquí. Por tanto, debemos luchar por nosotros mismos y no por los extranjeros. Sin empacho, pinté con letras grandes sobre una casa de campaña la leyenda: "¡Independencia, cobardes criollos!" Algunos me tacharon de traidor. Otros mostraron simpatía por las ideas independentistas, como mis muy apreciados Juan Aldama y Mariano Abasolo a quienes conocí en ese entonces.

Por fortuna, después de efectuar varios viajes a Dolores para platicar con el cura Hidalgo y asegurarle que trescientos hombres de Querétaro y haciendas aledañas están dispuestos a participar en el movimiento, ha aceptado, ¡por fin!, unirse a los conjurados. La participación del cura en nuestro movimiento es venturosa. Está tan cerca del pueblo que lo contagiará de su sabiduría, pero sobre todo de esa astucia que lo ha hecho ganar el sobrenombre de El Zorro. Más que devoción religiosa, el cura inspira pasión libertaria. Tiene facilidad de discurso y se refiere a los sucesos políticos con entusiasmo. Critica el despotismo del gobierno monárquico y sueña con una libertad a la francesa. Desea fervientemente que mejoren las condiciones de los indios y de las castas. Mandó construir veinticinco lanzas en Dolores y en Santa Bárbara, y estableció comunicación con Juan Garrido, tambor mayor, y con dos sargentos del batallón de Guanajuato, para ganar su tropa. Se habla de un total de tres mil personas entre Dolores, San Miguel y Querétaro, prestas a luchar a favor de nuestras ideas.

Como podrá imaginar, durante mis años en la milicia he participado en varias contiendas. En una de ellas me rompí el brazo izquierdo y hasta la fecha me causa una rabiosa fatiga. Agradezco a Dios, sin embargo, que mi brazo derecho está sano y con él pueda escribir a usted, magnífica señora, estas líneas.

La saluda con afecto y mucho
merecimiento, su fiel servidor.
Ignacio Allende

## 52.

En la cocina, Apolonia llenó el balde con agua caliente y luego se dirigió al pequeño cuarto donde Josefa tomaba un baño. Con delicadeza vació el agua dentro de la tina y colocó una toalla limpia sobre un perchero.

—La gente habla, habla mucho, Apolonia —comentó Josefa. La espuma había crecido y un vapor pegajoso inundaba el lugar—. La misma Justa Aldama se refiere a Ignacio como un donjuán, un libertino y toda clase de sinónimos que comprometen su honor. Mi comadre iza una bandera contra la inmoralidad y me la restriega en la cara. Me culpa de ser infiel, de traicionar a su querido compadre, tan culto, tan bueno, tan serio.

¿Te parece justo? Puras calumnias. Dice que las señoras creen, las muy ilusas, que Allende visita a María Ignacia por ser un ángel, por hermosa, pero también dice mi comadre que no cree esas patrañas y que es a mí a quien visita ese Dragón que, dicho sea de paso, reconoce la muy lasciva, tiene un atractivo indiscutible y una seguridad que ya quisieran muchos hombres. Yo niego todo, Apolonia. ¿Quién le da el derecho de juzgar mi intimidad? Tú has sido testigo, nana, de que el capitán Allende comenzó a frecuentar esta casa para apoyar la conspiración. Nada más. Organizamos juntos a un grupo de mensajeros del pueblo, cuya lealtad era patente, para difundir nuestras ideas y proclamas: comerciantes, empleados, viajeros que simpatizaban con la causa y distribuían por toda la región escritos que unían a los adictos a la independencia en un sentir común. Inventamos seudónimos y claves para no ser reconocidos. Pepita y Domingo solían apoyarnos. María Ignacia y José María Florencio, curiosos, escuchaban nuestras pláticas. Miguel María, deslumbrado con la espada y los galones que portaba Ignacio, solía llenarlo de preguntas. Quería ser Dragón de la reina. Ignacio prometió enseñarlo a montar y manejar las armas. El corregidor accedió. Había notado en su hijo ciertos desplantes femeninos y el ofrecimiento del capitán era un medio para convertirlo en hombrecito.

Mientras Apolonia le lavaba el cabello lentamente, Josefa recordó con entusiasmo los días que había llevado a su hijo a la Alameda, cerca del cuartel, para que tomara sus lecciones. Cada mañana Ignacio había ordenado que la banda militar, que ensayaba en el kiosco, tocara para ella una serenata. Tan sonoro era su cortejo que el hombre se adueñó de su corazón. A sus diez años, Miguel María resultó ser un jinete habilísimo. Algunas veces, Josefa acompañaba a su hijo en sus recorridos, compartiendo la misma montura que Ignacio, abrazándolo fuertemente, paseando entre los árboles frutales de las huertas, embriagándose con los olores cítricos que despedían las hojas. Con el corazón agitado, recordó el día en que Miguel María se había escapado con el capitán Aldama a la montaña, e Ignacio se atrevió a invitarla a la cascada. Para calmar los efectos de los hirientes rayos el sol, se sentaron sobre unas rocas y se dejaron empapar por el torrente de agua. El capitán se quitó la casaca y ella debió despojarse de algunas de las basquiñas que traía bajo la saya. Fuera de la mirada del mundo, se atrevieron a proclamar su propia independencia. Se abrazaron y besaron desaforadamente. Fueron cómplices de la misma idea de libertad. La poseyó con pasión, como si se lanzara a la conquista de un territorio mil veces añorado. Vivieron esos instantes sin mirar el horizonte, sin promesas, sin pensar en el porvenir. Debieron regresar al cuartel apresuradamente y separarse.

La nana entró callada, pisando apenas el suelo, como un ángel.

—Ya va a ser hora de cenar, señora.

Josefa intentó evocar de nuevo las escenas de amor con Ignacio, pero en su lugar aparecieron escenas de guerra. Fusiles y sangre. El capitán Allende debería iniciar una rebelión. ¿Lo volvería a ver? Se persignó, rogó a Dios por él, por él, por él. Apolonia vació otro balde con agua caliente y la corregidora sumergió la cabeza para olvidar sus congojas. Al salir miró a la nana. Muchos años habían pasado desde que la conoció. Apolonia ya no era la india fuerte y recia que había conocido. Se movía con lentitud y comenzaba a crecerle una joroba.

—Quédate, nana. Necesito hablar, desahogarme. A nadie puedo contarle esto más que a ti. Miguel se dio cuenta de que Ignacio venía a casa a la hora de las audiencias, cuando sólo yo podía atenderlo. Para colmo, el cochero habló de más: le dijo que las lecciones de Miguel María eran un pretexto para pasear con el capitán Allende.

—¡Dios nos libre! —exclamó la criada mientras tallaba con el cepillo la espalda de su patrona.

—Lo cierto es que Miguel encolerizó. Celos furiosos lo desquiciaron. Nunca lo había visto gritar así. A causa de las continuas visitas de Ignacio a las casas reales, los vecinos habían propagado infinidad de calumnias. Un escándalo. Me llamó "libertina" y "descarada". Me humilló sin piedad. Como castigo me prohibió terminantemente salir de casa y realizar cualquier actividad política. Por supuesto, las visitas de Ignacio Allende y las clases de Miguel María se suspendían para siempre. Se encargaría él, mi marido, de escribir un mensaje al militar tachándolo de traidor, de indigno y otros adjetivos que no quisiera mencionar. ¿Por qué no lo retó a duelo? Quizá porque Ignacio era una de las cabezas de la conspiración que mi propio marido estaba apoyando. No lo sé. Nunca lo sabré. ¿Por qué me miras así, Apolonia?

La criada no dijo nada. Tomó un paño y lo empapó en una mezcla de cera blanca, previamente derretida, esperma de ballena y espíritu de vino.

—Ya está caliente.

—Dámelo, Apolonia, y pásame también ese espejo, a ver si esta vez sí se me borran las patas de gallo.

Sobre el azogue vio a una mujer entrada en años. La mirada, sin embargo, era la de la niña que jugaba con los fardos de tela, la alumna traviesa de la escuela Amiga, la que se atrevió a pasear con el Mulatico. Dos ojos vivaces, dos faroles de luz perpetua iluminaban su rostro. Pensó en Miguel. Pese a su ira, nunca la echó de la casa familiar. Sin embargo, el distanciamiento fue notorio. No le dirigía palabra, la ignoraba. ¿Qué tanto sabía su marido? ¿Se había enterado Miguel de la infidelidad de aquella tarde en la cascada? Josefa era capaz de enviar información secretísima a los insurgentes, conocer el rumbo que tomaba un ejército o la cantidad de parque; sin embargo, nunca conoció a fondo los sentimientos más íntimos de su marido. ¿Por qué la mantenía a su lado?

—Josefa, ya son las seis y está por llegar el sastre que le va a coser a María Manuela su trajecito para la fiesta —gritó Pepita desde afuera.

La mujer salió de la tina. Mientras se ponía la ropa interior, una camisa blanca alargada que le llegaba hasta las rodillas y un pantaloncillo color carne, pensó en el rostro dulce de María Manuela. Pepita se había encargado de enseñarle el silabario y, ahora que sabía leer y escribir, se le haría una fiesta donde sería coronada de azahares y recibiría como regalo unos muñecos, pequeños enseres de cocina, cajita de costura, escoba y sacudidor.

53.

Querétaro, a 8 de agosto de 1810.
Mi muy querido Ignacio:

Le escribo con un nudo en la garganta. No podremos vernos más. Miguel me lo prohibió. Si bien sus continuas visitas han sido necesarias para la consecución de nuestros objetivos, para el corregidor han significado un sinfín de celos y reclamaciones. Me culpa de recibirlo en casa cuando él no está. Dice que el asunto del levantamiento en Querétaro es un pretexto para encontrarnos, que no sé nada de armas ni de estrategias militares, que es un asunto que usted debe tratar directamente con Arias. Por más que le explico a mi marido que mi labor de informante ha sido fundamental y que he logrado convencer a mucha gente de apoyar el levantamiento que se llevará a fines de este mes, se niega a escucharme. Su indignación crece día a día. Cuestiona los métodos que usted ha propuesto: financiar el movimiento con los caudales de los europeos le parece atroz.

El número de espías ha aumentado y mi congoja es grande. Debemos estar alertas. ¡Haga algo, cualquier cosa, para paliar mi angustia! A pesar de estas contrariedades, sigo fiel a la lucha. Estoy consciente de que es una labor de mucho cuidado y de que un paso en falso nos puede mandar a las picas de Santo Domingo. El tribunal de la Inquisición está persiguiendo no sólo a los infidentes sino a los subversivos, a todos aquellos que sean desleales al gobierno. ¡Que Dios se apiade de nosotros! Hay noches en que no puedo conciliar el sueño pensando en las consecuencias de mis actos. ¿Triunfará nuestro movimiento? Dígame que sí, se lo suplico. Mi fuente de esperanza se está secando. Sólo le pido a Dios que no lo abandone en la noble misión que está por comenzar. Me despido de usted llena de zozobra. Sé que la calidad de su persona iluminará la turbulencia de los tiempos que nos tocó vivir.

Dios le guarde por dilatados años para mi consuelo.
Josefa Ortiz de Domínguez

San Miguel, a 21 de agosto de 1810
Amada Josefa:

Hace unos días, Francisco Araujo y Ramón Alejo Rincón, adeptos a la causa, dieron muerte a dos de los suyos: un sargento y un cohetero. Luego de cometer los asesinatos trataron de huir, pero Araujo fue aprehendido. A cambio de su libertad, al hombre se le soltó la lengua y delató a algunos de los conjurados. La cosa no paró ahí. El escribano Juan Fernando Domínguez se comunicó de inmediato con españoles prominentes de Querétaro y estos, a su vez, lo notificaron a la Audiencia en México. Lo que me preocupa es que dicha instancia ordenó terminantemente que se espiara a los subversivos y se designaron, para esta labor, nada menos que al infame de Fernando Romero Martínez y a José Alonso, sargento del regimiento de Celaya. Como puedes ver, aunque Romero estaba procesado, es un hombre influyente y seguramente lo liberaron a consecuencia de alguna corruptela. Por todo esto que le cuento, mi querida señora, creo firmemente que debemos apurar el levantamiento. Por lo pronto, los empleados de la tienda La Concepción de los hermanos González acopiaron pólvora, gracias a unos coheteros, y compraron efectos para munición. En total, contamos ya con dos mil cartuchos. Además estamos haciendo acopio de armas.

En Querétaro, el ejecutor principal de la revolución será Joaquín Arias, capitán del regimiento de Celaya. A él lo apoyaré con cuatrocientos hombres que iré a traer de San Miguel y con mil quinientos pesos, producto de mi molino de harina, para gratificar a sus soldados. Lo instruí para que vigile las tropas virreinales que rondan cerca y para que organice, con el batallón segundo de Celaya, la insurrección en Querétaro. Como bien sabe usted, entraremos en acción el 29 de septiembre, encubriendo cuidadosamente nuestros fines: es necesario hacer creer al pueblo que el levantamiento se llevará a cabo únicamente para favorecer al rey Fernando. No se les puede hablar de revolución, pues los curas se han encargado de satanizar el concepto. Para tal efecto, circulará en Querétaro una proclama que hablará al pueblo de la independencia de una España dominada por los franceses, con el eufemismo de "conservar a nuestro augusto y amado Fernando VII". Además, se proclamará al rey Fernando en beneficio de los que caigan presos para evitar que sean juzgados como traidores. Para distribuir dicha proclama entre la gente de Querétaro necesitaré ayuda de los conjurados.

Con gran afecto, su ferviente admirador.
Ignacio Allende

## 54.

Josefa no se atrevió a convocar a una nueva junta. Reunirse a conspirar en ese momento hubiera sido muy arriesgado. Una terrible angustia le había robado la serenidad. La víspera, durante un baile en la casa del señor Carballido, el teniente Juan Aldama le había platicado, visiblemente nervioso, que el conspirador Mariano Galván, al sospechar que el plan había sido descubierto, denunció de forma cobarde y vil la conjura al administrador de correos, don Joaquín Quintana. En la denuncia, el hombre manifestó que en las juntas de los sediciosos se trataban asuntos relacionados con las personas y medios con que se contaba para la revolución, tomando por punto principal la seducción del pueblo y la aprehensión de todos los europeos, quitando la vida a quien se resistiese. También confesó el soplón que el capitán Allende y el mismo Aldama habían asistido a las reuniones, llevando en una ocasión varios soldados y cinco o seis sargentos de su regimiento y que, durante su permanencia en Querétaro, recibían continuamente cartas del cura Hidalgo, cabeza de la insurrección. La situación era gravísima.

Josefa sintió que la cabeza le punzaba. Debía encontrar una manera de comunicar este hecho fatídico a sus compañeros. Finalmente se encerró en su habitación a escribir tres decenas de cartas y luego le pidió a Apolonia que preparara igual número de rollos de dulce de guayaba con el fin de introducir en su interior los mensajes.

Con ayuda de Pepita, envolvió los dulces con papelillos de colores, los amarró con listones y los acomodó sobre la almidonada servilleta de lino de una batea michoacana. Fue su hijastra la encargada de distribuirlos en cada una de las casas de los conspiradores.

Al día siguiente, Josefa recibió un recado urgente del capitán Allende en el que decía con letra temblorosa que se había ordenado, desde la capital, un sospechoso cambio de fuerzas militares y que, por lo tanto, había sido obligado a despedir a sus subordinados y aceptar, en cambio, a los enviados por el virrey. Del último párrafo manaba desesperación:

> ¡Ahora mi propio batallón está formado por enemigos! Seguramente algún chivato les avisó del intento de levantamiento. ¡Temo que llegue una orden de aprehensión contra mí! Parto a Dolores de inmediato para informar al cura Hidalgo estos acontecimientos y tomar medidas de urgencia.

Luego de acabar de leer el recado, la mujer se desplomó sobre su ancha y mullida cama. Esa noche tuvo fiebre y una urticaria que le invadió cara y brazos.

## 55.

No sólo Mariano Galván había traicionado la causa. In artículo mortis el jurista Manuel Mariano Iturriaga de Alzaga confesó al cura Gil de León, en la hacienda Ojo de Zarco, que se planeaba un levantamiento. Por el secreto de la confesión del jurista, el cura Gil de León había guardado información para sí, pero al escuchar la confesión de otro moribundo, Francisco Bueras, de que los sediciosos comenzarían con el degüello de los españoles, corrió a las casas reales y pidió hablar con los corregidores para advertirles del peligro.

A las diez y cuarto de la noche, Miguel Domínguez recibió la fatal noticia de que uno de los más cercanos conjurados los había delatado a él y a su esposa. Por supuesto que el corregidor, aun cuando sintió desfallecer, fingió no saber nada del asunto y prometió investigar a fondo. Después de despedir al mensajero de su desgracia, le dijo a su mujer, visiblemente consternado, que la conspiración había sido descubierta y que, muy a su pesar, tendría que proceder contra Figueroa y los hermanos González, a catear sus casas y, si las circunstancias lo obligaban, a aprehenderlos.

Una maraña de pensamientos atormentaron a Miguel: su poderío se tambaleaba junto con su notable puesto, sus bienes y cordura. En la tienda de Epigmenio y Emeterio González había porción de armas y cartuchos, su obligación como corregidor era catear la guarida. ¿Se atrevería a aprehender a sus compañeros de causa? Ni siquiera el tratado de ética más elocuente podría contestar a la pregunta: ¿Es correcto apresar al justo que, según la ley virreinal, es el injusto? Epigmenio, al igual que su hermano Emeterio, compartían su inconformidad contra los peninsulares. ¿Se arrepentía el distinguido corregidor de ser cómplice de una sedición? No, no se arrepentía, más bien sentía miedo, pavor, un sudor caliente quemando su piel.

—Si no cumplo mis obligaciones como funcionario, ¡me despiden! Debo ser leal a mi cargo. Además debo proteger el buen nombre de mis hijos —vociferó el abogado nervioso.

—¡Tenemos derecho a una patria libre! ¡Ante todo están los principios! —expresó Josefa contundente e irrebatible— ¡No te atrevas a traicionar a los nuestros!

—¡Esto nos va a costar el pescuezo! ¿No lo ves? El cura Gil de León está tan asustado que propagará la noticia. En pocas horas, el virrey se enterará de la conjura y estaremos perdidos —manifestó el hombre, atemorizado. Su boca estaba totalmente seca.

—En lugar de apresar a los conspiradores y obedecer mansamente las órdenes de los chapetones —expresó colérica—, deberías instigar al capitán Arias a que levante a sus hombres.

—¿Estás loca? La conspiración fue descubierta. ¿No lo entiendes? Cualquier intento de revolución será reprimido duramente.

—¡Entonces debemos dar aviso al capitán Allende y a Juan Aldama para que adelanten el levantamiento en San Juan!

—Ya veo. Lo único que te interesa es salvar a los insurrectos, especialmente a Allende, ¡no lo niegues! —expresó con honda amargura—. ¿Y yo? ¿Y tus hijos?

—Son mi vida, ya lo sabes. Ahora lo que importa es que los soldados acantonados en esta región den el grito libertario.

—¿Quieres que nos ahorquen? Yo sé cómo actuar. Confía en mí —declaró con una mezcla de orgullo y horror.

—Miguel, te lo suplico…

—No quiero escucharte —gritó frenético y se dirigió al zaguán. Ahí, parado sobre la línea que dividía su hogar del resto del mundo, se detuvo unos segundos. La sangre bullía dentro de su cuerpo. La vista se le había nublado. De pronto, el furor rabioso de los celos reapareció. Los deslices amorosos de Josefa lo habían lastimado profundamente. ¿Sería capaz de volverlo a engañar? Temeroso de que su mujer pudiera cometer alguna imprudencia, se aseguró de echar llave al portón y de colocar los maderos para asegurarlo por fuera.

"No vaya a ser que cometa una locura la fogosa de mi mujer", dijo para sí, muy quedo, desconfiado hasta la médula. Josefa era capaz de volar a San Miguel y, sin el menor escrúpulo, buscar a Allende para avisarle que estaba en peligro.

Del otro lado del portón, la corregidora, aislada del mundo, protestó, rogó, amenazó. Golpeó la madera ensamblada por manos indias.

—¡Déjame salir! ¿Por qué me haces esto, Miguel? ¡No te vayas!

En el extremo norte de la casona, el gallinero se alborotó.

—No me dejes sola. ¿De qué lado estás? ¡Traidor!

En el lado poniente, las presas del calabozo gritaron majaderías. En las habitaciones del segundo piso, tres, quizá cuatro de sus hijos, se levantaron y corrieron por los pasillos cual trompos chilladores.

—¿Me escuchas, Miguel? ¡Ni se te ocurra la idea de catear las casas de nuestros compañeros!

En la calle, Miguel dio unos pasos. Escuchó las súplicas de Josefa y retrocedió. En su mente se agolparon innumerables imágenes de la misma mujer: Josefa en el Colegio de las Vizcaínas, Josefa pariendo el séptimo hijo, el décimo, Josefa leyendo libros prohibidos y convocando a juntas secretas, Josefa incitándolo a la rebelión. Por unos segundos, el corregidor dudó, deseó regresar, abrir el portón y abrazarla, pero dejó que el destino siguiera su curso.

—El coche está listo, su merced.

A través de la ventanilla, Miguel fijó sus ojos en las fachadas de cantera. La luz casi extinta de las velas iluminaba las ventanas. La ciudad ignoraba los pesares de su corregidor. En el cielo la luna menguó. El abogado debía obedecer la misión encomendada por la autoridad virreinal: arrestar a los sediciosos. Cumplir con su deber, el deber ser como una consigna más fuerte que sí mismo. Los caballos trotaron sobre el empedrado al tiempo que la incertidumbre le arrugaba la frente. La conspiración, la suya, la de Josefa, la de los criollos, había sido descubierta y le habían ordenado, a él, que también era conspirador, apresar a los rebeldes. Algo olió mal: un pedazo de excremento se había adherido a la suela de su zapato antes de subir al carruaje. El peligro era inminente y la situación apestaba. Ni siquiera la luz que irradiaban los faroles de aceite servía para alumbrar su desgracia.

En las casas consistoriales, envuelta en la penumbra, la corregidora se arrancó la peineta y la aventó lejos. Vencida, cayó de rodillas sobre el piso de frías baldosas. Su cabeza estaba a punto de estallar. Ya nada sostenía a nada. Respiró: uno, dos, tres, seis, diez. Se irguió. Ella nunca se dejaba caer. Se levantó y atravesó el patio oscuro rogándole a Dios que le diera fuerza. Afuera, lejos, escuchó el ladrido de los perros y luego, una voz anónima gritándole a la noche: ¡Ave María Purísima, las once y sereno!

Josefa no podía pensar en el rostro de su esposo, sólo en la espalda, una espalda que le dio la espalda, un pedazo de torso donde hubiera deseado escribir mil reclamos: "No encarceles a los conspiradores, tú también eres sedicioso; no nos traiciones; deja de ser corregidor de otros y corrígete a ti mismo". Subió las escaleras pesadamente, como si el hecho de tener cuerpo en esos momentos le estorbara, y sin saber qué hacer, hacia dónde dirigirse, acudió por inercia maternal a la habitación de los pequeños. Por fortuna rezaban sus oraciones nocturnas sin imaginar en lo más mínimo la pesadilla que se vivía en casa.

Abrumada, la mujer arrastró sus pasos hacia su habitación y se derrumbó sobre la cama. Un revoltijo de pensamientos clamaron dentro de su cabeza: ¿Y si encarcelan a mi amado Ignacio? ¿Y si apresan al cura Hidalgo? ¿Y si se frustra el levantamiento programado para la feria de San Juan? ¿Y si catean las casas de los conjurados... la del licenciado Lorenzo de la Parra, la del presbítero don José María Sánchez, la de don Ignacio Villaseñor, la de los hermanos González? ¡Qué desgracia! Arriba, en el dosel de la cama no había respuestas, sólo un cielo de raso azul, helado.

—No me voy a dejar vencer —dijo para sí una y otra vez—. No. Llorar nunca. Las mujeres no lloran, porque si lloran tanto como necesitan llorar, se secan.

Josefa sintió frío. Adentro de su adentro sólo había desolación. ¿Sería capaz el alcalde Ochoa de apresarla? ¿A ella, la corregidora? ¿La que se transforma en arpía si le pican la cresta? ¿La que debajo de la cresta lleva cargando las ideas lustradas e ilustradas? Mejor esconder evidencias: sacar de su baúl personal los libros prohibidos por la Inquisición, los documentos, las cartas, y llenarlo con baratijas de señoras fatuas.

No podía permitir que apresaran a sus compañeros de causa. ¡Debía alertarlos! Pero… ¿cómo? Miguel la había abandonado. No podía concebir que en ese mismo instante su marido se dirigiera a la tienda La Concepción para arrestar a Epigmenio y a Emeterio, compañeros de causa. Imaginó a Miguel abriendo la puerta tapiada con tercios de algodón y mostrando a los traidores la gran cantidad de cartuchos, armas y lanzas que con tanta cautela habían reunido los rebeldes. Sintió tristeza, coraje, impotencia. Los latidos de su corazón retumbaron. En el espejo descubrió a una Josefa con un rostro desconocido, con los rasgos desfigurados por la angustia. En su corazón crecían como espinas los odios hacia el marido. ¿Por qué insistía en encerrarla? Ella había estado tan activa como él en la conspiración, había movido mar y tierra para secretearse, chismear, instigar, conspirar, para urgir los ánimos, para planear el levantamiento. Más activa que él, más abierta, más cínica. Recorrió la casa pidiendo un milagro, hincándose ante cada virgen. Implorando misericordia. Pidió a los ángeles sus alas para llevar un mensaje hasta Dolores, una boquita de querubín para decirles que la conspiración había sido descubierta vilmente a causa de unos cuantos conjurados convertidos en míseros soplones. Rogó a los santos que, con sus auras y dones, gracias y aureolas, abrieran el zaguán. Fue en vano.

Sólo el Espíritu Santo atendió sus reclamos. Por su obra y gracia la corregidora se acordó del alcaide Pérez. Días antes había convenido con él que, en caso de estar en peligro, le enviaría una señal. La vivienda del alcaide estaba contigua al gabinete del corregidor, así que Josefa entró y buscó algún objeto con el que pudiera golpear la pared. Hurgó entre los cajones, pero sólo había papeles. Probó con los nudillos de sus manos. El sonido se apagaba. Desesperada se sentó de golpe en un taburete. Un retortijón le encogió el estómago. Se dobló de dolor. Lágrimas de desesperación empaparon su enagua, las medias de seda y el fino raso de sus zapatos. Hilos de agua salada mojaron las flores de chaquira y el lazo de damasco, las suelas y los pasos que la habían llevado desde su estancia en el vientre de su madre hasta ese momento insoportable de su vida.

Entonces se fijó en un tacón, fuerte y bien construido. Miró el otro. Apresuradamente, se quitó un zapato y golpeó la pared. Una, dos, tres veces. Ansiosa, esperó la respuesta de su cómplice. Volvió a tocar. Nada. Una vez más. Con los dos tacones. Nada. El silencio era tan silencio que desquiciaba. Al fin, Ignacio Pérez respondió con golpes desmesurados y salió de su habitación para investigar la emergencia. Tuvo que salir por la puerta de la cárcel hacia el exterior del edificio y luego caminar un corto tramo en la calle para acercarse a la fachada de las casas consistoriales. El cielo se había atestado de estrellas y la luna lucía plena, con una redondez luminosa.

El zaguán estaba cerrado y el hombre intentó en vano quitar las quicialeras, los pernos, las bisagras. De pronto, a través del ojo de la cerradura escuchó su nombre: "¡Don Ignacio! ¡Don Ignacio!". Era la voz de la corregidora. Para escucharla mejor, el alcaide pegó su oído a la madera. Olía a humedad y a polvo.

Con el alma en un hilo, la mujer le informó que estaban a punto de aprehender a los hermanos González y a todos los implicados.

—¡Dios mío! ¡Qué terrible! Dígame, señora, ¿qué quiere que haga? —respondió, temblando de miedo.

—Vaya usted ahora mismo a San Miguel, corra, vuele, avise de inmediato al capitán don Ignacio Allende que la conspiración ha sido descubierta. Que si no adelantan el levantamiento será víctima muy pronto de los enemigos de la libertad —la voz femenina sonaba a orden y a lamento, como una marcha militar que desembocara en acordes fúnebres.

—Señora, no tengo auxilios ni recursos —protestó.

—¡Vaya usted y haga como pueda! —gritó impetuosa.

El alcaide prometió obedecer. Si estaba en sus manos ayudar a la insurgencia, ayudaría, así que, atribulado, caminó unos pasos. La calle estaba desolada. No sabía qué hacer, ¿cómo trasladarse a San Miguel el Grande? Afortunadamente vio un caballo ensillado a la puerta de una barbería y sin pedir permiso, montó en él y fue a cumplir con la tarea encomendada. Solo, sin provisión de agua ni de alimentos, el hombre cabalgó sin tregua. La luz de la luna lo acompañó en el camino. Acostumbrado a pasar sus días en los espacios asfixiantes de la cárcel, disfrutó la extensión infinita de las llanuras. ¿Era eso la libertad? Su misión era importante: portar un mensaje decisivo para el levantamiento, un aviso de vida o muerte. Varias veces repitió para sí el mensaje de Josefa: "Pérez, vaya a San Miguel, avise al capitán Allende que la conspiración ha sido descubierta… que si no adelantan el levantamiento… la conspiración descubierta".

En Querétaro, Josefa permanecía despierta. Había pasado horas en el oratorio, rogando a Dios que protegiera la causa justa de la independencia. La incertidumbre la invadió: ¿Asaltarían al alcaide en el camino? ¿Lo atacaría alguna bestia? ¿Lo perseguirían los enviados del virrey? ¿Llegaría sano y salvo con el mensaje? Oró fervientemente por la vida de Ignacio. ¿Lo habían descubierto? ¿Estaba preso? Ahora más que nunca extrañaba su presencia, pero el movimiento libertario, que ellos mismos habían propiciado, los separaba sin misericordia.

Era medianoche cuando el alcaide Pérez llegó exhausto a San Miguel. Había recorrido dieciséis leguas.

## 56.

Miguel Domínguez regresó a las casas consistoriales y se encerró en el despacho. Solo, pusilánime, se sintió asediado por reflexiones tormentosas. ¿Por qué se dejó contagiar por el entusiasmo de los conjurados? Él siempre había luchado por los desprotegidos, a su manera, con el arte de la palabra y de la tinta. Sin armas. Había sido defensor ferviente de los trabajadores de las fábricas textiles: indios, negros, mestizos que laboraban en terribles condiciones, dentro de cuartos húmedos y oscuros, trabajando más de doce horas diarias, recibiendo azotes. Había entrado en conflicto con los dueños de estos obrajes de paños. Tenía su propia manera de luchar. ¿Para qué arriesgar su vida con el uso irracional y hasta vulgar de la violencia? Como corregidor de la ciudad de Querétaro tenía la obligación de reprimir los disturbios, pero su alma criolla había simpatizado con los rebeldes. Era diestro en el manejo de las leyes, pero no había aprendido a concertar las órdenes autoritarias del virrey con los deseos turbulentos de los subversivos.

Josefa había permanecido en vigilia rezando por la insurgencia. El miedo la mantenía alerta. ¿Con quién desahogar su angustia? En cuanto se dio cuenta de que su marido había regresado, se atrevió a tocar la puerta del despacho.

—¿Qué sucedió? ¿Los apresaste? —preguntó nerviosa desde afuera.

Miguel no quería hablar. Sentía vergüenza por la acción cometida. Sentía una gran desilusión por verse obligado a realizar diligencias tan penosas; además, temía que a consecuencia de esta aprehensión, los trabajos de los rebeldes hubieran sido en vano.

—Cuéntame, esposo. Tengo derecho a saber —exigió—. ¡Abre de una vez la puerta!

—Te juro que intenté realizar un cateo superficial, pero fue imposible —expresó Miguel gritando desde adentro.

—Por favor, Miguel. ¡Déjame entrar!

—Pasa, mujer —dijo agobiado, sin atreverse a mirarla de frente.

—Cuéntame. ¡Por Dios! ¿Qué pasó?

—El comandante García Rebollo y yo entramos, custodiados por dos soldados, a La Concepción. Epigmenio estaba visiblemente nervioso. Al principio, no vimos nada extraño en la tienda, así que ordené al comandante y a su tropa que nos fuéramos del lugar. Sin embargo, el comandante, impertinente, me detuvo del brazo para decirme que el cateo debía hacerse con mayor escrupulosidad. Le pareció extraño que una de las puertas estuviera tapiada con tercios de algodón y le exigió a un soldado que la derribara de inmediato.

—¡Santo Dios! —exclamó Josefa.

—Pasamos entonces a una habitación donde estaba un hombre escondido bajo unas mantas, de nombre Francisco Cervantes y junto a él, más de dos mil cartuchos, varias armas blancas y de fuego, una escopeta cargada, astas para lanzas, una lanza armada, un molde para hacer balas.

—Prueba suficiente para encerrar a los hermanos González en prisión —comentó totalmente desalentada.

—No sólo a ellos. ¡A ti, a mí, a todos nuestros cómplices! —gritó desesperado el corregidor—. En la tienda encontramos también varios apuntes donde se manifestaban los planes para realizar una insurrección, una lista de los sujetos europeos y criollos que habían de ser aprehendidos o asesinados, correspondencia con el capitán Ignacio Allende donde quedaba clarísimo que la conjura iba a ser armada y un dibujo de un águila americana en ademán de haber vencido a un león de España.

—Dime más —ordenó atribulada.

—Ante la rotunda evidencia, lo único que deseaba era desaparecer, ¡huir de aquella fatídica trastienda! Sin embargo, García Rebollo ordenó que abrieran todas las piezas de la casa. Esto arrojó como resultado más cartuchos, porción de municiones y pólvora. Por desgracia me vi obligado a aprehender a Epigmenio, a Emeterio, a un carpintero, a un cajero y a la esposa de este último.

—No sé qué decirte, Miguel. Apresaste a los nuestros —manifestó quedo, defraudada. Su marido había jugado a ser su enemigo y lo desconocía.

## 57·

Apenas amaneció, la corregidora mandó a Pepita a que fuese a ver, acompañada del presbítero Sánchez, al capitán Arias, con la recomendación de dar principio inmediatamente al levantamiento. Cuando llegaron con Arias, éste le respondió de manera desabrida:

—Mire, jovencita. Me vi comprometido en aquel plan por haberme fiado de quienes no debía. Dígale a su señora madre que ya tomé otro partido, que no espere nada de mí —declaró, cínico, y luego de despedir al cura y a Pepita, corrió a denunciar a la corregidora ante el alcalde Ochoa.

Al enterarse de la respuesta, Josefa quedó sumida en una cruel incertidumbre. Arias era un traidor. Lo maldijo. ¿Por qué los había traicionado? Seguramente había sentido pánico de ser arrestado y torturado.

Por la tarde, cuando Domingo Sereno llegó a visitar a Pepita y a su madrastra, el mestizo les informó que Ochoa había escrito una carta al virrey Venegas informando que un escuadrón de Dragones de la reina de San Miguel el Grande, comandado por Ignacio Allende, iría con cuatrocientos hombres a Querétaro para sorprender a todos los europeos. Mencionó también que, además de los Dragones, contaban con las fuerzas de las villas de San Felipe y de las haciendas circunvecinas.

—¡Dios nos proteja! — exclamó Josefa contrariada.

—El único consuelo es que Venegas no ha tomado el mando; apenas desembarcó en Veracruz y tardará unos días en llegar a la capital. Tal vez no ha leído el informe de Ochoa.

—Aun así, la situación es gravísima —expresó devastada.

Luego de estas noticias, la mujer se retiró a sus habitaciones. Estaba desesperada. No sabía si Ignacio Pérez había llegado a su destino con el recado. Palideció. Imaginó que los españoles fusilaban a Allende, ahorcaban a Hidalgo y la encadenaban a ella sin misericordia.

A medianoche, el alcalde Juan Ochoa llegó intempestivo y autoritario a las casas consistoriales para aprehender a los corregidores, con el cargo de traidores del virrey. En su informe, había delatado a Miguel Domínguez por sus proclamas sediciosas y al "torrente" de su mujer porque "se ha expresado con la mayor locuacidad contra la nación española y algunos dignos ministros, además de que no ha tenido empacho en concurrir a las juntas que convocan los malévolos".

A Ochoa no le fue difícil entrar a las casas reales; era un alto funcionario y los guardias creyeron que iba a realizar algún acto digno de su cargo. Con brutalidad evidente se introdujo no sólo en las dependencias oficiales sino hasta en los dormitorios.

—¡Qué sucede! —gritó Josefa asustada. Temblando de miedo, se asomó al corredor. Un grupo de soldados había subido al segundo piso e irrumpido brutalmente en la habitación del corregidor.

—¿Quién les dio la orden de entrar? ¡Esto es un abuso! —gritó aterrorizado el corregidor.

Sin consideración alguna a la numerosa familia, sin atender a la condición de mujer de la corregidora, sin misericordia para los criados, a quienes también atropellaron, la soldadesca de Juan Ochoa tomó presos a los corregidores entre las protestas airadas de los hijos mayores y el llanto de los pequeños.

Llevaron al corregidor primero al convento de San Francisco, pero como tardaban en abrir lo llevaron al convento de la Cruz. Por su parte, Josefa fue puesta en la casa del propio Ochoa y, enseguida, en el convento de Santa Clara. Los demás presos fueron llevados a los conventos del Carmen y de San Francisco: el licenciado Lorenzo de la Parra, el presbítero José María Sánchez, el licenciado Juan Nepomuceno Mier y Altamirano, don Antonio Téllez, el licenciado Mariano Lazo de la Vega y don José María Buenrostro, entre otros.

Preocupado el señor corregidor por la suerte de su esposa, trató de enviarle un recado escrito en el que le decía que no confesara nada, pero el papel cayó en manos de sus enemigos y fue una prueba más de la participación de los esposos en la conjura.

En el convento, los días pasaban tristes y monótonos. Para olvidar el profundo dolor que le causaba estar separada de los suyos, Josefa acudía a veces al estudio para escribir, con el papel y la tinta de las clarisas, sus vivencias: "Gracias a mi calidad de dama principal, me enviaron a un convento y no a una cárcel pública con lo que se confirma el dicho: 'Dios aprieta, pero no ahorca'. El convento de Santa Clara parece una pequeña villa con calles interiores, iluminadas por farolas, pequeñas plazas y capillas comunes. Cuenta también con refectorio, jardines y una sala para costura y estudio. Mi celda, al igual que las de las monjas, es de dos niveles y cuenta con dos habitaciones: una para mí y otra para una criada. El templo y los locutorios del convento son los únicos espacios abiertos al exterior. En los coros alto y bajo del templo, separados del resto del conjunto por una reja, me reúno con las monjas para participar en los oficios religiosos. Por mi calidad de presa tengo prohibido recibir la comunión, además de que debo pasar varias horas, diariamente, en la sala de penitencia. Lo que más me angustia es estar incomunicada. Recibo muy pocas noticias de los alzados. ¡Poquísimas! ¿Sigue en pie el movimiento? ¿Y la libertad? ¿E Ignacio? ¿Había luchado encarnizadamente? ¿Lo habían derribado? Según las clarisas, los rebeldes tomaron ya varios pueblos llevando como estandarte una imagen de la Virgen de Guadalupe. ¿Será verdad? Son muchos los rumores. De lo que estoy segura es que el gobierno atacará sin misericordia a sus oponentes. Dios los proteja".

## 58.

El alcalde de la sala del crimen, un tal Collado, liberó a Miguel Domínguez a los pocos días de estar preso, por no encontrar pruebas suficientes de su culpabilidad. En cuanto a doña Josefa, diez mil indios comandados por el cacique Anastasio Luna, amenazaron al tal Collado con atacar la ciudad si la señora continuaba en prisión. Así, el 22 de octubre, fue liberada.

La familia la recibió con interminables muestras de amor, pero también con un sinnúmero de advertencias. Le exigían retirarse de las actividades subversivas y entregarse enteramente a su hogar. Miguel le prohibió a su esposa, de forma terminante, estableciera contacto con los insurgentes. No deseaba exponerse por ningún motivo a ser arrestado de nuevo. Sin embargo, debido a los sucesos que sacudían a la Nueva España, fue muy difícil para su mujer permanecer al margen del movimiento.

A poco de su regreso, doña Josefa fue a visitar a las presas. Luego de ofrecerles medicinas y alimentos, le dio a Gervasia la noticia de que gracias a la intervención del alcaide de la cárcel, podría cumplir su sentencia atendiendo a los enfermos del hospital y convento de San Juan de Dios. La presa se llenó de alegría e intentó besar la mano de Josefa a través de la reja de la prisión.

—Al fin saldré de la oscuridad y podré dar sentido a mi triste vida —exclamó conmovida.

—Te lo mereces, Gervasia. Eres una buena mujer. El día siete de noviembre, el alcaide te llevará a tu nueva casa. Dios te acompañe.

Josefa aprovechó la ocasión para platicar con el alcaide Pérez. La pondría al tanto del movimiento. Por él se enteró que, además de campesinos, se habían unido a los insurgentes grupos de sacerdotes, militares, peones y mineros, y que marchaban todos juntos hacia Guanajuato. Por otra parte, el virrey Venegas había formado ya un ejército de cuatro mil hombres, comandados por Félix María Calleja, para combatir a los insurrectos.

—Dígame, alcaide, la noche en que la conspiración fue descubierta, ¿llegó mi recado a manos del capitán Ignacio? —preguntó ansiosa.

—Llegó, señora. Se lo entregué personalmente en Dolores. Tenga por seguro que su mensaje alertó a los conspiradores de que debían adelantar el levantamiento.

—¡Cuénteme en detalle! —pidió eufórica. El haber contribuido con el levantamiento la llenó de gozo.

—Bien. Luego que salí de Querétaro, galopé toda la noche y llegué al fin a casa de Allende. No lo encontré. Una criada me hizo saber que el capitán se encontraba en el pueblo de Dolores. Le pregunté entonces por Juan Aldama y me dijo que vivía a unas cuantas cuadras de ahí. Al recibir la fatal noticia, el militar sintió un profundo pesar. Él y su hermano eran adictos a la causa desde hace tiempo y temió morir en la horca.

—¿Qué pasó después?

—Aldama ordenó entonces a sus criados que prepararan caballo y provisiones. Me pidió acompañarlo a Dolores para advertir a los jefes de la insurrección del grave peligro que corrían. Yo acepté de inmediato. Era mejor cabalgar dos que uno, pues el camino estaba lleno de ladrones. Llegamos a Dolores en la madrugada del día 15. En la casa del cura estaba el capitán Allende y al fin, señora, pude darle su recado.

Josefa se sintió hondamente afectada. El inmenso orgullo que sentía por la participación del militar en el movimiento, se tiñó, de pronto, de un mal presentimiento. No lo volvería a ver.

—Entramos luego en la habitación del cura Hidalgo. Al escuchar ruidos, se incorporó en la cama y, mientras se enteraba de las malas nuevas, comenzó a vestirse. Al calzase las medias exclamó, notablemente contrariado, que estábamos perdidos y que no había más recurso que "ir a coger gachupines".

—No había alternativa —comentó la mujer con firmeza.

—Bueno, pues, Miguel Hidalgo hizo llamar a su hermano Mariano y a algunos conocidos. Diez de ellos llegaron armados.

—¿Y luego?

—El cura mandó servir chocolate caliente para todos y, entre sorbo y sorbo, nos comunicó su decisión de adelantar el movimiento.

—Hubiera dado mi vida por estar presente —exclamó Josefa con fervor.

—Acto seguido, le ordenó a Balleza y a otros que fueran a aprehender a un sacristán mayor, de apellido Bustamante, un español. También mandó encerrar a todos los comerciantes europeos del pueblo.

—¡Jesús! Dígame más, se lo ruego.

—Hidalgo se calzó las botas de campaña y nos dirigimos a la cárcel local. Al llegar, el cura amenazó al alcalde con una pistola para que pusiera en libertad a los presos. De esta manera se hizo de ochenta hombres, a quienes dio por armas las espadas de las compañías del regimiento de la reina que estaban en Dolores.

—Así que en pocas horas se formó un ejército —dijo impresionada.

—En la parroquia, el cura llamó a misa y mandó tocar las campanas a rebato. Llegaron artesanos, militares, herreros, clérigos, labradores. No podía creer lo que veían mis ojos. Acudieron también un buen número de soldados de la compañía de Mariano Abasolo. En lugar de sermón, Miguel Hidalgo invitó a luchar por el bien del pueblo al grito de: "¡Muera el mal gobierno! ¡Viva el rey Fernando VII!"

Pérez le informó los sucesos posteriores: luego de dar el grito en Dolores, cientos de hombres marcharon hacia San Miguel el Grande, donde encarcelaron a los españoles y reclutaron una multitud de indios, armados con flechas, palos, hondas e instrumentos de labranza, sin orden ni disciplina. Al pasar por Atotonilco, Hidalgo mandó colocar, en el asta de una lanza, una imagen de nuestra señora de Guadalupe.

Josefa estaba conmovida. De un momento a otro no sólo los criollos luchaban por la libertad, sino también los de piel morena y pies descalzos.

## 59.

María Sotero entró a una habitación en penumbra y avanzó en silencio, dando pasos cortos. Habían pasado dos años desde el inicio de la independencia y, al fin, tenía la posibilidad de visitar a su hermana en Querétaro.

Sentada en una mecedora, Josefa miraba absorta a través de la ventana la Plaza Mayor. Envuelta en un aura de pesar, sus recios rasgos se habían desdibujado.

—Josefa... Josefa.

—¿María? ¿Estás aquí? ¿Estoy soñando? —expresó emocionada y levantó su cuerpo entumido para abrazarla.

—Desde hace meses quería venir a verte, pero, ya sabes, el trajín de la cigarrería... dejé encargada a Eustaquia. Cuando me enteré de tu encierro en Santa Clara recé tanto por ti. Gracias al cielo te dejaron en libertad —expresó María mientras contemplaba detenidamente a su hermana: estaba pálida y había envejecido.

—Me enteré de la muerte de Ignacio Allende. Sé que estabas muy apegada al capitán. Vengo a estar contigo, Josefa. Quiero acompañarte.

Josefa guardó silencio unos instantes y luego lloró amargamente, como si nunca antes se hubiera enterado de la muerte de Ignacio. La presencia de su hermana la alentaba a liberar el dolor contenido.

—Fue terrible —dijo ahogada en sollozos—. Apresaron a los caudillos. Fue en Lunes Santo, ocho de abril. Con gran felicidad había recibido las noticias de las victorias insurgentes en Zitácuaro, Toluca, Monte de las Cruces. Luego, me enteré de las derrotas: Aculco, Puente de Calderón. Los apresaron en Acatita de Baján, de camino a la frontera, iban por armas. Los abatieron en el norte de Chihuahua, sin misericordia. ¡Malditos chaquetas! Luego, para escarmiento de los rebeldes, expusieron sus cabezas en la alhóndiga de Granaditas.

—Calla, Josefa. No sigas. Te haces daño.

—¡La imagen debió ser pavorosa! Cabezas desfiguradas, cuencas de los ojos vacías. Y yo, aquí, María, lejos de la muerte de Ignacio. Ni siquiera pude tocar su mejilla, apoyar mi cabeza en su pecho. El día que me enteré de la tragedia, me asomé a esa ventana, la que da a la cárcel. ¿La ves? Asómate. Desde ahí ordené a las presas que cantaran una salve compuesta por un insurgente y censurada por la iglesia. ¡Las mujeres cantaron con gran devoción! Pero nada, ni siquiera un canto glorioso puede resucitar a los muertos.

—La vida sigue, no te dejes vencer —intentó animarla.

—Lo sé, María. Con la muerte de los caudillos no termina la lucha —dijo levantando la cabeza como si tratara de pescar en el aire nuevos bríos. Luego se levantó para mostrarle un viejo baúl en cuya tapa podía leerse: "Sirvo a mi dueña y señora doña Josefa Ortiz de Domínguez, año de 1790". En su interior guardaba una gran cantidad de gacetas, cartas y otros documentos.

—No le digas a nadie, pero recibo información del Rayo del Sur.

—¿De quién?

—José María Morelos —dijo discreta, desplegando un papel—. ¿Ves este mapa? Morelos está luchando en esta región. Meses antes de morir, Hidalgo le encomendó que se levantara en armas en el sur. ¿Sabes quién es su peor enemigo? Calleja. ¡Félix Calleja! Quien se ha dedicado a matar sin piedad.

—Te juro, Josefa, que cada noche ruego a Dios por la vida y gloria de los insurgentes.

—Mira —dijo conmovida, leyendo un documento—, estas líneas las escribió el capitán Morelos en los Sentimientos de la Nación:

> Que se solemnice el día 16 de septiembre todos los años, como el día en que se levantó la voz de la independencia y nuestra santa libertad comenzó, pues en ese día se abrieron los labios de la nación para reclamar sus derechos y empuñó la espada para ser oída, recordando siempre el mérito del gran héroe el señor don Miguel Hidalgo y Costilla y su compañero, don Ignacio Allende.

—Coincido con el señor Morelos. Fueron grandes hombres.

—¿Has oído hablar de Manuela Medina? Hizo un viaje de poco más de ochenta leguas para conocer al general Morelos. Dicen que luchó a su lado en la toma del puerto de Acapulco. ¡Admiro la valentía de esa mujer! A veces pienso que yo, al igual que ella, debería tomar las armas.

—¡Josefa! ¡Por Dios! ¿Estás loca? Creí que tu encierro en Santa Clara…

—¿Me iba a desanimar? ¿No me conoces? —interrumpió enfática— Desde mi regreso del convento seguí apoyando la lucha insurgente. Y si antes lo hacía de manera discreta, para no comprometer a los conjurados, a partir de ese momento lo hice públicamente, no importándome que mi esposo fuera la mayor autoridad de esta ciudad.

—¡Dios Santo! ¿Qué dijo Miguel?

—Se enojó terriblemente. Me ordenó que me recluyera en mis habitaciones, que moderara mi conducta.

—Aun así, ¿seguiste conspirando?

—Me uní a Los Guadalupes. Una organización secreta que une a los adictos a la independencia. Nace a partir de la lucha de López Rayón.

—¿Sabes el peligro que corres? —exclamó visiblemente alterada.

—Mucho. Muchísimo. Pero la lucha continúa. Recibo y hago circular hojas volantes de los insurgentes. Hago propaganda de manera incesante y envío ropa y medicinas a los rebeldes. Además, siendo Querétaro lugar de tránsito de las tropas virreinales, me doy a la tarea de informar a los jefes de los insurrectos, la dirección que llevan los enemigos y el número de efectivos con que cuentan. Fíjate, María, cuando salió de esta ciudad una expedición realista dispuesta a atacar a los rebeldes comandados por el doctor Cos, me valí de un cura para prevenirlos.

—Mira, Josefa. Estoy a favor del movimiento, pero la violencia desatada por los rebeldes en la alhóndiga de Granaditas es imperdonable. ¡Niños y mujeres fueron pasados a cuchillo!

—Fue tremendo. Imperdonable. Lo acepto. La insurgencia ha cometido excesos. Han saqueado casas y hecho destrozos. Lo que más me duele son los jovencitos, casi niños, que se lanzan al combate sin saber manejar un fusil —dijo evadiendo la mirada de su hermana. La violencia le dolía. La lucha había devastado al país. ¿Debía seguir adelante?

—Dime, Josefa, ¿cómo haces para actuar en secreto?

—Transmitimos información, siempre bajo seudónimo o en clave. Para hacer llegar la correspondencia, utilizamos mensajeros de probada lealtad. Una de nuestras enviadas se hace pasar por vendedora de cohetes: esconde las cartas dentro de puñados de pólvora y ¡ni quién la descubra!

—¡Mientras no exploten...! —comentó María alarmada.

—Algunos emisarios recorren el país, disfrazados. Pero no llevan sólo mensajes de un lugar a otro, portan libros, periódicos, armas o pertrechos. Exponen su vida.

—Igual que tú. Piensa en tus hijos, Josefa. ¿Que harían sin su madre?

—Por un tiempo dejé mis actividades subversivas, pero no por las advertencias del virrey Venegas ni por las súplicas de mi marido, sino por el nacimiento de mis dos hijas menores: María Magdalena y María del Carmen Camila.

—Lo único que te pido es que no arriesgues tu vida. Seguramente los gachupines te tienen vigiladísima. ¡Estás jugando con fuego!

—¿Si vieras lo que dicen de mí? Que no disimulo mi odio hacia los españoles, que los escupo cuando paso en mi coche delante de sus tiendas, que los insulto...

—Y... ¿es cierto?

—¿Tú qué crees, María? Fernando Romero Martínez, el más petulante de todos los hombres sobre la tierra, envió un largo informe al virrey

Venegas dando cuenta de la actividad desplegada por mí a favor de los insurgentes. Inculpaba también al corregidor. Como respuesta, el virrey envió una carta a mi marido recomendándole que hiciese que su esposa se condujese con prudencia; amenazándolo con que sería puesta en reclusión si no mudaba su conducta.

—Ya no me digas más, hermana. Me muero de miedo. ¿Nos estarán vigilando ahora?

—¡Cuidado! ¡Detrás de la cortina hay un espía! —inventó y luego soltó una sonora carcajada.

Las mujeres se abrazaron. La vida las había reunido para escucharse, comprenderse, quererse.

—¿De dónde sacas tanta fuerza, Josefita?

—Del amor, de la nostalgia, de la ausencia. Nunca te lo conté, María, pero amé a Ignacio Allende con toda mi alma y voy a seguir apoyando a los insurgentes, por él, por su memoria.

—¿Tanto así? Josefa, ya no eres una niña. No tengo derecho a reprenderte, pero tu conducta me parece inaceptable. ¿Se enteró Miguel? —interrumpió desconcertada.

—Primero se murió de celos y luego se convenció a sí mismo de que había sido una de mis necedades. ¿Caprichos? Quizá por eso luego de un tiempo restableció las visitas conyugales.

—Si fuera él, no te hubiera perdonado. Dime, Josefa, ¿todavía amas a tu esposo?

—La verdad es que siento gran estimación por él y no quisiera causarle más penas. Está enfermo y ya no ve bien. Las cataratas han invadido sus ojos.

—Josefa, tu marido, tus hijos te necesitan. Deja la causa.

—María, no digas más. Lo menos que necesito ahora son consejos. Mejor déjame apoyar mi cabeza en tu regazo, como antaño.

## 60.

Desde el corredor, Pepita escuchó los reclamos. Josefa y Miguel discutían. Las últimas semanas la relación entre los esposos se había deteriorado aún más. Pepita sabía la razón: debido a que el número de partidarios de la insurgencia iba en aumento, el virrey Calleja había mandado espiar a la ciudad de Querétaro a los antiguos conspiradores. El anciano José Mariano Beristáin de Souza fue comisionado para esta actividad. En carta al virrey, el eclesiástico se refirió a Josefa como una de las personas más peligrosas de la Nueva España. Según él, la mujer del corregidor era un agente descarado, audaz e incorregible, que no perdía ocasión para inspirar el odio al rey, a España, a la causa y determinaciones justas del gobierno legítimo de este reino. Beristáin encolerizó especialmente cuando, a causa de las ideas de independencia y, especialmente, por influencia de la corregidora, triunfaron los criollos en las elecciones del ayuntamiento.

Miguel Domínguez salió del despacho dando un portazo. Iba tan enojado que no reparó en la presencia de su hija. Adentro, Josefa lloraba.

—¿Puedo pasar? —preguntó Pepita.

—Sí, ven, acompáñame. Las cosas van de mal en peor. Además de las acusaciones del doctor Beristáin, el juez Lopetedi me ha descrito de manera infame. ¿Quieres leer sus calumnias? —dijo entregando a su hijastra la copia de una carta para que la leyera en voz alta:

Excelentísimo señor virrey Félix María Calleja: La notoria belleza de la señora Domínguez la hace peligrosa, inteligente, de encantador trato, de conversación interesante y graciosa, ejerce gran ascendiente en cuantos la rodean; es una nueva Circe. Como las encantadoras de la antigüedad, que trastornaron los destinos del mundo, como Cleopatra, Helena, Semíramis, Lais, Friné, Tais y demás falsarias eternas; y como acierta en su informe el señor canónigo Beristáin de Souza, es una verdadera Ana Bolena, por su poder de seducción y predominio en todos aquellos que se le acercan; como es muy caritativa, se ha ganado el afecto de la clase baja y menesterosa de la población, lo que la hace en un momento dado, elemento de motín, un agente peligrosísimo.

—Ay, Pepita, me van a volver a encarcelar. Peor aún: quizás esta vez me condenen a muerte —dijo apretándose el vientre. Llevaba varios días con un ardor insoportable.

—¡Dios no lo quiera, madrastra!

—Por desgracia, el virrey Calleja es un hombre que no se tienta el corazón —comentó mientras recordaba que, desde el inicio del levantamiento, el virrey había combatido de forma cruel y sanguinaria las tropas de los insurgentes.

—Lo sé. Sus persecuciones son terribles.

—Miguel está consternado. Me acusa de volver a conjurar.

—Conociéndola, seguro mi padre tiene razón.

Josefa guardó silencio. Su actividad subversiva se había intensificado. Admiraba a Morelos y recordó una estrofa compuesta por sus seguidores: "Por un cabo doy un real, por un sargento un tostón, por mi general Morelos doy todo mi corazón".

—Tú sabes que no he dejado de ayudar a los rebeldes —dijo retomando la conversación—, pero tu padre también está conspirando.

—¿Será posible?

—Hay días en que lo veo salir a las once de la mañana y, según me dijo el cochero, dirigirse a casa de José Luis Primo para hablar de política con un grupo de clérigos y funcionarios.

—¿Para qué se reunirán?

—Supongo que a causa de la abolición de la Constitución de Cádiz. Al déspota de Calleja se le ocurrió echarla por los suelos y con ello suprimió muchas de las ventajas que habíamos conseguido los criollos, como igualdad jurídica con los españoles, libertad de prensa y elección democrática de los ayuntamientos.

El temor de Josefa de ser encarcelada de nuevo, no era infundado. Como resultado de las denuncias presentadas a Calleja contra Josefa Ortiz de Domínguez, el 29 de diciembre de 1813, el virrey mandó un mensaje al corregidor Domínguez que decía:

> La escandalosa conducta que desde el principio de la insurrección ha observado la mujer de usted, propagando especies subversivas al buen orden público, convenciendo gentes para que tomen el partido de los rebeldes y fomentando la revolución por cuantos medios han estado a su alcance, me ha obligado a prevenir al señor coronel don Cristóbal Ordóñez, la extraiga de la casa de usted y la conduzca con la decencia correspondiente a esta capital, permitiéndole una criada para su inmediata servidumbre, y lo aviso a usted, para su conocimiento, esperando que por su parte, no pondrá ni permitirá se ponga obstáculo alguno al puntual cumplimiento de esta orden.

61.

Casas consistoriales, ciudad de Querétaro, 11 de enero de 1814

Josefa, amada mía:

Muero de tristeza y de vergüenza. Permitir que los enemigos te apresaran es lo peor que he hecho en mi vida. ¿Por qué no luché? Este par de brazos inútiles debían haber golpeado a tus captores, pero me quedé pasmado, estúpido. No me lo perdono ni me lo perdonaré nunca. No obstante, ¿qué podía hacer yo ante las armas? La orden del virrey fue implacable y no me atreví a contradecirla. ¿Cómo te dejé ir? ¿Cómo permití que te apresaran por segunda vez? Nuestros hijos están viviendo días de terrible desolación. Con penas y amargura he pagado mi pecado. ¡Aborrezco mi empleo! Los veinte años de servicio a los virreyes sólo me han llevado a padecer ultrajes, vilipendios, miseria. Ya no más. Ayer escribí una carta al virrey Calleja solicitando mi renuncia y pidiendo permiso para ir a México a defenderte. Ni la naturaleza ni la justicia consienten que, siendo yo abogado, pusiese en otras manos la defensa de tu caso. Sería indigno de la religión santa que profeso, del nombre español que tengo y de la educación que recibí de mis honrados padres si, en tan angustiosas circunstancias, te desamparase. Sería un hombre sin pundonor y vergüenza si tratase de permanecer en un lugar donde mis allegados, siendo en realidad fieras, tienen la bárbara complacencia de destruir la fama, y aun la vida de sus semejantes, y especialmente el honor de los hombres de bien. Estoy desesperado. Nuestros vástagos sufren tu ausencia hora tras hora. Para dolor mío y de la familia entera, Apolonia murió hace unos días, causando en la familia hondo pesar. Afortunadamente, Pepita se ha entregado en alma y cuerpo a cuidar a los más pequeños. Para colmo de males, me hallo casi en término de cegar, pues ya en uno de los ojos tengo formada la catarata, y en el otro, aunque está incipiente, ya entorpece tanto mi vista que aun de día ando tropezando. Querida mía, me he convertido en un viejo lleno de achaques.

Tu esposo que te adora y extraña.
Miguel Domínguez

Convento de Santa Teresa la Antigua
Ciudad de México, 4 de febrero de 1814
Estimado Miguel:

Sí, es verdad, ¡no luchaste por mí! Ni siquiera reclamaste. Simplemente me dejaste ir. Como siempre, obedeciste una orden virreinal sin chistar. No te guardo rencor, sé que fui arrestada como consecuencia de mis acciones y no por culpa tuya; sin embargo, necesito clarificar mis sentimientos hacia ti. Es mucha la confusión que habita en mi alma.

Viajé rumbo a la capital en un convoy muy incómodo, en condiciones deplorables. Llegué a San Juan del Río, a las oraciones de la noche, rodeada de soldados como el reo más facineroso, casi con centinela de vista, pasando mil trabajos. Alojada en el cuartel de Huehuetoca, sin ninguna distinción a una señora, sentí desmayar por no haber probado bocado. Por tanto, me vi obligada a pedir a los soldados que, por mi dinero, me trajeran de comer. Luego, al llegar a la capital, caminamos entre el gentío que había en la garita. ¡Una vergüenza! Al final del penoso periplo llegamos al convento de Santa Teresa la Antigua. ¿Cómo están nuestros hijos? Carmen Camila, pobrecita mía, cumplió apenas dos años y carece de una madre que la acompañe. Me dolió mucho la noticia de la muerte de Apolonia. Llegué a quererla de veras. ¡Mucha falta nos va a hacer! Confío en que Pepita pueda darles a los pequeños el calor maternal que necesitan. No me puedo despegar de los ojos la imagen de mis chiquitos deshaciéndose en un torrente de lágrimas y de los mayores, sumergidos en una confusión, vergüenza y sonrojo cuando me apresaron. ¡Todo por culpa de los nefastos que nos gobiernan!

He tratado de adaptarme a la vida del convento. Ayudo a las monjas en sus actividades domésticas. Las religiosas me ponen al tanto del hambre y de la carestía, de los robos a casas y comercios, de la inseguridad que ha brotado en la capital a causa de la lucha. Mi celda es oscura. ¿Dónde encontraré el calor de mi hogar? Al menos doña Petra Teruel, dama de abolengo, protectora de los presos insurgentes, ha aliviado mis penas al conseguirme mejor trato mediante propinas y halagos a las monjas. Suele visitarme y me trae alimentos, además me informa sobre los avances del movimiento.

Ayúdame, Miguel, a salir de este encierro. Te lo suplico. Mi único vínculo con el exterior son los sonidos. Por la ventanita de mi celda entran los repiques de las campanas, las voces lejanas de los vendedores ambulantes, el golpeteo de los caballos contra el empedrado, voces de niños que, para no desfallecer, imagino son las de los nuestros.

Escribí al virrey Calleja solicitando me informara los motivos de mi arresto, y mencioné los servicios fieles y desinteresados que prestaste al gobierno español durante todos estos años. Destaqué el hecho de que nuestro hijo mayor, a quien pusiste voluntariamente al servicio del rey en el regimiento de la ciudad de Querétaro, se ha portado con la hombría de bien que corresponde, presentándose en los ataques a los que ha asistido con un valor del que sus jefes son testigos. También hablé de la profunda aflicción que siento por haber sido extraída del seno de mi honrada y numerosa familia; un dolor que todavía me tiene atravesado el corazón. En suma, rogué al virrey Félix María Calleja me diera una audiencia y le expuse enérgica mi derecho a conocer los delitos que se me imputaban. Protesto delante de Dios todopoderoso y eterno, al que no se engaña pues penetra los corazones de los hombres, mi inocencia. ¡No soy delincuente! Espero que el virrey se apiade de mí y me deje en libertad. Son muchas ya las fiebres que he padecido a causa de esta fría y húmeda celda. No recibo la atención necesaria y la comida es muy escasa. Miguel, ayúdame. Mi estancia aquí es ya insoportable.

Abraza a los niños de mi parte y diles que no pierdan la esperanza de volver a estar juntos otra vez.

Josefa Ortiz de Domínguez

## 62.

En el número 4 de la calle del Indio Triste, en la ciudad de México, se instaló la familia Domínguez Ortiz. Miguel había renunciado a su puesto de corregidor para defender legalmente a su esposa en la capital. Estaba a punto de cumplir sesenta años. La pena de tener a Josefa encarcelada por segunda vez había marcado en su rostro una expresión de amargura.

Durante largos meses, la tristeza y la incertidumbre embargaron a la familia. Muchas habían sido las cartas, las súplicas, las idas y las vueltas a los despachos gubernamentales, que había hecho Miguel Domínguez para persuadir al virrey de la inocencia de su esposa.

La nueva casa era austera y el número de habitaciones insuficiente. Por fortuna, Miguel siguió cobrando su sueldo de corregidor por varios años y la familia pudo salir adelante. Pepita se había mudado con ellos. Tenía treinta y cinco años y continuaba soltera; su relación con Domingo Sereno se había interrumpido cuando su pretendiente, en un arranque patriótico, decidió unirse a las filas insurgentes. Ella no supo más de él. Guadalupe se había casado al fin con un español de alcurnia, se había llenado de hijos y rara vez frecuentaba a su familia. Temía que la fueran a calificar de insurgente. Por su parte, Ana María Domínguez solía visitarlos para atender los achaques de su hermano Miguel.

Al fin, un día de junio de 1814, las religiosas anunciaron a Josefa que le había sido otorgada la libertad. Como resultado de la defensa legal llevada a cabo por el marido de la señora, el virrey Calleja había ordenado, bajo advertencia de que abandonara para siempre las ideas libertarias, se le permitiera regresar a su hogar.

Cuando Josefa apareció bajo el dintel de la puerta, la familia se llenó de contento. La mujer estaba demacrada, pero su buen ánimo la sostenía. Pronto las pláticas, los mimos y las bromas sustituyeron las penurias del encierro. Sus hijas le ofrecieron de comer y Pepita la ayudó a tomar un baño y a vestirse con ropa limpia. Por indicación del médico, la recién llegada se vio obligada a permanecer varias semanas en cama. Debía descansar y esperar pacientemente que desapareciera el intenso dolor de pecho que la aquejaba.

—Josefa, ¿ya se tomó el medicamento? —preguntó Pepita afectuosa.

—Ya, Pepita, te agradezco.

—No veo que mejore.

—Estoy mil veces mejor que en prisión. Allá, mi celda era fría y la comida escasa, pero fue la soledad la peor de las penas. Extrañaba a los niños. ¡Estar separada de mis hijos fue terrible! A ratos pensaba que me quedaría a vivir en una celda para siempre o que el virrey me enviaría a las Recogidas.

—¿Dónde?

—Es un refugio para prostitutas donde Calleja ha enviado a las mujeres que él acostumbra llamar "sediciosas, liberales, escandalosas, perturbadoras del buen orden"...

—Pero, doña Josefa, ¡eso hubiera sido un daño irreparable para su honor, su reputación! —exclamó la hijastra afligida.

—A Dios gracias, eso no sucedió.

Pepita se había desplomado sobre la cama. Se resistía a creer que una mujer tan valiente y generosa fuera repudiada continuamente por los poderosos. ¿Le tenían miedo?

—Una de las ideas que más me atormentó fue el de estar encerrada, sin poder hacer nada, mientras los insurgentes ponían en riesgo su vida —expresó impotente.

—Como Domingo.

—¿Qué le pasó? —preguntó recordando el rostro afable del pretendiente de Pepita.

—Se fue a luchar para el sur, con Morelos y no regresó. Perdí contacto con él, ni siquiera sabe que estoy en la capital —dijo y se deshizo en sollozos.

—Por favor, Pepita, no pierdas la esperanza —rogó acariciando la cabeza de la mujer—. ¡Me duele verte así! Mira, en cuanto me recupere, voy a tratar de establecer comunicación con Morelos. Conozco una persona en la capital que...

—¡Ay, señora! ¿Es verdad? —comentó esperanzada, pero luego recapacitó— ¿Y si la vuelven arrestar?

—Eso no pasará.

—¿Cree usted que Domingo esté vivo?

—Ay, querida, ten fe.

—¿Se acuerda que alguna vez le dije que nunca me iba a casar? ¡Pues ahora es mi deseo más ferviente! —exclamó ilusionada y salió de la habitación para atender al llamado de María Ignacia quien solicitaba ayuda para prenderse la mantilla entre los caireles, para ir a misa.

Josefa se quedó sola con sus pensamientos. ¿Estaría vivo Domingo Sereno? De un momento a otro, toda la fortaleza que la caracterizaba, se redujo a un lamento. Como un torrente llegaron a su memoria las innumerables noticias de fusilamientos, aprehensiones, batallas, persecuciones. Imaginó las cabezas colocadas en lugares públicos. Vio correr la sangre de los insurrectos como un río por el Bajío, por el sur, por el norte. Brazos y piernas mutilados. ¿Valía la pena tanta aflicción y tanta pérdida por la idea, cada vez más borrosa, de la libertad? Para colmo, Fernando VII había regresado a una España totalmente empobrecida, proclamando el poder absoluto y lanzando por la borda los ideales democráticos.

## 63.

Cuando los espías le informaron a Calleja que doña Josefa seguía apoyando moral y materialmente las tropas de José María Morelos, el virrey encolerizó y de inmediato ordenó que la encerraran en el convento de Santa Catalina de Siena de la ciudad de México. Era el mes de junio de 1815. Josefa estaba inconsolable. Al menos, en este claustro se permitían las visitas y, aun cuando no podía mirar sus rostros, podía escuchar las voces de sus familiares a través de la rejilla del locutorio.

—Nunca me dijiste que intercambiabas información con Morelos —protestó, amargo, Miguel Domínguez acercando sus labios a la rejilla.

—Luego de la penosa muerte de los primeros caudillos, ¿querías que me cruzara de brazos? Morelos es un gran estratega. Divide a su ejército y ataca por diferentes lados. Por las noches, avanza de forma zigzagueante.

—Josefa... quisiera cambiar de tema.

—¿Sabes lo que hizo una vez? —dijo entusiasta, ignorando la petición de su esposo—. Después de la victoria de San Agustín del Palmar, le ordenó a Matamoros que reuniera carbón para molerlo y tiznar a los soldados insurgentes para que se identificaran entre sí y evitaran confusiones... ¿Qué pasa, Miguel? ¿Por qué me miras así? ¿Sucedió algo?

—Fusilaron a Morelos, Josefa —dijo con pesar.

—No, Miguel, no es verdad. ¡No puede ser! —protestó.

—Calma, Josefa —dijo resignado—. Ya no hay nada que hacer.

—Era un gran hombre. Humilde, generoso. Sustituyó el título de alteza serenísima que le otorgaron los constituyentes, por el de siervo de la nación. Su muerte es una tragedia para el movimiento —expresó con profunda pena. Luego preguntó por sus hijos.

—Te lloran, te lloran todo el tiempo. La casa está desolada. No puedo más, mujer. ¿No pensaste en el dolor que les causarías?

—¡Mi lucha es por ellos! ¿No lo entiendes? Al igual que tú, quiero darles una patria libre. ¿Por qué me reclamas? ¿No estás luchando tú mismo por un congreso?

—Sí, mujer. Pero tú eres madre de doce hijos.

—Madre y conspiradora. ¿Por qué te cuesta tanto trabajo aceptarlo?

De pronto la monja que los vigilaba agitó una campanita. El tiempo de visita había terminado.

—Escucha, Josefa —dijo el abogado apresuradamente—. Juan Ruiz de Apodaca sustituyó al virrey Calleja y dejó tu asunto en manos de Osés y Collado, dos magistrados que conozco bien. Seguramente me apoyarán para liberarte.

—¿De verdad? —preguntó esperanzada.

—Tal parece que el virreinato ha perdido tanta fuerza que Apodaca se vio obligado a restablecer la Constitución de Cádiz. Al fin los habitantes de la Nueva España podrán participar en el gobierno. ¿Te das cuenta?

—Ojalá y se lleve realmente a la práctica.

—Ya verás que sí.

Luego de despedirse de su marido, Josefa fue a su celda. ¿Era cierto lo que decía su esposo? ¿Saldría libre muy pronto? Desde la dureza de su cama, contempló la Virgen de los Remedios que custodiaba la cabecera. Durante años la imagen recorrió la calzada México-Tacuba para proteger al pueblo de las terribles epidemias, inundaciones, sequías o temblores. Sin embargo, cuando las calamidades no cedían, ni siquiera con la intercesión de la virgen peninsular, las autoridades recurrían a la virgen morena como último recurso o de segundo plato. Esto causaba malestar en el pueblo: era un insulto. Josefa sonrió. Desde que la insurgencia había tomado como símbolo el estandarte de la Virgen, la Guadalupana ocupaba el lugar que merecía.

Una mañana, un carruaje se detuvo frente al portón del convento de Santa Catalina de Siena. Dentro, Miguel Domínguez, enfermo y envejecido, esperaba junto con sus hijas Pepita y María Ignacia, la liberación de Josefa. El encuentro fue emotivo. María Ignacia corrió a abrazar a su madre. Habían pasado dos largos años sin poder tocarse ni mirarse a los ojos. Pepita se acercó a ella y no pudo contener las lágrimas. La vitalidad que solía caracterizar a Josefa había desaparecido. Estaba enferma. Desde el coche Miguel sonrió. A pesar de la rebeldía incontrolable de su mujer, la seguía amando. Josefa se subió al coche y tomó las dos manos de su marido.

—Sé que por tus ruegos me han liberado. Sé también que estás enfermo. Mi deber como esposa es estar a tu lado.

Cuando llegó a casa, se encontró con la feliz noticia de que su hijo José María había pedido en matrimonio a la joven Guadalupe Landa. Su imaginación voló: imaginó dos, tres, cinco nietos corriendo a lo largo y ancho de un territorio libre.

## 64.

Josefa veía con beneplácito que sus hijas se habían convertido en mujercitas habilidosas y de buenos principios. Por su parte, sus hijos se encaminaban hacia un futuro promisorio: Mariano José Mateo estudiaba en el ilustre y real Colegio de Abogados de la ciudad de México, José María Florencio y Miguel María Remigio consolidaban su carrera militar, y por último, José María Hilarión, de apenas trece años de edad, iniciaba sus estudios en el colegio de San Ildefonso.

Una tarde, los esposos Domínguez compartían una plática de sobremesa con Mariano y José María Florencio, quienes por sus múltiples ocupaciones, solían visitar la casa familiar cada vez menos.

—Me enorgullece que hayas seguido la carrera de abogado —manifestó Josefa llena de satisfacción—. Podrás hacer mucho para levantar a este país.

—En efecto, luego de tanto desorden, habrá que reorganizar el gobierno y sus leyes, tendrás que abrirte paso —añadió Miguel con autoridad.

—Por fortuna el virrey Apodaca restableció la constitución de Cádiz y a los españoles no les quedará más que bajarse de su pedestal —expresó Mariano confiado.

—Ven, Mariano, acompáñame —invitó Miguel—, en mi despacho hay unos libros que seguramente te servirán para tus cátedras de gramática latina y retórica.

—Con permiso —dijeron padre e hijo al unísono antes de levantarse de la mesa.

Josefa suspiró. Estar en casa, con su familia, le pareció un privilegio. Atrás se había quedado el oscuro encierro de su celda.

—¿Cómo está de salud, madre? —preguntó José María, afectuoso.

—Bastante recuperada. Mi reposo ha sido absoluto. Son tan hacendosas las niñas que no me dejan mover un dedo. Guisan, van al mercado, limpian, bordan.

—Es su deber. ¿No cree, madre?

—Con María Juana charlo de política. Está muy enterada, le ha dado por comprar *La avispa de Chilpancingo*, un periódico de ideas insurgentes. Lo que me causa angustia es la situación del país. A siete años de iniciada la rebelión no se ha logrado mucho, el desorden político es abrumador. Aun así tengo fe en la insurgencia.

—Pero, madre, la mayoría de los caudillos han sido derrotados o se han retirado —observó José María, escéptico. Había luchado de parte de los realistas y le parecía que su madre soñaba con algo irrealizable.

—Eso dice la soldadesca virreinal. ¡No te dejes influir por ellos, José María! ¿No estás enterado de que Vicente Guerrero sigue combatiendo? —repuso alterada.

—Lo sé, madre, pero cada vez cuenta con menos soldados y recursos para continuar —retó José María. Su participación destacada en la milicia lo había llenado de cierta arrogancia.

—La verdad, no entiendo, hijo mío —dijo con voz temblorosa—, ¿por qué te uniste a los realistas? Fueron ellos quienes me mandaron a prisión tres veces. ¿Te parece justo?

—Claro que no, madre. Sin embargo, los insurrectos han destruido prácticamente al país. Las minas, los campos y fábricas están abandonados. Casi nadie paga impuestos y los gastos del gobierno aumentan día con día... ¿quién va a mantener al ejército?

La mujer guardó silencio. La nación estaba devastada. La miseria y la carestía asolaban a los novohispanos. Sin embargo, no perdía la esperanza de conseguir la libertad.

—¿Sabe cuántas personas han muerto a causa de la insurgencia? ¡La décima parte de la población!

—Hijo mío, dejemos el alegato que mis nervios están a punto de estallar —dijo contrariada.

Avergonzado por haber discutido con su progenitora, el joven ofreció disculpas y se levantó de la mesa. Fue cuando Josefa notó que en el pecho de José María Florencio brillaban las condecoraciones otorgadas por el ejército realista. ¿Aceptaría alguna vez las ideas de su hijo? Difícilmente. De lo que estaba segura es que no podría nunca dejar de amarlo.

Los meses posteriores a su tercera prisión, Josefa se apartó de cualquier actividad política. Los espías del virrey la vigilaban constantemente y no quiso arriesgarse a que la denunciaran. Su única liga con el movimiento fue Pepita, quien, ansiosa por saber algo de su amado Domingo, introdujo a la casa, con discreción inusitada, algunos informes sobre la insurgencia. Gracias a éstos, Josefa se enteró de que un español de apellido Mina, inconforme con la tiranía que había establecido Fernando VII al recuperar el trono español, había decidido viajar a la Nueva España para realizar campaña a favor de la independencia. La lucha de este caudillo duró apenas unos meses. Fue detenido y sentenciado a muerte. La única luz que brillaba en el horizonte era la de Vicente Guerrero, quien, con sus guerrillas imbatibles, peleaba en las serranías del sur.

## 65.

Era mediodía y un jinete se detuvo frente a la casa de la familia Domínguez. El caballo estaba exhausto. Había recorrido un largo camino. Seis días desde el sur. El hombre tocó a la puerta y le pidió a María Ignacia entregar un mensaje a la señora Ortiz de Domínguez.

Temerosas de una nueva orden de aprehensión, las jovencitas pidieron a su madre que leyera en voz alta:

> La lucha por la independencia ha terminado. Don Agustín de Iturbide y don Vicente Guerrero se reunieron hace unas semanas en el pueblo de Acatempan y luego en Iguala, para tratar el tema de la independencia. A resultas de este encuentro, acordaron unir fuerzas para completarla. Días después, el 24 de febrero, el señor Iturbide firmó un documento que invitaba a los habitantes de la Nueva España a olvidar sus divisiones y luchar por la libertad de la nación. A este documento le llamó Plan de Iguala o de las Tres Garantías, mismas que unen a los novohispanos: religión, unión e independencia.

—¿Quién lo firma?

—Es anónimo — respondió Josefa segura de que lo había escrito alguno de sus informantes del sur del país.

—A ver si entendí bien, madrecita, según lo que dice el papel, ¿seremos al fin libres? —indagó María Magdalena entusiasmada.

—Tal parece que se van a unir el ejército realista y el insurgente. ¡Es un milagro! —exclamó María Ignacia con emoción. Sin embargo, al ver el rostro desencajado de su madre, guardaron silencio y se quedaron quietas.

—¿Qué pasa, mamá, no le da gusto la noticia? —se atrevió a preguntar María Micaela.

—No confío en Iturbide —declaró tajante apretando el papel entre las manos. Ignorando la inquietud de sus hijas, repasó los últimos sucesos: hacía apenas unos meses que Agustín de Iturbide se había enfrentado contra Vicente Guerrero con verdadero encono; era el brazo militar del virrey Apodaca y sus ideales tenían más que ver con el poder absoluto que con la revolución. ¿Por qué ahora ese aire triunfalista? La independencia había costado años de lucha y sangre. ¿Qué sabía Iturbide de las estrategias, los riesgos o las conspiraciones? El militar se amoldaba a las circunstancias según su conveniencia personal.

Miguel Domínguez entró a la pequeña sala.

—¿De qué hablan?

—De las noticias que trajo el correo —dijo Josefa al tiempo que entregaba el papel a su marido.

Mientras el abogado leía el mensaje, las mujeres esperaron, en silencio, el veredicto de Miguel. Junto con los sonidos de las ollas y de los trastes, un olor a guiso llegó desde la cocina.

—¿No te parece extraño que, de un momento a otro, a Iturbide le apetezca ser independiente? —expresó al fin Josefa.

—Ay, mujer, ¿no te has dado cuenta que, tratándose de política, todo es ambición? Fueron los españoles más adinerados los que comisionaron a Iturbide para que se aliara con Guerrero.

—¿Con qué motivo? —cuestionó alterada.

—Desde que el virrey Apodaca restableció la Constitución de Cádiz aquí en el virreinato, la aristocracia no quiere saber nada de la madre patria.

—¡Qué extraño! ¿Por qué? —preguntó María Ignacia.

—La de Cádiz les quita muchos privilegios y prefieren establecer sus propias leyes.

—Entonces Iturbide está obedeciendo a los intereses de siempre —objetó Josefa furiosa—. Lo que no me explico es que Guerrero haya aceptado pactar con ese criollo desnaturalizado. Iturbide no se conformó con mandar fusilar a los insurgentes, asesinaba también a sus familias.

—Es verdad. Su espada fue nefasta a la causa que defendemos —añadió Miguel—. Sin embargo, Guerrero no tenía otra opción más que pactar.

—Pero... ¿por qué? —protestó la mujer, enérgica.

—Sus tropas estaban ya muy disminuidas. No tenía suficientes hombres ni armas.

—Aun así, nunca debió aceptar un trato con nuestros enemigos —alegó, subiendo cada vez más la voz.

—Pero, madre —opinó María Micaela—, ¡al fin seremos independientes! ¿No es lo que quería desde un principio?

—Sí, hija, pero no de esta manera. Seguramente desean una independencia, cómo te diré.... ¡aristocrática!

De pronto, la cocinera apareció en el salón para avisar que la comida estaba lista.

—Ven, Josefa, vamos a comer —dijo Miguel amable, tomándola del brazo—. Dicen que las penas con pan son menos.

—Ay, Miguel, tengo tanto coraje que a ver si no me atraganto.

Meses después, la familia Domínguez Ortiz se asomaba a los balcones de su casa para ver pasar al ejército trigarante. Aunque un gran número de personajes distinguidos de la metrópoli acudieron a la ceremonia, no así los señores Domínguez, por considerarla ajena a sus principios.

Iturbide entraba jubiloso a la ciudad de México después de haber consumado la independencia del país con los Tratados de Córdoba. Hubo desfiles con carros alegóricos. Las calles se adornaron con arcos de triunfo y profusión de flores. El regocijo de los asistentes fue acompañado con el sonido de los cohetes, las campanas y la música de las bandas militares. Los periódicos, folletos y hojas volantes proclamaron las glorias alcanzadas con la independencia. Aunque dos de sus hijos, José María Florencio y Miguel María Remigio, desfilaron con el ejército trigarante, Josefa se rehusó a compartir el entusiasmo general.

## 66.

Los enviados de doña Ana, esposa del recién proclamado emperador Agustín de Iturbide, entraron a la casa de los Domínguez. La sala era modesta y Josefa los recibió escéptica. ¿Para qué la buscaban? Un lacayo, con polveada peluca, dio un paso adelante y con voz ceremoniosa mencionó que los distinguidos servicios que la señora doña Josefa Ortiz de Domínguez había prestado a la patria serían premiados por el generoso corazón de los emperadores.

La anfitriona se desconcertó. ¿Iturbide y su esposa deseaban recompensarla? Seguramente había una confusión. Iturbide había luchado muchos años contra la insurgencia. Era un enemigo. ¿A qué venía todo este teatro?

—Agradezco sus palabras, aunque nunca esperé nada a cambio. Era mi deber de mujer criolla luchar por mi tierra —dijo por cortesía y para no descargar su enfado contra quienes estaban sólo para recibir órdenes.

El lacayo insistió que era necesario premiar los sacrificios tan grandes que la señora había hecho por el triunfo de una independencia que, después de tantos años de guerra, al fin se había consumado.

—¿Consumado? ¿Cree usted realmente que la independencia ha alcanzado buen fin?

—No lo sé, señora, disculpe si la ofendí, yo sólo digo lo que me mandan decir. Por lo tanto, a nombre de los señores emperadores —continuó el joven— le comunico, con gran beneplácito, que será recibida en palacio como dama de honor y dama de compañía de la emperatriz doña Ana María Huarte de Iturbide.

Josefa quedó muda de estupor. ¿Dama de compañía? Lejos de ser un premio, lo que le traían los mensajeros era una ofensa.

—¿Señora? ¿Se encuentra bien? —dijo uno de los enviados.

Sumida en una honda desilusión, la anfitriona hizo un recuento de su actividad subversiva, de los vínculos clandestinos que había mantenido desde los inicios del movimiento, la información confidencial y estratégica que había enviado, las reuniones que había organizado. Del primer grito de liberación y de todos los siguientes. De las matanzas. De la muerte de Miguel Hidalgo, ruega por él; de Aldama, ruega por él; de Morelos, ruega por él; de Mina, ruega por él. De la muerte de su amado Ignacio Allende, el de los toros y los equinos, los besos y los abrazos, las espadas y las condecoraciones; del hombre que la dejó con las palabras a medio pronunciar y el corazón a medio latir.

—Doña Josefa... ¿nos escucha? ¿Qué respuesta le llevamos a doña Ana? —insistió el lacayo impaciente.

Hizo memoria de sus prisiones: el convento de Santa Clara, el de Santa Teresa la Antigua, el de Santa Catalina de Siena. Empalmados unos con otros, vio los rostros de las monjas que la habían consolado, de las eternas tardes de rezos y de bordado, de la añoranza y el llanto.

—Señora...

Se sintió humillada. Ella, que junto con la gente ilustrada del Bajío había tramado el inicio de la rebelión, no podía someterse a los caprichos de una emperatriz que lucía una corona improvisada.

—Señora…

Josefa había salido al fin de sus largas cavilaciones para responder breve y concisa:

—Díganle a la emperatriz que quien es reina de su casa, no puede ser criada en palacio.

Turbados, los lacayos hicieron una reverencia y se escurrieron por la puerta.

La mañana siguiente, a manera de respuesta, la emperatriz envió a doña Josefa un recado en el que lamentaba profundamente la descortesía y la arrogancia mostrada hacia su persona. Josefa respondió de inmediato:

México, a 9 de mayo de 1822
Señora emperatriz doña Ana María Huarte de Iturbide
De mi mayor consideración:

El motivo de esta correspondencia es darle a conocer el dictado de mi razón. Por tanto quiero decirle que la hazaña de liberar este país no se la debemos a don Agustín Iturbide sino a Miguel Hidalgo y José María Morelos, verdaderos próceres de nuestra independencia. No son Iturbide ni su ejército trigarante los que lucharon durante once largos años por un territorio libre. Los verdaderos libertadores fueron Miguel Hidalgo y José María Morelos. Declaro, por lo tanto, sin afán de ofender su persona, que no reconozco al señor Agustín Cosme Damián Iturbide Arámburu como emperador de México. El gobierno monárquico e imperial que ha impuesto su ilustre marido a la nación, es contrario a los ideales de los primeros insurgentes y, para mí, significa una ofensa. Con el mayor de mis respetos.

Josefa Ortiz de Domínguez

Luego de este mensaje, no volvió a recibir ninguna carta de la emperatriz. La distancia entre las dos mujeres era insalvable. Días después descubrió Josefa, entre las hojas de la *Gaceta Imperial*, una lista de las damas de honor que Ana María Huarte había elegido. No se sorprendió al descubrir que, entre ellas, estaba el nombre de Margarita Santoyo, la compañera odiosa de las Vizcaínas.

## 67.

Josefa entró a la habitación de sus hijas mayores. El revuelo en la casa era general. El teniente Fortunato Soto pediría la mano de María Ana quien, para la ocasión, se puso una blusa blanca de encajes y una falda bordada con flores y pájaros de chaquira.

—El vestido está precioso —exclamó Josefa complacida.

—Es estilo inglés.

—Mientras no sigas la moda española.

—Madre, este es el momento más importante de mi vida. ¡Qué bueno que vea con buenos ojos este matrimonio!

—Desde que comenzó a frecuentarte, me pareció una persona de bien. El teniente realmente está interesado en ti. Basta con ver la forma en que te mira, los regalos que te da. Lo que importa, en este caso, es la decisión de tu padre.

—Lo sé, madre. Apolonia, que en paz descanse, solía repetirme que las niñas pasan de la tutela del padre a la del marido.

—¡Ya era hora de que alguna de las Domínguez se casara! —bromeó Josefa. Estaba de buen talante y no se daba abasto para auxiliar a sus hijas en sus complicados peinados.

—¿Oyeron, solteronas? —retó María Ana.

—Si lo dices por mí —protestó María Ignacia, quien ya pasaba de los treinta—, bien sabes que el señor Durán desea casarse conmigo desde hace mucho, pero yo me he negado. Si no resuelve el asunto de la herencia de sus padres…

—¡Pobre! ¡Lleva seis años intentando y no ha conseguido ni un real! —interrumpió María Manuela entre risas.

—Pues fíjate, María Ignacia —repuso María Dolores ufana—: si sigues papando moscas, te voy a ganar. El capitán Francisco apenas me conoció hace dos semanas y ya está hablando de matrimonio.

—Claro, es tan viejo que si no se casa pronto… ¡se muere! —expresó su hermana mayor.

—Calma, niñas, en un abrir y cerrar de ojos van a estar todas casadas y dándome un montón de nietos — aseguró Josefa contenta de participar en aquella algarabía.

—Esperamos que así sea, madre —dijo María Ignacia escéptica, al tiempo que se aplicaba una tintura para blanquear los dientes.

Una vez que las ocho hermanas estuvieron listas, bajaron al salón para esperar, junto con sus padres, la llegada del pretendiente. Las jovencitas se habían perfumado con agua de lavanda, de colonia y de rosas, e impregnaron el ambiente de un olor delicioso y suave.

El teniente de caballería Fortunato Soto llegó a las siete de la noche en punto. Traía puesto un uniforme con hombreras y botones dorados. Era alto, tan rígido como un monumento. En su rostro destacaban un par de patillas muy largas y pobladas. Luego de saludar a los anfitriones, se sentó en un sillón, sin recargar la espalda. Platicaron sobre las lluvias torrenciales que habían asolado a la ciudad los últimos días y sobre la imprudencia de los cocheros quienes, por andar como alma que lleva el diablo, perdían el control de sus caballos y atropellaban diariamente a dos o tres inocentes.

—Díganos, señor Soto, ¿cómo ve la situación del país? —preguntó Miguel Domínguez.

—No sé qué pensar, don Miguel, apenas hace unos meses éramos gobernados por un rimbombante y exquisito imperio mexicano —dijo irónico el capitán—. Ahora no sabemos bien a bien lo que nos espera.

—Efectivamente —aseveró Miguel—, nuestra situación es tan incierta que un día nombramos emperador y al siguiente lo fusilamos.

—Según entiendo, forma usted parte del supremo poder ejecutivo.

—Exacto. Junto con Victoria y Bravo, intento promulgar una constitución —explicó orgulloso.

—¡Vaya empresa! —comentó con agrado—. Por fin tendremos un sistema republicano.

—Tengo entendido que usted luchó a favor de la insurgencia en Izúcar, San Juan del Río, Toluca… —intervino Josefa, con gran interés.

—En realidad era inevitable. Mi padre participó en la Conspiración de Valladolid cuando yo tenía seis años. Desde entonces me inculcó sentimientos patrióticos al grado de que, al cumplir los doce, inicié mi carrera militar.

Una criada entró respetuosa al salón y ofreció al invitado ponche de frutas y unos buñuelos de requesón.

—Bueno, capitán Fortunato, ¿a qué se debe su visita? —preguntó por mero protocolo la anfitriona. Sabía bien el propósito del teniente y se congratulaba por ello.

—Con el respeto que se merece, señor don Miguel Domínguez, quisiera pedir la mano de su virtuosa y adorable hija María Ana. Nada me haría más dichoso que unirme en sagrado matrimonio con ella y pasar el resto de mis días a su lado.

El abogado tardó largos segundos en responder. Se dio cuenta que en cuanto consintiera el matrimonio de su hija, pasaría de su tutela a la de un extraño. Un silencio frío se instaló en el salón y mientras a Fortunato le temblaban las manos, María Ana cerró los ojos y oró en silencio.

—¿Y bien, Miguel? —se atrevió a decir Josefa, de manera discreta.

Sin poder extender aún más el momento, el abogado se resolvió a expresar maquinalmente:

—Veo con beneplácito el futuro enlace de mi hija María Ana con el señor aquí presente. Pertenece a una familia distinguida de Valladolid, es un hombre próspero y proveerá a su futura cónyuge de todo lo necesario para hacerla feliz.

Apenas terminó de hablar Miguel, reinó en aquella sala un alborozo general. María Ana no podía ocultar su alegría, pues no había otra cosa en el mundo que deseara más que casarse y tener, al igual que sus padres, una buena cantidad de vástagos a quien educar y cuidar. "Las familias numerosas son las más dichosas", solía decir.

Entre pláticas y bocadillos, acordaron que la boda se llevaría a cabo en la capilla de la santa escuela de Nuestra Señora de Guadalupe, en enero de 1825. Invitarían a personas pertenecientes al círculo social de los futuros esposos y tras la ceremonia religiosa se ofrecería banquete nupcial al mediodía y baile por la noche. Cuando trataron el tema de los padrinos, el rostro de Josefa se ensombreció. Hubiera deseado con toda su alma que María Sotero viviera todavía para ser madrina de los futuros esposos, pero Dios se la había llevado a su reino. Su hermana había muerto repentinamente de una enfermedad en el estómago y Josefa sufrió varios meses de penoso duelo.

Desde la calle, un pregonero anunció con trompetas el espectáculo de circos y maromas que se efectuaría dentro de unos minutos en el barrio.

—¿Podemos ir, padre? —preguntó María Manuela, emocionada.

—Está bien, de acuerdo, pero vayan con su madre. ¿Quiere usted acompañarlas, Fortunato?

—Desde luego, señor Domínguez. Nada me hará más feliz.

En la plaza, los asistentes se maravillaron con los brincos que daba un maromero sobre la cuerda floja.

—Si falla, se rompe los huesos —exclamó María Micaela.

—Que no se caiga, que no se caiga, virgencita —rogó María Dolores.

Josefa contempló maravillada al malabarista que con gran habilidad mantenía en el aire ocho pelotas de colores. Sin embargo, no pudo disfrutar mucho tiempo el espectáculo. A causa del un viento frío, sintió un dolor tan intenso en el pecho que tuvo que regresar a casa acompañada de María Ignacia.

En su habitación, la mujer se acostó. Su hija la arropó con cariño y le tomó la temperatura. Tenía fiebre muy alta. Mientras su primogénita rezaba en voz alta el Ave María, Josefa contempló, a través de la ventana, la fachada de la casa de enfrente. Estaba hecha de tezontle. Piedra duradera que contemplaría incólume los años por venir.

## 68.

María Dolores y María Micaela regresaban de hacer la compra cuando un lego franciscano las alcanzó en la puerta de la casa de Indio Triste.

—Disculpen, señoritas, vengo de parte del cura de la iglesia de la Enseñanza. Mandó decir que estará aquí a las diez de la mañana para confesar a doña Josefa.

—Qué extraño. No lo solicité —comentó la enferma luego de que sus hijas le dieran el recado.

El cura llegó puntual. Subió a la habitación y luego de preguntar por el estado de la enferma, se acomodó con actitud de superioridad, junto a la ventana.

—¿Por qué el apuro, padre Calderón? ¿Alguien le dijo que estaba moribunda? —dijo con la voz apagada.

—Mire, doña Josefa, conozco a su familia desde que regresaron de Querétaro y, como bien sabe, me he encargado de guiar sus almas por el camino que conduce al señor nuestro Dios. Sin embargo, entre todos sus miembros, ha sido usted un motivo constante de preocupación.

—¿A qué se refiere? —reclamó. No tenía ganas de que la juzgaran por enésima vez.

—Ha sido una mujer rebelde, más aún, sediciosa. ¡Una oveja descarriada! Por tanto, señora, mi obligación es hacerla regresar al rebaño.

—Perdone, señor cura —dijo luego de una tos seca—. Si se refiere a mi participación en la insurgencia, sólo defendí lo que era justo. Actué pensando siempre en el bien de los que nacimos en esta tierra.

—Mire, señora Domínguez —se alteró—, no es usted la encargada de decidir lo que es bueno o malo para el prójimo. ¡Es la iglesia! ¿Cree usted que apoyar a esos monstruos americanos y al hereje de Hidalgo fueron del agrado de la santísima Virgen María? ¡Usted atropelló e infamó el sacro nombre de su santísimo hijo Jesús! Debe arrepentirse. Sus pecados son muchos y muy graves.

Josefa sintió que dentro de su pecho se libraba un combate. Un ataque furioso de tos le lastimó las entrañas.

—Sólo me arrepiento de no haber hecho más de lo que hice —se lamentó la mujer.

—¿Más? ¿Se burla de mi autoridad? —vociferó.

—Me acuso, padre, de no haberme entregado en cuerpo y alma a esta tierra que me acogió como hija suya, a esta patria que me vio nacer y que veló mi orfandad —declaró la enferma respirando con gran esfuerzo—. Me acuso, señor cura, de no seguir el ejemplo de otras mujeres más valientes que yo, que con arrojo se unieron a las filas insurgentes, tomaron las armas, visitaron a los soldados en el campo de batalla, curaron heridas, entregaron su fortuna a la causa, montaron a caballo y comandaron su propio batallón.

—¡Basta, señora Domínguez! —dijo iracundo—. Sus conspiraciones le han secado el seso. Si hubiera imitado a toda esa bola de harapientas, estaría pudriéndose en los calabozos de la Inquisición.

Josefa guardó silencio. A lo largo de su vida había sufrido innumerables ofensas y humillaciones, pero esta vez sintió que le quemaban la piel.

—Su sedición llegó a grados intolerables —arremetió de nuevo el clérigo—. ¿Considera la violencia como el medio óptimo para salvar un país?

—Humilde como soy, no sabría responder a tan gran pregunta. Sin embargo, ¿no dice el Eclesiastés que todo tiene un momento y cada cosa su tiempo bajo el cielo... un tiempo para plantar y otro para arrancar lo plantado?

—¡Cómo se atreve a utilizar las sagradas escrituras a su favor! Su soberbia es insoportable. La insurgencia dejó el país en ruinas. Basta mirar a su alrededor. Fue el diablo el que se apoderó del pueblo, el que lo empujó a robar y a ultrajar.

A pesar de su cuerpo debilitado, la enferma arremetió.

—La idea inicial de Ignacio Allende era que los militares y las autoridades de cada provincia se unieran a la causa de la independencia —declaró con firmeza.

—Qué ingenuo. El mundo está lleno de buenas intenciones.

—De ideales, señor cura. ¿Qué haríamos sin ellos? ¡El capitán Allende luchó por sus principios hasta la muerte! —reclamó indignada. Todavía recordaba con añoranza al capitán que hacía muchos años le había prometido regalarle una rebelión envuelta en papel picado y adornada con listones brillantes.

—Los insurrectos ejecutaron a los prisioneros sin mayor averiguación. No hicieron sino ofender a Dios.

—Con todo respeto, señor cura, ¡hicieron lo mismo los realistas!

—Señora, no vine a hablar de política sino de penitencia. Debe hacer un exhaustivo análisis de conciencia. ¿Sabía usted que el infierno está lleno de conspiradores? ¡Arrepiéntase para que la absuelva!

Un tremendo ataque de tos sacudió a Josefa. La discusión del cura la había afectado profundamente. ¿La perdonaría Dios por su rebeldía? Luego sufrió otro ataque, esta vez con sangre. El cura, contrariado, se limitó a salir de la habitación y llamar a la familia. Su misión en esta vida era salvar almas, no cuerpos.

En la noche, cuando llegó el médico, las velas de los candeleros iluminaban apenas la recámara. Era quizá la tristeza la que no dejaba que la luz se posara sobre los objetos. Las hijas habían cambiado las sábanas y almohadas manchadas y Miguel vigilaba la salud de su mujer sentado muy cerca de la cama. Desde el mediodía, en que el estado de Josefa se agravó, el hombre había abandonado el montón de asuntos concernientes a su nuevo cargo como primer presidente de la Suprema Corte de Justicia de la nación, para dedicarse a atender a su esposa.

Después de revisar a la enferma, el médico pronunció el diagnóstico:

—Lo siento, don Miguel, su mujer padece pleuresía.

## 69.

Josefa pasó unos días con fiebres y respirando trabajosamente. Las flores de colores vivos bordadas en la colcha contrastaban con la palidez de su rostro. Junto a la cama, sobre una mesita, estaban colocadas una jarra de cristal llena de agua, las medicinas y las cartas de los hijos que habían ido al norte con las milicias. Su salud empeoraba día con día y sus hijas se turnaban para cuidarla. Esa tarde se habían sentado a su alrededor, su marido, Carmen Camila y María Magdalena.

—Ya vinieron Mariano y José María, pero me faltan dos. No me quiero morir sin verlos.

—Acuérdese que andan fuera —manifestó Carmen Camila tratando de animarla—. No desespere, madre. Ya vendrán a visitarla.

—Necesito despedirme —dijo muy quedo. Ya no le alcanzaban las fuerzas para hablar.

Miguel miró a su esposa. Todavía conservaba esos ojos vivos e inquietos de los primeros días. Aquella mujer rebelde lo había acompañado a lo largo de su vida, en las buenas y en las malas. La generosidad de su vientre le regaló la dicha de sus hijos, de sus nietos. Desde su encuentro en el

Colegio de las Vizcaínas habían pasado cuarenta años. Juntos habían planeado y sufrido el embate de una guerra de independencia. Enarbolando ideas diferentes, habían sufrido serios desencuentros. Fueron muchas las ofensas y los quebrantos. Reflexionó: si bien el gobierno le había dado el título de juez máximo de la nación, no se atrevía a juzgar a Josefa Crescencia Ortiz. El tiempo le había dado la sabiduría necesaria para aceptarla tal y como era.

A la hora en que la luna iluminó la ciudad de México, Josefa apenas respiraba. El hilo de aire, frágil y penoso, que la mantenía viva, se hacía cada vez más delgado. Pensó en cada uno de sus hijos y le pidió a Dios que los colmara de bendiciones. Evocó el recuerdo de sus amados padres. Regresó al momento de su pasión con Ignacio. Se estremeció. Una lágrima corrió por su mejilla y se escurrió hasta la almohada. Luego, abrió los ojos levemente y se encontró con la figura inconsolable de Miguel. Sintió su mano apretando la suya y se llenó de paz. Así, unida a él, esperaría el amanecer.

Agonizante, murmuró una breve plegaria. Su último recuerdo fue la voz de su nodriza de la infancia, cantándole aquel arrullo que tanto la atemorizó:

*el coco, mamá, me quiere comer…*
*se lleva a los niños que duermen poco…*
*el coco, mamá, me quiere comer.*

Esbozó una sonrisa. En su largo recorrido por la vida, había aprendido a luchar contra el miedo y ya nadie podría asustarla. Cuando el primer rayo de luz matinal acarició su rostro, Josefa dejó de respirar y voló dichosa hacia el cielo de la patria.